Yvonne Hergane, 1968 in Reschitza, Rumänien, geboren und zweisprachig aufgewachsen, kam mit 14 Jahren nach Deutschland. Sie studierte Germanistik, Anglistik und Buchwissenschaft in Augsburg und München und arbeitet als Autorin sowie literarische Übersetzerin aus dem Englischen, vor allem von Kinder- und Jugendliteratur. Ihr Bilderbuch »Einer mehr« war für den Deutschen Jugendliteraturpreis nominiert, für »Sorum und Anders« erhielt sie den Leipziger Lesekompass; beide Bücher erschienen im Peter Hammer Verlag. Yvonne Hergane wohnt mit ihrer Familie nahe der Nordsee. »Die Chamäleondamen« ist ihr erster Roman.

Yvonne Hergane

DIE CHAMÄLEON-DAMEN

Roman

MaroVerlag

Meiner Mutter, meinem Kind.
Weil sie waren, weil sie sind.

*Je fiktiver ein Buch, desto höher der Wahrheitsgehalt.
Kondensiert und verdichtet wie ein Diamant
funkelt die Echtheit demjenigen ins Auge,
der die Erdschichten darüber wegzuwischen weiß.*

1896 bis 2020

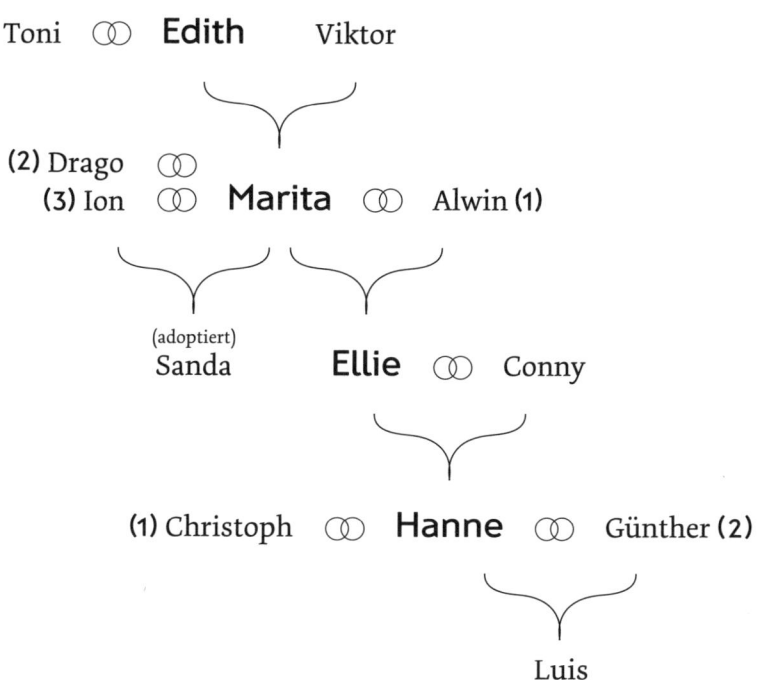

Es zieht
Reschitza, Frühling 1919

Wie langweilig, denkt Edith in ihrer Hochzeitsnacht. So was stellt man sich doch ganz anders vor. Wie im Damensattel sitzt sie auf dem Sims des aufgerissenen Fensters, durch das es den April hineinzieht und sie hinaus, beide Beine nach draußen, die Schöße des schlichten Brautkleids hochgerafft, damit sie die Beine frei schwingen kann. Der cremefarbene Spitzensaum verschwimmt mit dem abblätternden Eierschalen des Fensterbretts, von dem einige Knispel an den Innenseiten ihrer ausgehöhlten nackten Oberschenkel kleben bleiben, denn für Strumpfhosen war kein Geld. Das winzige Tascherl mit dem Wenigen, was ihres ist und des Mitnehmens wert, hat sie schon vorausgeworfen, behutsam ins trockene Gras, es ist geliehen und muss fleckenlos zurück. Kein Zauberwerk bei einem Fenster, das kaum einen Meter über dem Haussockel liegt, fast reicht Edith mit den Zehenspitzen bis zum Boden – ja, den nackten Zehen, denn die unzählig oft neu besohlten weißen Schuhe, ausgeborgt auch die und zwei Nummern zu klein, liegen längst neben dem Tascherl.

Für die Kinder und Kindeskinder wird sie sich eine andere Geschichte ausdenken müssen, denkt sie kopfschüttelnd, so fade Legenden taugen nicht zum Erzählen an kalten Winterabenden vor dem Ofen, in dem gerade die letzten zwei Kohlen verglüht sind und einen nur mehr gute Geschichten wärmen und im Inneren aufhellen können. Für die Kinder wird das Zimmer, aus dem sie flieht, dann mindestens im Oberstock liegen, drei, vier, nein eher fünf Meter über dem Boden, und Edith wird Leib und Leben für ihre Freiheit riskieren.

Für die Kinder wird der Toni gerade aufm Klosett sein, als sie ihren Schleier als Kletterseil ans Fensterkreuz knotet, die zerschlissenen Laken halten ja nichts, um daran in der dunklen Tiefe zu versinken. Nein, nicht aufm Klosett, wie hört sich das denn an, mit den brautenen Strapsbandln ans Bett gefesselt wird er daliegen, und ihr hinterher heulen und fluchen und sich drohend hin und her wälzen in seinem billigen Anzug und mit der Rose im Knopfloch. Dabei hat der Anzug gar kein Knopfloch gehabt, seine Mutter hat eins reinritzen müssen, weil ohne Rose wär er doch kein Bräutigam gewesen.

Für Edith hätte er auch keiner sein brauchen, sie hat ihn gern, den trotteligen Toni mit seinen krausen Flirrzotteln aufm Kopf, aber zum Mann wollte sie ihn bestimmt nicht haben. Zum Kohlenschleppen und Wasserholen taugt er, und wenn man einen braucht, der das Schwein im Spiegelbild des Messers festhält und hinterher zentnerweise Blut- und Leberwurst auf Besenstangen aufhängt. Aber nicht zum Heiraten.

Und doch hat sie müssen. Weil sie schon dreiundzwanzig ist und immer noch ohne Haube rumrennt und der Vater gesagt hat, sie muss. Den Viktor von nebenan hätt sie genommen, wenn's denn unbedingt eine Haube braucht, aber der wollte sie nicht, jedenfalls hat er nie was gesagt, nicht mal vorhin auf der Trauung, als sie vorm Altar den Kopf weggedreht hat beim Ja und unter der Schleierspitze zum Viktor nach hinten gespitzelt hat. Er stand nur mit harten Fäusten an der Hosennaht und strichdünnen Lippen da und hat steif wie ein Zinnsoldat vor und zurück gewippt, aber gesagt hat er nichts. Jetzt kann er schauen, was er davon hat.

Edith schaut noch mal zum Toni zurück, der unterm Fenster auf dem schmalen Bett liegt und sich vor Magenweh hin und her wälzt und seine drei Stamperl ausschnarcht, weil er nichts verträgt, kein gselchtes Fleisch und keinen Schnaps und schon gar keine Frau. Das Jackett hängt über der Stuhllehne, die Rose im Knopfloch, und in den Achseln des billigen Stoffes ein Anflug von vergorenem Angstschweiß.

Dann schwingt Edith sich raus, die müden Sohlen seufzen sich durchs weiche Gras zu Tascherl und Schuhen hin, drei, vier, nein eher fünf Schritte braucht sie.

Das Fenster vom Viktor ist geschlossen, als hätt er nichts von drüben hören wollen, nicht grad in dieser Nacht. Sie klopft an, dass die dünne Scheibe lose im morschen Fensterrahmen klirrt.

Als er aufreißt, das Fenster und die Augen und den Mund, hebt Edith nur einen Finger zum Stummsein und ihre Kleiderschöße zum Freisein und klettert rein, als wäre alles andere undenkbar. Sie schmeißt das Tascherl aufs Bett, die Schuhe ins Eck, und schaut sich im kargen Zimmer um, na da werd ich wohl noch allerhand zu tun haben, bis ich mich heimisch fühl. Viktor fängt sich, fängt Edith von hinten mit beiden Armen ein und keucht und lacht und weint in ihr Haar, du, bleibst du jetzt, du?

Edith bleibt. Sie bleibt alle Zeit, sie bleibt und erklärt niemandem was, weder dem Vater, obwohl der sie mehrmals zurückzuprügeln versucht, noch dem Toni, der sich schnell ans tägliche Toni-hol-gschwind-Kohlen! gewöhnt, noch dem Kind, ihrer schönen Marita, die in der Schule nicht zu antworten weiß, warum sie die braunen Augen vom Vater hat, den Namen aber vom Nachbarn, weil das Papier nur das Ja kennt und kein Nein. Edith wird nie wieder Ja sagen zu einem Mann, das hat sie nur einmal gemacht, und schau, was sie alle davon haben.

Es schlüpft
Reschitza, Dezember 1940

Als die Wehen einsetzen, kriecht Marita unters Bett, verkeilt ihren Bauch zwischen den Sprungfedern und fängt an zu schreien.

Die Geburt des Kindes, das so angenehm geschmeidig und minimalinvasiv eingepflanzt wurde, erinnert die gerade Achtzehnjährige aufs Schmerzhafteste an die Art, wie der Gärtner im Park einmal einen Baumstumpf mühselig aus festgestampfter Erde herausgerissen hat. Darauf hat sie niemand vorbereitet, weder ihre Mutter Edith noch sonst wer. Und ihr Ehemann Alwin ist mit seinen kultivierten Überdreißig auf schmeichelnde Weise fesch, aber im Augenblick im Betrieb unabkömmlich, also nicht parat, um den Qualen seiner jungen Frau Tribut zu zollen, nicht mal das.

Mit einer Mischung aus halbwegs sanften und ganzwegs klaren Worten hilft Edith ihrer Tochter unter dem Bett hervor. Freilich kannst, du musst sogar, widerspricht sie Maritas Beteuerungen, diesen riesigen Fleischpfropfen unmöglich herauspressen zu können.

Es wird das Schlimmste und Skurrilste, was Marita je erlebt hat. Dazu noch diese Gleichzeitigkeit des stummen, dauerschleifigen Gedankens in ihrem Kopf – Nie, nie wieder! – und der wenig damenhaften Schreiflüche, die aus ihrem Mund dringen und die abwechselnd an Alwin und alle anderen Götterteufel gerichtet sind. Mit jedem Fluch schabt sich die fleischige, fusselwiderhakige Raupe ein Stück mehr aus Marita hervor.

Als das Kind geboren ist, stellt es sich als kleine Elisabeth heraus. Ellie. Stupsnäsig und mit sofort wie später grünen Augen, wird sie von allen als hübsch, wenngleich frech angesehen werden, sich selbst aber zeitlebens als hässlich erachten. Der Atem dreier Frauenmünder setzt den Eisblumen an den Scheiben dampfigen Beschlag entgegen, viel mehr haben sie gegen die kalte Welt nicht in der Hand. Edith verwischt alle Spuren des Schlupfs, wickelt das Kind in ein sauberes Tuch und legt es ihrer Tochter in den Arm. Marita streicht der kleinen Ellie zaghaft wie einer kostbaren exotischen Echse über den blonden Flaum. Sie sieht ihre Mutter an, die mit leerer Armmulde wartet. Dann drückt sie ihr das Bündel wieder in die Hände. Du kannst das besser, seufzt sie sich ins Polster zurück.

Edith atmet die angestaute Angst stoßweise aus, füllt ihre Wiegearme mit dem dafür wie gemachten Enkelkind und weiß, jetzt kann es weitergehen. Die schönsten Geschenke kriegt man manchmal schon vor Weihnachten, raunt sie dem Runzelwesen zu. Du aber wirst dein Leben lang weniger Geschenke kriegen – wer hat denn einen Tag vorm Heiligen Abend noch Geld für deinen Geburtstag? Und doch tanzen ihr Freudenfunken wie Wunderkerzen vor den Augen.

Einen Morgen später steht Marita wie immer im Geschäft ihre Frau, bis weit in den heiligen Nachmittag hinein, eine Dame, als Verkäuferin getarnt. Die Flüche und Verwünschungen weichen einem warmen, wehmütigen Wohlwollen der kleinen Ellie gegenüber, der Nie-wieder-Gedanke hingegen hat Bestand. Ellie wächst als Einzelkind bei Omama Edith auf.

Schon Marita hat bei der Frage nach Geschwistern zeitlebens den gesenkten Kopf schütteln müssen. Doch wie so vieles, was beim ersten Auftreten als einzelphänomeniger Makel empfunden wird, verwandelt sich auch dies in zweiter Generation flugs in eine Familientradition, deren Erbin dem Antwort-Kopfschütteln ein trotziges *Na und?!* hinterherwirft. Was Ellie von ihrer Mutter als eines der wenigen Dinge bei der Geburt mitbekommt, gibt sie später, um das Gewicht der Vorangegangenen angereichert, an ihr Kind und Kindeskind weiter. Das Einzelkinderbe. Das Erbe der Einsamkeit.

Es sticht
Reschitza, Juni 1942

Hund', verreckerte! Als Alwin die *Neueste Nachrichten* auf den Tisch knallt und die Faust gleich mit, hüpfen die Teller, dass es klirrt, und Ellie fängt an zu weinen.

Na servas, jetzt hast sie erschrocken, sagt Marita, die Ellie auf dem Schoß hält. Der Püreelöffel, der zu Ellies Mündchentunnel unterwegs war, entgleist und kratzt dem Kind gelbe Schlieren auf die Pausbacken.

Edith verschränkt die nasskalten Spülhände hinter dem Rücken und beugt sich zur Zeitung vor. Drei Lei! Du hast denne Oaschkapplmuster mit ihrem abgschleckten Führer aa no Geld in Hals gsteckt? Kaan Groschn hams verdient, nur an Oaschtritt!

Hast ja recht, Omama, seufzt Alwin, aber ich hab's mit eigenen Augen lesen wollen, so ganz offiziell. Bis jetzt hab ich nur gewusst, was die Leut in der Arbeit erzählt haben, dass seine Frau, die arme Nagy Otilie, mit schwarzem Kleid und schwarzen Wangen auf der Straße rumrennt und schreit, dass die ihren Mann umgebracht haben. Am nächstbesten Baum aufgeknüpft, kaum dass er durchs Tor raus ist. Sie hatte dort auf ihn gewartet und sich gefreut, aber da waren zwei Hansl schneller bei ihm, haben ihn gepackt und weggezerrt, den Strick hatten sie schon dabei und der Baum war nicht weit. Sie schreit und schreit jetzt auf der Gassn, aber es nützt ihr heut genauso wenig wie vorgestern, wo sie hingestürzt ist, als er schon mit den Beinen gestrampelt hat. Unter seine Schuhe hat sie sich gestellt und ihn mit den Schultern hochgedrückt, dass er ihr nicht wegstirbt, nicht jetzt noch, wo er doch endlich frei ist, aber die haben nur gelacht, die zwei Hansl, und haben sie weggestoßen und getreten, und sie konnte nur zuschauen und beten, bis seine Füße und seine Seele endlich ruhig waren.

Die Nagy Otilie? Die hat doch drei kleine Kinder. Edith bekreuzigt sich. Haben deine Leut sie wenigstens von der Gassn gholt und heimgschickt zu ihren Plozii? Wenn die Otilie auch noch aufghängt wird, was soll dann aus denen werden?

Ja freilich, sagt Alwin und nimmt die Zeitung in die Hand. Der Marius hat ihr ein Packl Geld von mir zugesteckt und sie heimgebracht. Er schlägt das Blatt auf und liest unter Zähneknirschen: *Aus dem Gefängnis in den Tod – Der 35-jährige Stefan Nagy, der wegen Desertierung 6 Monate Gefängnis abbüßte, hat sich gleich nach seiner Entlassung erhängt.* Er dreht sich weg und spuckt auf den Boden, und Marita hält die Hand über die Püreeschüssel ihrer Tochter, dass kein Hass reinfliegt und sie vergiftet. Der hätte sich nie erhängt! Der hätte nie seine Frau und seine Kinder im Stich gelassen. Ich kenn ihn doch, hab sechs Jahre neben ihm gesessen in der Schule, in der gleichen Bank. Alwin schwenkt den Blick auf die linke Zeitungsseite. Und daneben das! *SS-Obergruppenführer Heydrich gestorben. Berlin – Der stellvertretende Reichsprotektor für Böhmen und Mähren SS-Obergruppenführer und General der Polizei Reinhard Heydrich ist gestern den Verletzungen erlegen, die er bei dem Attentat in Prag erlitt. SS-Obergruppenführer Heydrich war eine der bedeutendsten Führergestalten der nationalsozialistischen Revolution. Er stand im 38. Lebensjahre.* Was schert mich so ein damischer Großkopferter da drüben in Berlin? Meinen Kollegen Steffi haben sie umgebracht wie einen bissigen Köter, und so ein debiler – er verzwirbelt seine Mundwinkel und wackelt mit dem Kopf, dass die Stimme sich überschlägt – *Reichsprotektor!* Da sind ja die Gäns von der Peppi nebenan bessere Protektoren als der!

Jetzt halt mal dei Pappn oder schrei wenigstens leiser, schimpft Edith. Oder willst uns die Hansl auch noch aufn Hals hetzen?

Um den Heydrich isses nicht schad, der hat den Tschechen viel Elend gebracht. Haben sie's also hingekriegt, die zwei Fallschirmjäger. Hab schon gedacht, sie flicken ihn doch noch zusammen im Spital. Marita seufzt. Aber auch der wird eine Mutter gehabt haben, die um ihn weint. Soll die Erd ihm leicht sein.

Edith schaut Alwin über die Schulter, um die Meldung zu lesen. Die mit ihre spitzen SS-Blitzbuchstaben sogar in der Zeitung! In Oasch solltmer ihnen die reinschieben, dass sie ihnen oben ausm Schandmaul wieder rauskommen, wie bei Vlad Dracu, manche hams nit besser verdient.

Ich will gar nicht wissen, was die Deutschen jetzt aus Rache in Tschechien anrichten werden. Alwin schüttelt den Kopf, ohne dass ihm auch nur ein Härchen seiner dichten Pracht aus der Reihe tanzt, und streicht seiner inzwischen wieder glucksenden Tochter über die blonden Locken.

Und noch mehr Mütter, die ihre Kinder verlieren …, murmelt Marita und presst Ellie an sich. Aber ich weiß, wer dem Nagy Steffi am Tor aufgelauert hat und ihn …

Was? Alwin wirbelt zu ihr herum. Was weißt du denn schon von der Geschichte?

Was weißt du denn schon von mir? Ich bin weder taub noch deppert. Ich hab die arme Otilie auch auf der Straße getroffen. Den einen Hansl kennt sie, den Mischmacher Werner. Aber ich hab gesagt, sie braucht sich keine Sorgen machen, um den kümmer ich mich.

Kind Gottes! Was hast jetzt wieder gmacht?, ruft Edith erschrocken.

Gestern war seine Frau bei uns im Geschäft, vom Mischmacher Werner die Frau, mit ihrem braunen Pelzkragen und ihrem braunen Schädel, von innen und von außen, wollte die neumodischen Zutzlkappen aus Kautschuk abholen, die wir extra aus Bukarest für sie haben bestellen müssen, weißt schon, die mit dem violetten Schmetterling drauf, drei Lei das Stück. Gleich zwanzig hat sie gekauft.

Edith starrt ihre Tochter verständnislos an, und Alwin, dem langsam etwas dämmert, sieht aus, als hätte er auf einmal Angst vor seiner jungen Frau.

Schon sechs Kinder hat ihr der Mischmacher gemacht, dabei ist sie erst fünfundzwanzig, das letzte ist grad raus, und er quetscht ihr nachts schon wieder seinen Schwengel ins Kreuz.

Die Frage *Wer bist du, Fremde?* drückt sich durchs Alwins Stirnlappen nach draußen. Solche Vokabeln kennt er nicht von seiner Frau, die schön ist wie die Gesellschaftsdame einer Königin, ach was, schöner als eine Königin.

Jetzt muss doch endlich Schluss sein, hat sie gesagt, fährt Marita ungerührt fort. Sechs Kinder sind schon zu viel, jetzt muss er seinen Zutzl in Kautschuk einpacken, wenn er noch bei mir reinwill. Noch ein Kind mehr und ich bring ihn um, mit eigenen Händen schneid ich ihm den Dreckszutzl ab und dann die Gurgel durch.

Was hast gmacht?, wiederholt Edith ihre Frage, doch jetzt zupft ein stummes Lachen ihr die Mundwinkel hoch.

Wir haben ganz feine Nadeln im Geschäft. Marita schöpft ruhig ein Löffelchen erkaltetes Püree vom Teller und schiebt es der lächelnden kleinen Ellie in den himbeerroten Mund. Die Löcher sind überhaupt nicht zu sehen, bei keinem einzigen von den zwanzig Stück.

Es quält
Reschitza, Oktober 1951

Gerade mal ein halbes Dutzend Kohlen hat sie vom Wagen runtergeschafft. Leicht zehnmal so viele hätten es werden können. Kein anderes Kind bloßfußelt so lautlos über das kariöse Kopfsteinpflaster, das mit einer schmierigen Mischung aus zerstampftem Pferdemist, Kloakenabwässern und Erde überschliert ist. Kein anderes Kind hüpft so sehnigleicht von hinten auf den holpernden Karren und tänzelt sich Ruß an die Sohlen, ohne auch nur einen einzigen Kohlenklumpen ins Kullern zu bringen. Kein anderes Kind wirft die schwarzen Brocken so geschickt vom Wagen, dass sie stumm und unbemerkt im Straßenranddreck landen. Deswegen verdonnern die anderen sie meist zum Kraxeln und sich selbst zum nachschleichenden Einsammeln. Hinterher, wenn so viel Kohle wie möglich vom Karren geflogen ist, bevor der um die nächste scharfe Ecke biegt oder der Weg zu weit wird zum Zurücklaufen, oder wenn der Fuhrmann doch den Kopf nach hinten dreht und Ellie unter wilden Flüchen vom Wagen peitscht, hinterher wird die Beute geschwisterlich geteilt. Kommt nie einer auf die Idee zu beschumpsen, haben doch alle gleich wenig und sowieso keine Taschen, die groß genug wären, um heimlich Kohlen wegzustecken.

Nein, der Hadalump auf dem Kutschbock hat sie diesmal nicht bemerkt. *Sie* hat keinen Fehler gemacht, auch wenn der kalte

Gassenschlamm ihr die nackten Füße vereist und das knittrige, kohlengraue Tarnkleid ihr für Oktoberanfang viel zu dünn um die knochigen Beine flattert. *Er hat einen Fehler gemacht.* Der Fettarsch, der wiedige, hat wie ein Möchtegerncowboy mit seiner Peitsche ausgeholt und sie auf den Pferderücken knallen lassen.

Das Tier bäumt sich auf und wiehert vor Schmerz. Immer und immer wieder schnalzt der scharfe Lederriemen neue Schlitze neben die vielen alten, ganz oder halb vernarbten ins Fleisch. Ellie ist es jedes Mal, als würde die Peitsche sie selbst zerschnitzeln, und ihre Schreie mischen sich schmerzgleich unter das desparate Gewieher.

Sie stürzt sich von hinten auf den Glatzkopf, rammt ihm die Fäuste linksrechts auf die Kiefer, reißt ihm den Kopf an den Haaren nach hinten und betäubt ihm die Ohren so mit schrillem Wutgeheul, dass er sie erst nach Sekunden packen und vom Karren schleudern kann. Würden sie die wenigen geklauten Kohlen nicht so dringend brauchen, Ellie hätte sie dem Widerling auf dem Kutschbock nur zu gern an den Schädel geworfen. Aber Steinbrocken, nach dem Abgang vom Wagen aus dem Straßengraben geklaubt und zum Händeaufreißen kantig, sind sowieso schmissiger. Du dreckiges Rindvieh, du Niemand, der Schlag soll di treffn!, giftgischtet sie dem Mistkerl von unten ins Gesicht und freut sich diebisch, dass ein dicker Spuckplackn ihn unterm Auge trifft.

Nur zweidrei der rasch aufgelesenen Steine kann sie noch werfen, dann rattern die Wagenräder den fluchenden Kutschherrn davon, der schon eine Biegung weiter – nein, *erst* eine Biegung weiter – wieder auf den mageren Gaul eindrischt.

Jetzt hat Ellie bestimmt fuchzehn, zwanz'g Kohlen zu wenig abgekriegt – aber auch das Pferd bestimmt vier, fünf Peitschenhiebe weniger als sonst auf der Strecke. Ellie ist es das wert.

Genau wie die Standpauke, die Omama Edith ihr an den Kopf watschn wird – Himmel, womit hab i so a freche Krötn von Kind verdient? –, bevor sie sie an ihre nach Zwiebeln duftende Schürze drückt. Dann empfängt sie mit schwarzschwieligen Händen die mageren Kohlen und kollert sie in die Kiste am Herd.

Es läuft
Reschitza, Sommer 1953

Gemocht oder gar geliebt wird Ellie in ihrem abschüssigen Zweite-Reih-Viertel, das sommers abwechselnd von Puderstaubschichten sowie regengüssigen Matschlawinen und winters von knisternden Eiskrusten überzogen ist, nein, gemocht wird sie hier nicht. Dafür ist sie einfach zu anders. Aber gebraucht wird sie, schon wegen der Kohlen, und gefürchtet ob ihrer spitzknochigen Fäuste, die ohne Wimpernschlag-Auftakt blaurote Farbspiele auf die Wangenknochen viel stämmigerer Buben malen. In' Oasch tritt sie nur den Feiglingen, die nach dem ersten unverschämten Verbalvorstoß gleich wieder von ihr wegwirbeln wollen. Lieber ist es ihr, dass sie dem Angreifer, der sie mit Mund- und Straßendreck beschmeißt, in die Augen schauen kann, wenn sie es ihm mit Zins und Zinseszins zurückzahlt. Dass sie gegen ihr Zungenwerk nicht ankommen, kapieren selbst die geistlahmsten Lackl spätestens nach dem ersten Schimpfgemetzel, und dass es sie nicht zu ängstigen scheint, selbst gegen zwei Köpfe längere Lulatsche anzudreschen, spricht sich ebenfalls schnell herum. Und so bleibt denen, die Ellie eins oder mehrere auswischen wollen, nichts anderes übrig, als den offenen Konfrontationen aus dem Weg zu gehen, die sowieso nur mit sirrenden Gehirnerbsen enden, und sich aufs Lauern zu verlegen, während sie ihre Wunden lecken. Lass nur, di kriegmer scho no.

Denn es gibt sie, die Tage, wo Ellie arg- und schutzlos von irgendwem irgendwas braucht, oder einfach vom Hunger und Leben und Hunger nach Leben so kaputt ist, dass ihr Blick am Boden schleift, statt wachsam nach allen Seiten zu rotieren.

Und so reicht ein einziger Tag, um Ellie den Beinamen einzubringen, den im wahrsten Wortsinn Spitznamen, der sich mit seinen zischelnden i-Punkten für alle Zeit in ihr Mark bohrt.

Mühsam kämpft sie sich den langen Weg von der Schule durch die Gassen in die Zweite Reih hoch, die volle Blase mit jedem Schritt schwerer, weil es in der Schule kein Klosett gibt, das man benutzen kann, ohne das bisschen kostbare Leckwarbrot vom Handfrühstück wieder auszupeiben. An jedem anderen Tag schafft sie es mittags rechtzeitig nach Haus und aufs Häuserl, aber heute hat ihr ein dicker Stolperstein ein Schnippchen in den Knöchel geschlagen, sodass sie jetzt mindestens halb zu langsam den Berg hochhumpelt. Omama schlagt mi tot, wenn ich mir in der Hosn mach, dröhnt es in ihrem Kopf. Ist doch die einzige, die noch aus a bissl Zwirn und nit nur Löcher gmacht ist. Sie hievt sich weiter hinauf, ein Fuß, noch einer. Glei, glei is vorbei ...

Und dann is vorbei, der letztmögliche Schritt getan. Ellie kann sich nur noch zur Seite ducken, in den Gassengraben, fluchend darüber, dass grad jetzt zu wenig Brennnesselgestrüpp wuchert. Sie hockt sich hin, lupft das Kleid über die Knie, zerrt die Unterhose zur Seite und lässt laufen, lässt die Blase ihren geschwollenen Knöchel heilen, legt den Kopf in den Nacken und atmet aus.

Als sie wieder sehen kann, richtet sie sich auf und will weiter. Aber da stehen sie schon, drei Bengel dünn wie Bohnenstangen, die Arme vor der Hühnerbrust verschränkt, die Mäuler zum Johlschlund aufgeklafft.

Jetzt hammer die Ellie beim Pischen erwischt! Musst ja viel gsoffen ham, so wie's aus deim schwarzen Loch rausgloffen is!

Damit und mit heilen Knöcheln rennen sie los, laufen der leckgeschlagenen Ellie, die ihnen nur mit aufgerissenen Augen hinterherschweigen kann, davon.

Piiischi! Piiischi! Ellie Pischnellie macht Piiischi!, echot es den Berg herunter.

Der Johann, der Heino, der Sepp, notiert sich Ellie im Kopf – für die Zeit, wenn ihr Knöchel und ihr Mumm wieder gesund sind.

Piiischi! Piiischi! Schneller als das Licht verbreitet sich der Schall übers ganze Viertel, regnet über die Zweite Reih herab und durchnässt Ellie von Kopf bis Fuß.

Es schmeckt
Temeswar, Sommer 1959

Als Marita auf die Maus im Brot beißt, denkt sie.

Nicht an die Maus denkt sie. Die eh schon tot ist, von irgendeiner monströsen, gefängniskompatiblen Schneidemaschine zerteilt. Wie immer hat Marita mit dem Knust angefangen, und beim vierten Bissen knirscht es so fremd zwischen den Zähnen, dass sie sich den Brotkanten aus dem Mund reißt. Hinterhältig ragt der Mäuseleib, im Dunkeln schlecht sichtbar, aus der glitschfeuchten Laibkrume heraus, mit resigniert erschlafftem Schwanz Maritas Mund entgegen, ein letzter Ihr-könnt-mich-mal-Gruß an die Nachwelt.

Nicht an den Brotkanten denkt sie. Dem die Dunkelheit eine Gnade erweist, die seine Grünschimmelglasur zumindest vor der Insassinnen Augen verbirgt, wenn schon nicht vor ihren Nasen und Zungen. Als Totenbett einer wenngleich halben Maus dient er immerhin einem höheren Zweck als seine Ofengeschwister.

Nicht an die anderthalb von zwei Jahren denkt sie. Die sie hier noch absitzen muss, eingezwängt zwischen anderen stinkenden Leibern, feuchten Mauern und verrosteten Gitterstäben. Zwei Jahre, für ihre Handschrift. Der Gemischtwarenladen hat Drago gehört, aber darin gearbeitet hat Marita, von ganz früh bis ganz spät, sortiert, verkauft und geputzt hat sie, während Drago sich wichtigeren Geschäften widmete und sagte, eigentlich ist es doch dein Kindchen, du kannst das sowieso besser als ich, du meine Augenweide. Auch die Bücher geführt hat Marita, jeden Abend hat sie reingeschrieben, was Drago diktierte, auch wenn ihr so manche Ziffer damisch vorkam, sie war müde vom langen Tag. Drago würde schon wissen, was er da tat.

Nicht an Drago denkt sie. Der so gut küssen und schmeicheln kann wie kein anderer, und so gut lügen, dass man ihn allein schon fürs Fabulieren bewundern muss. Drago, zweiter Ehemann und Liebe ihres Lebens, der ihr die schönsten Kleider und Komplimente vor die Füße legt und mit dem sie stolz eingehakt an den glotzenden Weibern vorbeiflaniert. Gell da schauts, ihr Curvana, ist aber meiner. Drago, der nicht im Laden war, als die Milizisten kamen und fragten, wessen Hand die falschen Ziffern geschrieben hatte, und der seitdem auch nur einmal hier war, auf Versicherungsbesuch. Um sich zu versichern, dass Marita seinen Namen nie ins Spiel gebracht hat, und ihr zu versichern, dass er ihr nach ihrer Rückkehr eine noch unendlichere Welt zu Füßen legen würde.

Nicht an all das denkt sie.

Marita denkt an ihr echtes Kindchen, an die echte Liebe ihres Lebens, an ihre kleine, schmale, fleißige Ellie. Die immer noch schmal und fleißig, aber nicht mehr klein ist, und auf ihren knochigen Schultern noch zwei Frauen trägt. Allein mit Omama Edith muss sie dem Leben zwei Jahre lang trotzen, aber im Grunde hat Ellie eh schon vieles allein gestemmt. So oft sie kann, bringt sie Marita Suppe ins Gefängnis, ohne Mausarsch und dafür mit Fettaugen, in einer Blechdose, in der die Suppe unterwegs kalt wird, aber das Beste ist, was Marita je gegessen hat. Suppe zum Leben.

Als Marita schließlich rauskommt, fängt Ellie sie draußen ab, ein Netz mit frischem Suppengrün in der Hand. Komm mit heim, die

Omama wartet schon. Aber Marita will doch nicht zur Omama, in ihr eigenes Zhaus will sie, sofort.

Und da steht sie dann wortlos vor der unendlichen Welt, die Drago ihr zu Füßen gelegt hat. Er hat das Haus von allem geräumt, von Möbeln und vom Geld in der Blechbüchse und von sich, und ihr die unendliche Leere hinterlassen, während er sich mit seiner neuen Augenweide, Marianne, wichtigeren Geschäften widmet, an einem unbekannten Ort. Ellie steht mit gesenktem Kopf neben Marita, dann nimmt sie ihre Mutter bei der Hand, komm, gehmer.

Zeitlebens wird Marita würgen, wenn sie eine Maus auch nur von Weitem sieht oder sie in den Wänden rascheln hört.

Es wählt
Reschitza, Sommer 1964

Drei Jahre hat Marita sich das Elend mit angesehen. Hat bittere Tränen runtergeschluckt, als ihre Schwägerin Nori sich auch das sechste Kind von ihrem prügelnden Nichtsnutz von Mann anhängen ließ, obwohl die ersten fünf doch schon mit wässriger Suppe und blankem Betonfußboden vorliebnehmen müssen. Ein Leben im Ohrfeigenüberfluss, links der Eltern liegen gelassen wie gefällte Orgelpfeifen.

Marita schaut zu Sanda hin, wie sie ihre spindeldürren Dreijahresbeinchen um die dreckstarrende Unterhose herum drapiert, um diese einzige Isolierung gegen die Kriechkälte der feuchten Matratze, auf der sie hockt. Wie gern würde sie das Kind da rausholen, aber Nori, die alte Bissgurkn, winkt grinsend ab. Wo die hergekommen ist, können auch noch mehr schlüpfen, und über die Kinder entscheidet nur mein Mann.

Marita schaut rechts zu Ellie hin, die die geballten Fäuste hinterm Rücken versteckt. Die Pissflecken auf Sandas Unterhose haben rötliche Ränder, und Ellie ist weit genug mit ihrer medizinischen Abendschule, um zu wissen, woher das kommt. Wie gern würde auch sie das Kind da rausholen und gesundpflegen, aber ihr Mann, der schaut Kinder mit dem Arsch nicht an, nicht mal über eigene kann sie mit ihm sprechen, geschweige denn über ein fremdes, das Blut pischt.

Für zwei Wochen kriegst sie mit, sagt Nori und zieht Sandas nur wenig größere Schwester Stella am dünnen Handgelenk vom Boden hoch. Aber nur, wenn du die auch nimmst, die kann auch was auf die Rippen vertragen.

Ellie zwingt ihre Fäuste zu warmen Nestern auf, mit denen sie Sanda hochschöpft, das Kind lächelt und schlingt ihr die Vogelknochenärmchen um den Hals, während Marita Stella an die Hand nimmt, keine Jacke, keine Schuhe, macht nichts, nur schnell weg hier, bevor Nori es sich doch noch anders überlegt.

Zwei Wochen später hat Stella mehr auf den Rippen, Fleisch und eine feste Jacke, und Farbe im Gesicht und Sehnsucht nach Mamas wässriger Suppe und den großen Schwestern, und sie fliegt in Mamas Arme, die sie tatsächlich umfassen und ihr in die Seiten kneifen, na geht doch, wenigstens eine, die satt geworden ist.

Sanda fliegt nicht, bleich und stumm klebt sie wie ein Äffchen an Maritas Brust. Das Kind ist krank, sterbenskrank, flüstert Marita heiser, Ellie, zeig ihr die Papiere vom Dokter. Die Nieren, sagt Ellie eindringlich, die sind kaputt, sie könnte von einer Stunde auf die andere ... Nori winkt ab, die Dokters reden doch immer nur bleed daher, das Kind hat nix.

Lass sie bei mir, wispert Marita. Sie kriegt Medikamente, kriegt ein eigenes Zimmer, du hast doch mehr als genug mit den anderen zu tun, willst bestimmt nur das Beste für sie, kannst sie auch jederzeit besuchen ... *Du* willst *mein* Kind großziehen?, keift Nori dazwischen. Hast dein eigenes Bangert nicht haben wollen, aber jetzt willst du meins? Sie schiebt sich zwei Schritte an Ellie heran. Hast ja Glück gehabt, dass Edith, die alte Hex, dich genommen hat. Sollst ein richtiges Teifibratzn gewesen sein, krächzt sie und streckt dann die Hände nach Sanda aus. Komm jetzt, Kind, freust dich denn gar nicht, deine Mama zu sehen?

Sanda freut sich, aber ihre Mama ist so fremd, und auf Muttis Arm kennt sie sich inzwischen so heimelig aus, warm und weich ist es da und duftet nach süßem Kürbiskuchen. Sie dreht den Kopf weg und hält sich noch fester, Marita und Ellie verketten ihre verzweifelten Blicke zu einer undurchdringlichen Muttermauer. Nein, die bleibt.

Ellie tritt vor, sei doch vernünftig, Nori, sie hat's gut bei Mutti, wir machen sie wieder gesund, dann kann sie bald wieder nach Haus. Jetzt wird Nori böse, mein Kind wollt ihr mir stehlen, sonst nix, der Mann haut mich doch tot, wenn er nicht hat, was ihm gehört. Sie greift nach Sanda, versucht ihr die bleichen Finger aufzubiegen, komm jetzt!

Aber Sanda kreischt sie weg, ihr *Nein!* gellt durch die kahlen Räume, prallt zwischen den nackten Wänden hin und her, sie gräbt ihre Zähne in Maritas Schlüsselbein, wenn sie könnte, würde sie ihre Haare mit Muttis blitzverflechten, um sie untrennbar zu machen.

Marita weicht zurück, und sie schmecken salzbitter, die Worte, die sie Nori vor die Füße spuckt. Weißt du was, ich hab das Kind nicht mit Gewalt geholt, und ich werd's nicht mit Gewalt zurückgeben.

Halb blind stolpert Marita mit dem neu verstummten Kind aus dem Haus, Ellie als Nachhut, und Nori fügt von der Türschwelle aus fäusteschwingend weitere unvergessliche Worte hinzu: Verrecken soll dir das Bangert unter den Händen! Dann wanderst wieder ins Gefängnis und kratzt die Mäusescheiße vom Boden, dass du was zu fressen hast!

Es gibt so vieles in einer Kindheit, es passt so vieles hinein.

Es gibt Marita, die ihre Muttermängel hinter einer Strengeschicht zu viel versteckt, die Sanda wie versprochen ein Zimmer einrichtet, mit eigenem Bett und zwei Teppichen übereinander und einem rotbraunen Schreibtisch, auf dessen polierte, kühlglatte Tischplatte Sanda jahrelang die Stirn und die nackten Unterarme legt, weil sie das auf unerklärliche Art an ihre leibliche Mutter erinnert.

Es gibt Marita, die Sanda das Sticken lehrt. Unzählige Tischdecken und Kissen entstehen wie durch Zauberhand, und dieselbe Zauberhand scheint die Tuchwerke irgendwann wieder verschwinden zu lassen. Marita, die Sanda das Backen lehrt, die ihr Rezepte in ein immer dickeres, immer zerfledderteres, mit immer mehr Butterflecken verziertes Heft diktiert. Anfangs krakelt Sanda ihre Erstklässlerschrift hinein, dann straffen sich die Buchstaben bis hin zur Druckschrift, alle Buchstaben uniform. Marita, die Sanda im Sommer Nikoläuse basteln lässt, aus Holz- und Draht- und Stoffabfällen von irgendwoher, und aus Watte, die Ellie aufgetrieben hat, ein Wunder in dieser Mangelwirtschaft. Auch metallisch schillernde Friedhofskränze basteln sie ganzjährig auf Bestellung, Blütenblatt für Blütenblatt zwirbeln sie Stanniol zwischen den Fingern, und dann hängt und glänzt der Kranz bis zur Abholung innen an der Haustür, und wenn er weg ist, tröstet sie ein Schein über die Leere hinweg. Und Marita steckt den Schein ins Rezepteheft, weil sie doch keinen Groschen Kindergeld für Sanda bekommt, und überlegt schon mal, von wem die nächste Kranzbestellung eingehen könnte, der Litzheimer Heini geht ja auch schon auf die Neunzig zu.

Es gibt Ellie, die halb Mutter, halb Schwester ist, die täglich Sandas Urinproben ins Labor schleust, die im Krankenhaus an ihrem Bett sitzt, das ganze Sechserzimmer mit Clownsgrimassen unterhält, und Sanda – wie später ihrem eigenen Kind – mit Buchstabenwäldern das Lesen und Schreiben beibringt.

Ellie, die Einzige, die Sanda die Spritzen geben darf, weil es nur bei ihr nicht wehtut, die Spritzen mit den dicken Nadeln auf den breiten Glaskolben, die in brodelndem Wasser ausgekocht werden. Ellie, die Sandas Problemquelle entdeckt, die ewig vereiterten Mandeln, die dann an Sandas erstem Schultag entfernt werden, und Ellie sitzt wieder am Krankenbett und liest Märchen vor, und in ihrem Bauch strampelt das Kind, das sie endlich endlich haben darf.

Ellie, die Sanda ohne Geburtsurkunde eingeschult hat, die zu Sandas Elternabenden geht, die durchsetzt, dass sie Fagott spielen darf, die mit ihr büffelt und ihr Spickzettel unter den Rocksaum heftet, bis sie ihren Abschluss macht, die Sanda mit ans Meer nimmt und in die Berge, die ihr Zeichentalent erkennt und ihr die Ausbildung zur Technischen Zeichnerin besorgt, wie sie ihr schon die Einschulung und die Dokters und die Medikamente besorgt hat, mit Banknoten und bestickten Tischdecken als Schmiermittel.

Ellie, die sich und Marita an ihr Versprechen erinnert, Sanda wieder nach Hause zu bringen, sobald sie wieder gesund ist, irgendwie ist es vielleicht auf Dauer doch nicht recht, wenn ein Kind nicht bei der Mutter ist. Marita knirscht und heult und zähneklappert, aber dann soll's halt so sein, bei einem Familienfest soll Sanda wieder zu ihren Eltern zurück. Marita lässt das Kind kurz mit den älteren Schwestern allein, weil sie weinen, weinen, schreien muss vor Weh, dass ihr Kind wieder wegsoll, aber dann hört sie Sanda durch drei Wände heulen, von allen Bratwürsten hat sie die eine einzige verbrannte gekriegt und dazu noch eine brennende Ohrschelle vom schnapsberauscht angerauschten leiblichen Vater, damit du gleich mal Bescheid weißt, bei uns gibt's keine Extrawurst für keinen und schon gar kein Hutzitutzi wie bei deiner feinen ... *Mutti*. Marita reißt die Tür auf und das Kind an sich und nie, nie wieder wird sie auch nur einen Gedanken dran verschwenden, Sanda wieder zu diesen Neandertalern zu geben. Selbst Maritas Mann Ion braust auf, da kann die Nori seine

Schwester sein, so viel sie will, der Lackl hat seine Sanda trotzdem nicht zu ohrfeigen, und patsch, hat der Lackl selber eine Watschn sitzen, während Marita mit Sanda hinausstürzt.

Es gibt Sandas Mutter Nori, die ihren Mann aufstachelt, sich das nicht gefallen zu lassen von ihrem Bruder und seiner scheißfeinen Mamsell, und sie hetzen Marita die Miliz auf den Hals. Aber Marita hat Sanda bei Verwandten in Fuchsental versteckt, und der Milizist nimmt Marita und Ion zur Seite, gnädige Frau, ich weiß doch, dass das Kind bei euch besser aufgehoben ist, aber ich muss ja meine Arbeit machen. Er sucht Sanda überall und findet sie nirgends, und als die Ferien vorbei sind und das Kind wieder brav zur Schule geht, weiß der Milizist nichts mehr von nichts.

Und eines Tages klopft Nori, als alle Männer zur Arbeit sind, ganz leise an Maritas ebenerdiges Fenster und raunt, nachdem sie einen Blick in Sandas Zimmer geworfen hat, du kannst sie behalten, ihr habt sie gesund gekriegt und sie soll's gut haben, aber meine anderen fünf Stück auch, hast mi? Ja, Marita hat's begriffen, sie schleicht in die Küche und zupft ein paar Scheine zwischen den buttertriefenden Rezeptblättern heraus, und das tut sie noch lange Jahre, jeden Monat ein, zweimal, an allen Männern vorbei, die sowieso nix verstehen von den wichtigen Sachen im Leben, und nie wieder redet jemand davon, dass Sanda woandershin soll.

Es schnauft
Fuchsental, Sommer 1979

Der Stein hat ihr beim flachrückigen Sturz am steilen Hang alle Luft aus dem Brustkorb geschleudert, durch die Kehle nach vorn hinaus, und Hanne ahnt auch, wo die Luft geblieben ist. Nein, die Zeit steht nicht still, sie saugt sich nur voll, die Sekunden blähen sich auf mit Hannes Luft, immer fetter und runder schmatzen sie sich daran.

Wie sie wieder auf die Füße gekommen ist, weiß sie nicht, vielleicht hat der Hang sie hochgekippt, jedenfalls steht sie jetzt da und schaut der Zeit zu, wie sie ihren Sauerstoff verschlingt, wartet darauf, dass sie sich irgendwann dran überfrisst und die Luft wieder ausspeibt, auf dass die zu Hanne zurückkann. Die Welt um sie herum sieht anfangs aus wie immer, die Hütte aus Flusssteinen nur wenige Meter unter ihr, deren eines Fenster mit offenen Holzladenarmen die Sommerbrise empfängt, das dünne eiskalte Bächlein, an dem sich alle waschen, wenn sie hier sind, und an dem die vorbeitreibenden Kühe immer mal wieder die hingelegte Seife wegkäuen, dass Hanne sich schon gefragt hat, ob die Milch nicht irgendwann Regenbogenblasen werfen muss.

Den Geschmackssinn schaltet der Körper als Erstes aus, das Metall vom Zungenbiss schmeckt Hanne schon nach ein paar Wimpernschlägen nicht mehr. Das Riechen verschwindet als Nächstes, die salzigen Schwaden nach Fleisch und schwarzgerösteter Paprikahaut vom Grill hinter dem Haus, wo Mama das Mittagessen richtet, verdampfen unberochen in den blauen Himmel, der mit jedem Blick lichter wird, bis nur noch ein schmutziges Weiß übrig bleibt, wie auch das krachgrüne Gras der Kuhweide zu Rattengrau verblasst, als die Farben aus Hannes Augen weichen. Spüren tut sie schon lange nichts mehr. Nur den engen Ring um die Brust, der sie einschnürt, als hätte man ihr einen Fassreifen umgelegt, der sie jetzt bezwingt, den Durchmesser ihrer Rippenbögen einschrumpft, immer mehr, immer enger.

Die Konturen der Hütte beginnen zu wabern, ein Wasserfilm legt sich auf die Welt. Das Bild kennt Hanne vom Schwimmen, von den zehn Minuten, die sie nach dem Training zum Planschen geschenkt bekommen, und die Hanne meist dazu nutzt, sich immer wieder auf den Beckengrund sinken zu lassen. Da liegt sie dann und schaut nach oben. Unten ist alles geruchlos und still und sie wünscht sich, sie könnte endlos dort bleiben und die verwaschene Welt da oben sich selbst und ihren scharfen Kanten überlassen. Doch sie weiß, irgendwann muss sie wieder hoch, weil ihre Lunge sie verrät und sich nicht in Kiemen verzaubern lässt.

Und so wartet Hanne auch jetzt nach dem Sturz darauf, dass sie nach oben treibt, dass die Oberfläche ihr entgegenkommt und ihr den ersten bittersüßen Happen Luft zurückgibt. Aber diesmal ist etwas anders, etwas stimmt nicht, sie kann nicht hoch, wo sie doch sonst immer im Gegenteil Schwierigkeiten hat, am Grund zu bleiben.

Ma. Ma! Es sind die zwei letzten Luftbläschen, die sich in die wichtigste Lebenssilbe pressen und nach außen schießen, von Hanne ungehört, ungesehen, ungespürt.

Ellie kann es genauso wenig gesehen oder gehört haben, dort wo sie am heißen Rost steht und spitzzüngig zischelndes Fleisch wendet. Hanne weiß, es ist unmöglich, dass Mama kommt und sie rettet. Und doch.

Und doch biegt plötzlich eine Gestalt in unscharfer Schräglage ums Haus. Ellie rennt auf Hanne zu, wie sie seit ihren frühesten Aschenbahntagen nicht mehr gerannt ist, reißt die knochigen Knie hoch und pumpt die langen Hebel ihrer Beine in den Boden, fliegt wie das anmutige Steppentier, dessen langen Namen auszusprechen zu viel Zeit stehlen würde, ihrem Kind entgegen, das mit äschernem Gesicht dasteht, Schlund und Augen in einhelliger Todesangst aufgerissen.

Dann ist sie da. Ellie reißt Hannes Arme nach oben, zerrt ihr die Schultern wie auf der Streckbank aus, sprengt den Fassreifen um ihre Brust, dass die diebische Zeitblase zerplatzt, schnappt sich die darin gefangene Luft und fächelt sie Hanne zu. Sie spricht nur ein Wort, ein einziges: Atme!

Hanne kann nicht atmen, hat längst vergessen, wie das geht. Atme!, schreit Ellie wieder. Schnauf endlich! Du kannst!

Und dann kann sie, das gequetschte Sonnengeflecht gibt den Krampf frei, ein Faden Luft schlängelt sich in Hannes Lunge, weitet sich zum Strom, schießt ihr durch alle Glieder und hat sogar noch genug Zugabe, um einen grellen Schrei nach draußen zu zwängen, einen spitzen, hochfrequenten Ton, den nur Mütter und Wale hören können.

Noch tagelang wird Hanne jeder Atemzug schmerzen, noch wochenlang wird der harte blaue Beulenknoten in ihrem Rücken sie daran erinnern, wie es dort unten war, im tiefen, schaurig schönen Reich der Riesenkalmare, die ihre Beute mit ihren Tentakeln umschlingen und auf dem Grund festpinnen. Nie wird sie den spitzen Lachschrei vergessen, den Ellie ausstieß, als Hanne wieder keuchen, weinen, schnaufen konnte.

Aber erst Jahrzehnte später, an dem Tag, als sie ihrem eigenen Kind das grelle *Atme!* ins Gesicht schreien muss, erst da versteht sie, woher Ellie wusste, dass sie losrennen und das Fleisch auf dem Rost dem Feuer überlassen musste, um ihr Kind aus der wasserleeren Luft zu ziehen.

Es stirbt
Reschitza, Mai 1980 / Augsburg, 1992

Der erste Tote in Hannes Leben ist zwölf Jahre alt. Na ja, als Toter erst zwei Tage, denkt Hanne, als sie mit einem Mitschüler zur Totenwache seitlich vom aufgebahrten László postiert wird. Hanne weiß noch nichts von Wachsfigurenkabinetten, daher erscheint ihr Lászlós regloses Gesicht wie aus milchweißem Porzellan, aber warum haben sie ihm die Wangen rougiert?

Ein Junge mit Schminke, der lacht sich tot, wenn ich ihm das erzähle..., denkt Hanne, bevor ihr einfällt, dass er schon seit zwei Tagen tot ist, und sie ihm nie wieder irgendwas erzählen kann. Beschämt über Gedanken, die mit Lachen zu tun haben, senkt sie den Kopf.

Warum ich?, presst der Mitschüler neben ihr hervor und schaut kein einziges Mal zu László hin, als wäre dessen Leichnam ein Magnetpol mit demselben Vorzeichen, der den Blick abstößt. Warum müssen wir hier stehen? Es ist schrecklich, und mir wird ganz schlecht von dem Geruch.

Müssen wir doch alle, außerdem sind wir doch zu zweit. Ist doch gar nicht so schlimm, er sieht aus wie immer.

Er sieht nicht aus wie immer. Am Freitag, als sie im Klassenzimmer Bockspringen gemacht haben, hatte László auch rote Flecken im Gesicht, aber nicht von Rouge, sondern vom Johlen und Anstrengen.

Sei froh, dass das Aneurysma nicht Freitag geplatzt ist, sagt Hanne. Es hat doch die ganze Zeit in ihm drin gelauert, es hätte jederzeit passieren können. Der Mitschüler starrt sie an, als hätte ihn das lepröse Gespenst unter seinem Bett angesprungen. Die neue Vokabel. Aneurysma. Am Wochenende war László mit seinen Eltern im Wald spazieren, Pilze sammeln, danach ist er zu Hause in die Küche gekommen, Mama, mir ist so … Zwei Sekunden später lag er da und war tot, so hat es Mama erzählt, die es wiederum von jemand anderem erzählt bekam. Mama, die in dem Moment genauso porzellantot aussah, Mama, die mit Lászlós Mutter in die Schule gegangen war. Die arme Eva, er ist ihr einziges Kind, sagte Mama, und in dieser Sekunde wusste Hanne für immer, dass es auf der Welt nichts, gar nichts Schrecklicheres geben konnte als sein einziges Kind zu verlieren.

Der nächste Gedanke: Wie krieg ich jetzt mein Poesiealbum zurück? Es war doch gerade bei László, und wie alle Jungen brauchte er ewig, um was reinzuschreiben. War er überhaupt noch dazu gekommen, bevor er …? Sonst wäre er der Einzige, den sie nicht drin hätte, ausgerechnet. Aber so oder so, sie hätte es gern wieder. Ob sie seine Mutter danach fragen durfte? Und wieder schämt sie sich.

Die Tür springt auf, ein trauerschwarzer Schatten stürmt ins Zimmer. Ohne auf die beiden Wachkinder zu achten, stürzt Lászlós Mutter sich auf ihren Sohn, packt ihn bei den Schultern, reißt ihn hoch, schüttelt ihn so fest, dass sein Kopf eigentlich hin und her schlackern müsste, aber das tut er nicht.

Wach auf!, schreit sie. László, wach endlich auf!

Zwei Männer werfen sich von hinten auf Eva, ziehen sie von ihrem Sohn herunter, reden auf sie ein. An der Tür steht ein Arzt mit sorgenvollem Gesicht und aufgezogener Spritze.

Als Lászlós Kopf zurückfällt, sind seine Haare zerzaust, und Hanne fragt sich, ob jemand kommen wird, um sie wieder zu kämmen. Seine Mutter schreitschreitschreit, während die Männer sie aus dem Zimmer schleifen, und um das Schämen endgültig zu machen, ist das Einzige, womit Hanne das akustisch vergleichen kann, das markdurchdringende Todesquieken des Schweins, dessen Schlachtung sie einst beiwohnen musste, als der Schlachter abrutschte und das Tier mit dem im Hals steckenden Messer davonschoss, kreischend zum Trommelfellzerfetzen und bis in alle Zeit unauslöschlich im Ohr. Warum ich?, jault der Mitschüler neben ihr leichenblass.

Die Frage stellt sich Hanne nicht, auch nicht als sie ausgewählt wird, die Trauerrede zu halten, im Hof von Lászlós Haus, kurz bevor der Leichzug sich Richtung Friedhof in Bewegung setzt. Sie schreibt sie zusammen mit der Klassenlehrerin, sie trägt sie auswendig vor und vergisst jedes Wort, kaum dass es verklungen ist, als wären die Worte in Rauch gesetzt.

Hanne weint nicht, auch nicht, als alle anderen, die zur Leich gekommen sind, schluchzen, zu Dutzenden, Hunderten haben sie sich um das Haus herum und auf der Straße davor versammelt, ein arhythmischer Tränenchor, aus dem für Hanne nur das nasse Gesicht ihrer Mutter heraussticht, und das von Lászlós Mutter, die nach der Rede langsam auf sie zukommt.

Danke, das hast du schön gemacht, sagt sie so leise, dass Hanne es ihr an den Lippen ablesen muss. Sie schwankt leicht, greift in ihre schwarze Tasche und holt Hannes Poesiealbum heraus. Das soll ich dir von László geben, haucht sie und wäre vielleicht umgefallen, würde Ellie sie nicht bei den Schultern halten.

Es dauert lange, bis der Leichzug am Friedhof angekommen ist, und noch länger, bis die Prozedur vorbei ist, bis die schwarzen Trauben wieder vom Gottesacker fließen, sodass Hanne besser zum Grab hinsehen kann, in das der Sarg längst hinabgesenkt wurde. Lászlós Mutter steht immer noch davor, weigert sich zu gehen, ihr Mann wankt hilflos daneben, der Rücken in Schulterhöhe abgeknickt, die dunklen Hosenbeine schlackernd im kalten Wind.

Als er sich Hilfe suchend zum Arzt umdreht, brüllt Lászlós Mutter wieder wie ein angeschossenes Tier auf und will sich ins Grab stürzen. Mit letzter Kraft versucht sie den Männerarm abzuschütteln, der sie daran hindert.

Mein Gott, wie soll man damit weiterleben, raunt Ellie keuchend, das geht doch gar nicht. Sie wird sich was antun, früher oder später, und ich würde es genauso machen, wenn es mein Kind wäre. Hanne schaut zu ihrer Mutter auf und weiß, sie wird nie sterben dürfen, damit Mama nie sterben muss. Weil Mama nie sterben darf.

Es ist die letzte Erinnerung, die Hanne an das Begräbnis behält, die nächste setzt in ihrem Zimmer ein, als sie das Poesiealbum aufschlägt und die zwei roten Herzen sieht, die László hineingemalt hat, und dazwischen die Wellenlinien, *Unsichtbare Strahlen* steht da, und in Klammern *Liebe*. Keine Namen, aber Hanne weiß sofort, was er meint, und schämt sich wieder, weil sie das nicht gemerkt hat, weil sie ihn zwar mochte, aber nicht *so* für ihn empfunden hat, und erst jetzt taucht sie auf, die Frage nach dem *Warum ich?*, und Hanne weint. Sie weint auch an ihrem dreizehnten Geburtstag, weil László für immer zwölf und im Bann seiner unerwiderten unsichtbaren Strahlen bleiben wird.

Jahre später, Hanne und ihre Eltern leben längst in Deutschland, Hanne steht kurz vor dem Studienabschluss. Sie gehen Freunde ihrer Eltern besuchen, und als sie reinkommen, erfährt Ellie, dass

Lászlós Eltern auch da sind, sie warten schon im Wohnzimmer. Kann Hanne auch mit rein oder wäre das für Eva zu …?, fragt Ellie erschrocken, aber da hören sie schon Evas Stimme von drin und treten ein.

Lászlós Eltern sehen genauso aus, wie Hanne sie in Erinnerung hatte, schmale, leise, durchscheinend schwarze Höhlengestalten, die nicht mehr aufrecht leben können, nur noch ein bisschen schmaler und leiser, als würden sie langsam verschwinden. Hanne hat Angst und keine Ahnung, ob sie László erwähnen darf, aber Eva lächelt sie an und fragt, ob sie sich an ihn erinnern könne, und in Hannes Brust knistert etwas, als spürte sie sein Aneurysma. Sie reden lange, lächeln viel und weinen gar nicht, und am Ende bedankt sich Lászlós Mutter bei Hanne dafür, dass sie gekommen ist, das habe ihr gutgetan. Das Weiß in den Augen ihres Mannes ist porzellantot, er sagt die ganze Zeit kein Wort, nur am Schluss wendet er sich seiner Frau zu und flüstert lächelnd: Nicht mehr lang, Liebes.

Also hat sie es doch geschafft, irgendwie damit weiterzuleben, sagt Hanne zu ihrer Mutter, als sie nach Hause gehen. Ellie sieht sie an, die Tränen laufen, als würden sie nie wieder aufhören, und sagt, nein, Kind, sie lebt schon lange nicht mehr. Sie wartet nur darauf, dass László sie endlich nachkommen lässt.

Es drückt
Reschitza / Bukarest, Mai 1982

In drei Tagen dürfen sie raus. Nach Deutschland, zu Tata, an dessen Gesicht Hanne sich kaum noch erinnern kann. Zwei Jahre sind lang, doppeltlang, wenn man in der Zeit dreizehnvierzehn wird. Weit weg ist er, der Vater, vor entfremdend langer Zeit geflohen, unter so abenteuerlichen Umständen, dass ihm wohl keiner die Memoiren abkaufen würde, zu sehr tönt es nach Es-war-hart-aber-ich-war-härter. Das Paket ist angekommen, hatte Ellie damals am Telefon gehört, Meldung von Bekannten im Westen. Hanne wusste weder welches Paket – was hätten sie denn schicken sollen – noch warum Mama auf einmal am Bakelithörer weinte. Das Paket, das war Tata. Unterwegs um einiges erleichtert, ja sogar zeitweilig verschnürt, auf Umwegen, aber dann doch angekommen. Hanne hatte nichts davon gewusst, nichts haben sie ihr verraten, als wär sie ein kleines dummes Kind, das sich verplappern könnte.

Und ausgerechnet jetzt, drei Tage vor Warteschluss, muss sie das Katzenkind finden, in der stinkigen Mülltonne. Hätte es nicht winzigleis miaut, sie hätte ihm den Mistkübel über dem Kopf ausgeleert. Mit spitzen Fingern fischt Hanne es aus den Klebrigkeiten heraus, unterm Schmutz ist keine Fellfarbe zu erkennen, nur das Gelb der eitrigen Augen. Vor lauter Schreck vergisst Hanne den Eimer neben der Tonne, als sie mit der Katze zu Mama rennt.

Das fehlt uns ja gerade noch, seufzt Ellie, aber dann krümelt sie doch was vom übrig gebliebenen Hühnchen auf einen Unterteller und stellt es der Katze hin, und die schlingt, so schnell kann keiner schauen.

Zum Glück haben sie heute ein paar Stunden Warmwasser, da können sie den gröbsten Dreck und die Flöhe abspülen, trockengerubbelt sieht die Katze jetzt rothaarig aus, und Hanne sucht im Kopf nach einem passenden Namen, aber Mama kann wie immer ihre Gedanken lesen, gewöhn dich nicht an sie, wir können sie nicht mitnehmen. Sie stippt ein Tuch in Kamillentee und wischt der Katze die Augen sauber. Ich finde jemanden, der sie nimmt, sagt Hanne, noch ist Zeit.

Zwei Tage später ist kaum noch Zeit, der Katze geht es besser, nur Hannes Zuversicht kränkelt. Keiner will die Katze haben, die Nachbarn nicht, die Freunde nicht, nicht mal die Katzenhex unten im Graben, zu der sich außer Hanne keins der Kinder aus dem Block traut, die hat schon mehr als genug miauende Mäuler zu stopfen. Hanne geht zu ihrer Großmutter Mamami, reckt das Kinn und das Katzenkind vor, aber ihre Flehworte verhallen auf halbem Weg zwischen Hannes Mund und Mamamis Ohr, und deren Kopf schüttelt ein stummes Nein.

Hanne weint die ganze letzte Nacht. Alles, alles würde sie dafür geben, die Katze mitnehmen zu können, aber sie haben eh schon alles, alles hergegeben, mitnehmen dürfen sie trotzdem außer Wechselwäsche nichts, nicht mal Geburtsurkunden und schon gar keine Katze.

Am Morgen packt Hanne ihren paprikaroten Lieblingspullover in eine Pappschachtel, darauf die Katze und einen Zettel an den Finder, dann legt sie den Karton zwischen die Bäume am verrosteten Spielplatz und weint ihre letzten Tränen drauf. Sie rennt erst zurück, als Mama drängelt, dass sie sonst den Zug verpassen.

Lange bevor im Osten neben der Sonne auch die Grenzen aufgehen, steht Hanne dann zum allerersten Mal an einem Flughafen. Gleich soll sie zum allerersten Mal in ihrem Leben fliegen, Bukarest-FrankfurtSchrägstrichMain, nonstop und ohne Rückflugticket, aber nicht deswegen schlottern ihr die Knie.

Neben ihr steht Ellie, gerade und schmallippig, ihre Weichheit mit harter Milchglashaut gegen das Außen verschalt.

Marita ist längst hinter die Absperrung zurückgedrängt, als letzte Gedächtnisstütze hat sie den beiden einen langsam durchweichenden Pappkarton mit ihrem unerreichten Blechkuchen mitgegeben.

Eine Zöllnerin krümmt den Zeigefinger, hierher, Passkontrolle. Sie hat Ohren wie kleine rote Schrumpelpaprika. Paprikatz hätte ich die Katze nennen sollen, fällt Hanne ein. Sie senkt die Augen, damit ihre Gedanken nicht durch die Schlitze nach draußen strahlen, dafür brennen sie ihr jetzt unsichtbare Löcher in die Schuhe. Einen ganzen Heftroman könnte Hanne in der Zeit lesen, in der die Zöllnerin das bisschen Name-Größe-Augenfarbe-Text im Pass mustert. Ein Nicken, und wieder der gekrümmte Finger: Folgen Sie mir.

Auf einer Holzbank, abseits, werden Tasche und Tasche durchsucht und nichts Staatsschädigendes gefunden. Dann wuppdreht die Zöllnerin beide Handgelenke nach oben, der Kuchenkarton steht Kopf, Maritas Gebäckgitter und die Marmeladenschicht tauschen die Etagen. Schade, dass hier keine Tauben sind, die das aufpicken, denkt Hanne noch, da segelt eine durchsichtige Tüte Richtung Erde – der papierene Boden unterm Kuchenbelag, er ist entlarvt. Geburtsurkunden lauern darin, Schulabschlüsse, Arbeitszeugnisse, irgendwie muss man seine Vergangenheit im neuen Land doch nachweisen. Kopierer gibt es nicht, in Briefen mitgeschickte Dokumente haben kaum eine Chance, über die Grenze zu schwimmen, und die vor Jahren ausgewanderte Gitte darf so selten zu Besuch kommen, dass sie ihr bisher kaum ein paar einzelne Blättchen mitgeben konnten.

Salzsäulen steht die Zöllnerin da. Dann das Kopfschütteln.

Das war's, denkt Hanne, jetzt lassen sie uns nicht mehr raus. Bestimmt ruft sie gleich nach denen, die uns wegbringen sollen.

Aber die Zöllnerin streicht sich nur mit dem freien Zeigefinger über den schwitzigen Oberlippenflaum. Sie sieht sich um, da ist keiner. Sie wissen doch, dass das verboten ist. Was soll ich denn jetzt mit Ihnen machen, gnädige Frau? Sagen Sie's mir.

Es sind doch nur persönliche Papiere, flüstert Ellie. Wir ...

Hat jemand Sie hierher begleitet? Ein Nicken. Meine Mutter, sie steht noch da hinten.

Geben Sie ihr das. Mit unmerklich bebender Hand hebt Ellie die Tüte auf. Das hinterhergezischte *unauffällig* ist so leise, dass Hanne es sich vielleicht nur eingebildet hat.

Ellies Pfad führt schnurgerade zu Marita, eine letzte Umarmung über die Absperrung hinweg, die Tüte gleitet lautlos unter Maritas Achsel.

Die Zöllnerin erlaubt dem Zeigefinger wieder eine Krümmung, hier rein. Das Zimmer ist nur ein Verschlag, dunkel und gummizellenend. Leibesvisitation, sagt sie, ohne die eine oder andere Silbe besonders zu betonen. Ist Vorschrift.

Ellie pellt sich stumm aus Rock und Bluse. BH und Schlüpfer und Schuhe auch. Ellies Zögern ist nur für Hanne zu spüren, schon steht sie nackt da. Die Zöllnerin greift in Ellies Schuhe, wringt ihren BH, gut, wieder anziehen. Und jetzt du.

Während sie ein Stück nach dem anderen ablegt, zählen Hannes Augen Knöpfe, Knopflöcher, Löcher in den Knöpfen. Die weite Hose samt Unterhose hat sie einfach über die Schuhe fallen lassen, die sind das Einzige, was sie noch anhat.

Die Zöllnerin nickt. In Ordnung, Sie können gehen.

Hanne stülpt sich hastig die Sachen wieder über. Sie lassen uns raus! Mehr Gedanken haben im Kopf nicht Platz.

Als die Tür schon auf ist, raunt die Zöllnerin noch, ohne die beiden anzusehen: *Drum bun.* Gute Reise.

Erst Stunden später, sie haben längst unwiederbringlich östlichen Luftraum verlassen, beim zwölften Luftloch, spürt Hanne die Kante unter der linken Fußsohle wieder. Sie bückt sich in Zeitlupe und tastet in die Socke. Er ist noch da. Nur einmal wird Ellie ihn noch brauchen, als sie ihn auf deutsches Dokumentenpapier umschreiben lässt. Ansonsten wird der Führerschein in einer Schublade liegen und der Rost die zwei Fotolochklammern umzingeln. Der Rost von meinem Fußschweiß, denkt Hanne bis in alle Zeit. Kein einziges Mal wird Ellie mehr Auto fahren.

Aus dem rechten Schuh fischt Hanne das Geldbündel und steckt es heimlich Mama zu. Aber wo ist deins, wieso hat sie in deinen Schuhen nichts gefunden? Die Genugtuung, die ihr das *Sikstes? Ich kann sehr wohl den Mund halten* bringen würde, verkneift sie sich.

Ellie blinzelt. Das Geld hab ich vorhin noch schnell zur Katzenhex unten im Graben gebracht. Und die Schachtel mit deiner Katze auch. Sie hat versprochen, sie kümmert sich drum.

Du hast das ganze Geld für meine Paprikatz hergegeben? In Hannes Brust wird es ganz rot vor Glück.

So hast du sie also genannt? Mama lächelt und erschauert dann. Mit den Papieren sind wir knapp davongekommen, hätte die Zöllnerin das Geld auch noch gefunden, wär's sicher aus gewesen. Was für ein Glück, dass du deine Schuhe anlassen konntest. Sie schüttelt den Kopf, als könnte sie es noch gar nicht begreifen. Wir haben sie gerettet und sie uns, deine Paprikatz.

In einem Frankfurter Bürokabäuschen gibt's fünf Mark Begrüßungsgeld pro Kopf, die Beamtin lächelt, Willkommen in Deutschland. Sie wissen nicht, welch Klischee es ist, als sie vier Mark für Bananen ausgeben, noch am Flughafen, und wüssten sie es, sie täten es trotzdem. Sie wissen auch nicht, dass das Geldbündel nichts wert ist, hier nicht, dafür im Graben einer Hex ein ganzes Leben.

Der Führerschein in ihrem linken Schuh ist bloß zum Teil schuld daran, dass Hanne nur langsam auf den Vater zugeht, der mit hochgereckten Armen hinter den auseinandergleitenden Schiebetüren auftaucht.

Es jauchzt
Hamburg, November 2006

In das Café gehen Hanne und Luis besonders gern. Wegen des Marmorkuchens. Trotz der Latte-macchiato-Mütter, die ihre mumiendick eingeplünnten Sprösslinge im Kinderwagen angeschnallt brüllen lassen, während sie sich im Kreis unterhalten, den Rücken zu den Kindern, über Windeln und Schuhe und Windeln und Männer und Windeln und dass man dem Kind nie genug Aufmerksamkeit schenken kann.

Luis drückt sich die Nase an der Kuchenvitrine platt und sagt Mammokuchn. Hanne lächelt, weiß ich doch, und zieht ihm die Mütze vom warmen Kopf.

Die ältere Dame, die Nächste in der Schlange, streicht ihm über die braunen Haare, als wäre es ihr gutes Recht. Luis versteckt sich hinter Hannes Bein. Hübsche Tochter haben Sie da, sagt die Dame. Na, und mein Sohn erst!, sagt Hanne und lacht. Luie is ein Mädchen!, ruft Luis. Mammokuchnmädchen!

Wie … ein Junge? Aber wieso lassen Sie ihm die Haare denn so lang wachsen, haben Sie keine Angst, dass der mal schwul wird? Schwul ist das leiseste, niedrigste Wort im Satz.

Hanne schüttelt den Kopf. Und weil sie gleich dran ist mit Bestellen, soll ihr ausnahmsweise ganz schnell eine schlagfertige Antwort einfallen, aber so einfach flutschen die nicht. Ich hab nur Angst, dass er mal krank und unglücklich wird, sonst nix. Ein

Stück Marmorkuchen, bitte. Und ein Kindapuccino!, ruft Luis hinter dem Bein hervor und guckt fasziniert zu, wie die Café-Tante Milchschaum in einen winzigen Pappbecher zischt und ein Kakao-Smiley draufpulvert.

Mit dem Kuchen in der Hand und einem *Tststs!*-Nachschlag im Nacken hält Hanne auf zwei Sessel neben dem Kinderbereich zu. Luis brösel sich den Kuchen beidhändig in den Grinsemund und löffelt den Puccinoschaum hinterher. Dann will er Hände waschen gehen, weil er klebrige Finger eklig findet.

Als sie zurückkommen, sitzt ein Mann Zeitung lesend im Sessel nebenan. Luis hockt sich bei Hanne auf den Schoß, sie spielen Kitzelkichermonster und Luis gackert und gluckert und wirft jauchzend den Kopf in den Nacken. Geht das auch leiser?, sagt der Mann. Luis denkt nach, glaub nich. Und windet sich weiter lachend in der Tentakelumarmung, damit das Mamamonster ihm nicht die Ohren abknabbern kann, und quietscht, weil er gewinnt. Dann setzen Sie sich doch wenigstens weiter weg, der schreit mir ja ständig ins Ohr!, keift der Mann. Hanne weist ihm mit starrem Blick und starrem Arm die endlosen Weiten des Cafés. Sie haben die freie Wahl, Sie unglücklicher Mensch, Sie.

Er springt auf, schmeißt seine Zeitung hin, die mit der Seite-3-Nackten nach oben auf dem Sessel liegen bleibt. Unverschämtheit! Er flieht aus dem Laden. Der kommt bestimmt nicht wieder, knuppert die Frau am Tresen, dabei hat der täglich schön viel Umsatz gebracht. Mama, der Mann mag uns nich, sagt Luis.

Auch die ältere Dame schaut dem Schnaubenden hinterher. Och, dann vielleicht doch lieber schwul. Und diesmal klingt das letzte Wort noch lange laut nach.

Es hakt
Hamburg, Frühling 2012

Kaum ein halbes Jahr nach Ende ihrer überjahrzehntigen Ehe mit Günther entdeckt Hanne den Haken an dieser Beziehung.

Günther wohnt längst woanders, in einem feuchtdunklen Zweikammerloch, in das Hanne ihren sieben Jahre alten Luis jeden Mittwoch und jedes zweite Wochenende unter unhörbarem Zähneknirschen schicken muss. Der Haken wohnt in einem Kästchen mit der Überschrift *Automatische Weiterleitung ausgehender E-Mails an: guenther@gmail.com*. Der Haken hat zudem einen Zwillingsbruder – auch Hannes eingehende Mails werden automatisch an Günther weitergeleitet. Alle.

Hanne sitzt mit Sofie, eine ihrer zwei früheren, wiederbelebten Freundinnen, die sie mit einem Dreisprung-Anruf (Er. Ist. Weg.) herbeibeschworen hat, vor ihrem Rechner. Den hat sie vor Jahren von Günther geerbt, als der sich mal wieder die nächstgrößere Kiste kaufte, und jetzt erweist er sich als Füllhorn unfortuniger Überraschungen. Sofie versteht von Computern um Längen mehr als Hanne, und anders als andere Freundinnen hat sie ihr nach Anhörung der Vorgeschichte statt neuer Frisur und Makeup einen Checkup ihrer Einstellungen verordnet, im Rechner wie im Leben. Hanne ist schon übel, aber sie zieht jetzt die Existenz von Halb- und Stiefgeschwistern des Hakens in Betracht, während Selbiges in Bezug auf Luis erst in einigen Wochen denkbar werden wird.

Sie findet die Haken-Verwandten neben Wortbildungen wie *Entfernte Anmeldung*, *Entfernte Verwaltung* und ähnlich bestürzenden Euphemismen dafür, wie Günther noch aus der Ferne über ihr Leben herrscht.

Der kann ja alles sehen, was du am Computer machst!, sagt Sofie. Und du wunderst dich noch, woher er Sachen weiß, die er eigentlich nicht wissen kann. Hat der früher mal als Hacker seine Brötchen verdient, oder was? Ja, sowohl die legalhellen Semmeln als auch die schwarzen Laugenbrötchen, die unter der Theke verkauft werden, sagt Hanne tonlos. Computercrack halt. Dafür im Leben nur ein kleiner Käsekräcker.

Das rückgängig zu machen, was Günther vermutlich drei Klicks und einen grinsenden Klacks gekostet hat, dauert für Hanne mehrere Stunden. Aber am Ende sind die Haken aus ihren Kästchen ausgezogen, das Kameraauge oben am Rechner, durch das Günther wie durch ein fahrlässig offen gelassenes Fenster einsteigen konnte, hat sie in Ermangelung anderer Ideen mit einem Papierstreifen zugeklebt. Alle Passwörter sind jetzt hausgemacht, aus Vokabeln, die zu Hannes neuem Leben gehören und die Günther nicht kennen kann. Jetztmalehrlich. Niewiederdu.

Alles Durchatmen und Fensteraufreißen nützt nichts, Hanne ist schweißgebadet und schwindlig, als sie seufzt: Jetzt noch ein Foto von Luis ausdrucken, seine Lehrerin braucht es für den Geburtstagskalender.

Und irgendwo in den Tiefen der Bildergalerien, zwischen *Luis2004* und *Urlaub2009*, klemmt eine Datei, die mit *AndreaS* überschrieben ist, und Hanne überlegt noch, welcher Andreas gemeint sein könnte, da klickt Sofie schon das erste Nacktnippelbild auf. Hannes Gehirn denkt nicht, was nicht gedacht werden darf, und diktiert den Lippen daher nur, was sagbar ist: Wann hat er mich denn mal nackt fotografiert?

Aber Sofie runzelt die Stirn, bist das wirklich du? Denn das Bild ist kopflos, so kopflos wie Hanne jetzt, nein, es ist nicht ihr Busen, und auf den aufgeklickten Folgefotos nicht ihre gespreizten Schenkel, nicht ihr zeigefingerlutschender O-Mund. Sie weiß plötzlich, wer AndreaS ist. Eine Zeitlang hat Günther viel von der neuen Kollegin gesprochen. Hanne kennt sie unbesehen aus seinen Erzählungen, und jetzt kennt sie sie auf einmal unverlangt in- und auswendig, mit Kugeln und Kegeln in klaffenden Körperöffnungen, Bilder in zweifacher Ausfertigung, davon einmal mit wegretuschierten Arschbackenpickeln, da hat er sich offenbar viel Mühe mit gemacht.

Das erste Foto ist auf Ende Januar 2005 datiert, sechs Tage nachdem Hanne und Günther Luis wiederbeleben mussten, weil er blau und luftleer und tot in ihrem Arm lag. Sechs Tage nachdem Hanne ihr Kind das allererste Mal angeschrien hat: Atme!, und ihm Luft hineinküsste in Nase und Himbeermündchen zugleich. So etwas schweißt Paare doch zusammen, schreit es in Hannes Kopf, aber offenbar hat Günther da schon längst anderweitig geschweißt, schweißglänzend räkelt sich AndreaS vor seiner Kamera, denn seine ist es, in einer Ecke ihres potthässlichen Schlafzimmerspiegels ist seine Kamera zu sehen, seine Finger darum, an einem der unverwechselbare Streifen vom abgezogenen Ehering. Von wegen Computercrack, sagt Sofie, die Bilder hat der Idiot wohl vergessen zu löschen.

Sind das nur die Reste, die der Löschvergesslichkeit anheimgefallen sind? Hanne gefriert innerlich beim Gedanken an den unterseeischen Großanteil des Eisbergs. Oder hat er darauf gehofft, erwischt zu werden, wie ein Serienmörder unbewusst auf den brillanten Kommissar hofft, der ihm gewachsen ist und seinem Treiben ein Ende setzt? Durchaus nicht nur nackte Tatsachen sind von AndreaS zu sehen, auch angezogene Bilder, sie mit ihren Kindern und Günther im Eiscafé, in der Pizzeria. Sie war nicht nur die Bettbeziehung, sie war die parallele Lebensschleife.

Hannes Kopf kann nur ein Wort denken: Endlich. Endlich hat sie Gewissheit, dass all das ungute Gefühl der letzten Jahre nicht eingebildet war, dass sie nicht verrückt ist. Der Schweißausbruch spült sie auf die Füße.

Sie lässt sich von ihren zitternden Beinen ins Bad tragen, kniet vor der Toilette und bricht und bricht, bis alle Galle verspieben ist. Dann wäscht sie sich den Mund, begleitet Sofie zur Tür und legt sich schweigend zu Luis, dessen Atem bebend über die rosa Lippen ausströmt, die Lippen, die Hanne nur ein einziges Mal mit dem Mund berührt hat, als sie ihm ihre Luft eingehaucht hat, bis das Blau seiner Totenblässe vom Lebensrot verdrängt war.

Es backt
Reschitza, Dezember 1973

Nein, du nicht, sagt Marita und fischt Hannes Hand am Ärmelsaum aus der Teigschüssel. Du packst mir das nicht an. Sonst werden die Mehlspeis am End wieder so schwarz wie letztes Jahr. Ich will aber!, schmollt Hanne. Schau her, ich hab mich gewaschen! Mit der harten Kernseife gerubbelt, die ganze Haut und sogar zwischen den Fingern. Und was ist das hier?, schimpft Marita, die Hanne nie Oma und nie Omama, sondern aus unerfindlichen Gründen schon immer Mamami genannt hat, womit Marita halbwegs leben kann. Etwa die Sonnenfarb vom letzten Sommer? Sie reibt Hanne den Dreck aus den Hautfalten am Handballen und schickt sie ein zweites Mal ins Bad.

Dann wischt sie sich die Hände an der fadenscheinigen Schürze ab und teilt einen kleinen Batzen Teig ab. Den darfst du walken, sagt sie, als Hanne mit tropfenden Händen wieder da ist. Sie kann nicht verhindern, dass das Strahlen des Kindes ihr ein Lächeln aus den Missmutsfalten um den Mund heraussaugt.

Hanne schaut zu Sanda rüber, die mit weißen Fingern alles vorbildlich vormacht, sie knetet und rollt aus und nimmt das kleinste Stamperl zum Ausstechen, und in die Hälfte der Plätzchen macht sie noch ein kleines Loch mit dem leeren blechernen Radiergummihalter vom Bleistiftstummel. Hanne zählt alles genau ab, kratzt jedes einzelne Ding dann vorsichtig mit einem Buttermesser von der Tischplatte und schiebt's aufs Backblech. Warum die runden Mehlspeis sich manchmal in Ovale und manchmal in Kräuselrüschen verwandeln, gehört zu den ungelösten Rätseln. Genauso wenig hinterfragt Hanne, warum sie ihre Plätzchen nicht zwischen die anderen aufs Blech legen darf, nur auf ihre Ecke. Meins, meins ganz allein, denkt sie mit herauslugender Zungenspitze.

Sie ist gerade damit fertig, die letzten beiden Hälften mit Erdbeermarmelade zusammenzupappen, elf Türmchen hat sie rausgekriegt, so geschickt hat sie den Teig ausgestochen, da kommt Ellie von der Arbeit und seufzt sich dem herrlichen Duft entgegen, ohh, hier riecht's aber gut, genau das Richtige gegen den Weltgestank da draußen, den ganzen Tag freu ich mich schon drauf.

Hanne zeigt mit glühenden Wangen auf ihren winzigen Teller, ihr Plätzchenplätzchen. Du sollst den allerersten probieren, Mama, sagt sie, das sind meine.

Als könnte man das nicht schon von über der Straße erkennen, knurrt Marita. Lass deine Mutter lieber a richtige Mehlspeis essen, aane von denne hellen.

Aber Ellie nimmt sich eins der dunklen, ausgefransten, schief verklebten Kekspaare von Hannes Teller und schnurrt sich mit in den Nacken gelegtem Kopf genießerisch den Geschmack in den Bauch. Soo guut! Sie zieht Hanne zu sich ran. Die Tochter schmiegt das Gesicht in ihren Mantelschoß, und das liebevolle *Mein Goldkind, meine liebste Bäckerin*, dringt ihr durch den Schalldämpfer des kratzigen Wollstoffes ins Ohr bis tief runter in die Brust.

Es knirscht
Reschitza, Herbst 1979

Dass die Dinger Flummi heißen, erfährt Hanne erst Jahre später, als sie sie in dem kleinen Automaten an der Außenwand des bayrischen Auffanglagers sieht, fünfzig Pfennig, zweimal drehen, fertig. Aber Tata schimpft, weil fünfzig Pfennig viel Geld sind, die schmeißt man nicht für so ein Dummzeug raus. Ellie knirscht nur leise und drückt Hanne die Münze in die Hand. Jetzt sind wir endlich da, wo du uns haben wolltest, sagt sie zu ihrem Mann, jetzt soll mein Kind auch alles haben, was es will.

Hätte Hanne es jetzt schon gekannt, das Wort Flummi, hätte sie Marita genau gesagt, was sie mitbringen soll vom Verwandtenbesuch in Deutschland. Die Karin aus ihrer Klasse hatte so eine durchsichtige Gummikugel mit Glitzer drin, und sie wollte auch unbedingt eine, aber jetzt ist Marita wieder da und hat keine mit, nur so eine durchsichtige Kugel mit Glitzer drin, aber aus Glas, Glas!, die kann sie doch nicht auf dem Boden hüpfen lassen! Das war das Einzige, was Hanne mitgebracht haben wollte, und ausgerechnet das kriegt sie nicht. Sie knirscht und sagt artig danke und lässt die Glaskugel in die Tasche gleiten, die taugt ja nicht mal als Briefbeschwerer, und doch wird sie sie in wenigen Jahren auf einen immer höher werdenden Briefstapel legen, bis sie irgendwann runterkullert und die ersten Splitter abplatzen.

Andere Sachen hat Marita mitgebracht. Kaffee und Schokolade, goldene Kettchen mit filigranen Kreuzen für Hanne und Sanda, Strumpfhosen für Ellie, Armbanduhren mit silbernen Druckknöpfchen an der Seite für Mann und Schwiegersohn. Hanne kriegt auch eine Filzstiftmappe mit einem unfassbaren achtzigteiligen Regenbogen drin, die sie tagelang wie eine Handtasche draußen spazieren schwingt, bis sie einmal, sie ist allein unterwegs, von einer Frau darauf angesprochen wird, und als sie nicht verkaufen will, Mühe hat, sich loszureißen, weil die Frau mit einer Fünferkralle ihr Handgelenk und mit der anderen die Stiftmappe umklammert. Sie schafft es nur weg, weil eine andere Frau sich einschaltet: Schämen Sie sich denn nicht, lassen Sie das Kind in Ruh.

Danach versteckt sie die Stiftmappe wie alle anderen Mitbringsel aus Deutschland, nur den erdbeerrot duftenden Radiergummi mit *Liebe ist…* und zwei Strichfiguren drauf nimmt sie mit in die Schule und zeigt ihn herum. Mit einem Flummi kann sie ja leider nicht aufwarten, dabei hat sie schon ewig vorher damit rumgeprahlt, dass ihre Mamami ihr einen Zehnerpack in allen Farben mitbringen wird, und jetzt muss sie sich zähneknirschend das Gelächter gefallen lassen, dass ihre Kugeln nicht nur durchsichtig, sondern unsichtbar sind. Und die Johler rennen kreuz und quer durchs Klassenzimmer und lassen die unsichtbaren Flummis hüpfen, schaut mal her, wie schön die glitzern, in allen Regenbogenfarben, und Hanne denkt an ihre Filzstiftmappe, nicht mal die darf sie herzeigen, und eigentlich kennt sie damals auch das Wort Filzstift nicht, weil die Dinger in ihrer Welt *carioca* heißen, aber auch das erfährt sie erst, als sie Jahre später in Deutschland, in einer neuen Klasse von neuen Mündern ausgelacht wird, weil sie *carioca* sagt.

Das Knirschen muss Hanne von beiden Eltern geerbt haben, wobei der Vater das noch besser kann als Ellie, die ist dafür besser im Lippenpressen. Nach Maritas Rückkehr knirscht ihr Schwiegersohn Conny am gekonntesten. Als Rentnerin hat sie nach langem Antrag ganz legal nach Deutschland gedurft, drei Monate zum Vetter nach Bayern, und es war doch abgemacht, dass sie dort bleibt, damit die Tochter mit Schwiegersohn und Enkelkind nach noch längerem Antrag nachreisen darf, das war doch so abgemacht, mit Handschlag, abgemacht war das, so einfach wär das gewesen, aber jetzt ist sie wieder da, was denkt die sich eigentlich, das verzeiht er ihr nie, der egoistischen alten Hex!

Gedacht hat Marita ganz viel in den drei Monaten, dass es in Deutschland wirklich schlaraffig ist, aber dass sie es nicht schaffen würde, vier, fünf Jahre ohne Tochter und Enkelkind zu leben, ohne ihren Sessel und das tägliche Nachbarschwätzchen beim Sticken, und dann ist da noch der Mann, der dann wohl weg wäre mit Sack und Pack, kennst du einen, kennst du alle, und was soll aus Sanda werden, die dürfte sicher nicht nachkommen, ist ja nicht legal adoptiert, wie soll die denn, noch minderjährig, allein klarkommen, in einem rumänischen Waisenhaus etwa, wie Karlie? An den Handschlag mit dem Schwiegersohn denkt sie nur flüchtig, der egoistische Mistkerl, der es nicht mal schafft, Frau und Kind zu ernähren, der das Kind eigentlich gar nicht wollte und die Frau schlägt, ihre kleine Ellie, das verzeiht sie ihm nie! Dabei ist sie es selbst, der sie nie verzeihen wird, denn ohne sie wäre Ellie nie bei dem Dorftrottel gelandet, und Marita senkt den Kopf und schüttelt ihn, schüttelt alle Mistkerle raus in den Dreck der Vergessenheit, und als sie den Blick hebt, ist sie wieder die stolze Hexendame mit dem Glaskugelherz, das so schnell nicht zerspringt.

Nach drei Monaten Deutschland ist sie voller Sehnsucht und Freude dahin zurückgefahren, wo ihre Madl Haus und Tisch sind. Ellie, Hanne, Sanda, dreibeinige Tische wackeln nie, die Männer lassmer mal außer Haus. Sie sieht Hannes enttäuschten Blick.

Tagelang hat sie nach so einem durchsichtigen Kugelding mit Glitzer gesucht und anscheinend doch das Falsche gebracht, tut mir leid, aber schau mal, die *carioca*. Sie hört das schwiegerunversöhnliche Knirschen und Knurren und sieht, wie er sich abwendet, nachdem er sich die Armbanduhr umgebunden hat. Ellie wischt ihm wegwerfend hinterher, und Marita verzieht das Gesicht zu einer Entschuldigung, die tiefer geht, als sie zeigen kann, an Conny vorbei bohrt sich die Verzeihensbitte bis tief in Ellies Jugend hinunter, aber aussprechen kann Marita jetzt nur: Ich hätt's nicht ausgehalten ohne euch. Ellie lächelt, ich weiß, Mutti, und ihr Wissen geht tiefer, als sie zeigen kann, an Conny vorbei bohrt sich das Verzeihen bis tief in Ellies Herz hinunter, das nur Hanne gehört, Hanne, die es ohne Conny nicht gäbe. Ist schon gut, sagt sie, ich hab gselchtes Kraut gekocht, so was Gutes hast bestimmt nicht gekriegt in der Fremde.

Es reist
Reschitza / Schwarzmeerküste, Sommer 1978

Den ersten Fehler begeht Hanne schon am Bahnhof. Sie haben es ihr doch gesagt, immer und immer wieder haben sie ihr eingebläut, dass sie nicht sagen darf, wohin sie fahren, tausend Mal haben sie es gesagt, oder nicht? Und dann sitzt sie da auf dem Koffer und wird gefragt, von irgendeiner wildfremden Person wird sie gefragt, und sagt die Wahrheit! Ans Meer fahren wir, ans Meer! Tata tobt, Mama greift zischend nach seinem Ärmel, jetzt beruhig dich, eine fremde Zigeunerin weiß jetzt, dass wir ans Meer fahren, na und? Sie braucht nur rauszufinden, wo wir wohnen, keucht er. Sie weiß, dass wochenlang keiner da ist, und schon steigen die bei uns ein, sie und ihre Baggage! Und wenn wir wiederkommen, ist alles leer, nur die Wanzen tanzen noch aufm Fensterbrett.

Zum Glück überlagert der nahende Zug seine Wut, mit hochrotem Kopf springt Tata rein und quetscht sich durch, um ein halbes Abteil zu sichern. Am Ende schaffen sie es, eine schmale Dreierbank für sich allein. Hanne darf erst mal am Fenster sitzen. Auf der Bank gegenüber macht es eine andere Familie ähnlich, die Mütter tauschen Nettigkeiten und die Namen ihrer schüchternen Töchter aus, Speranţa heißt die andere, Speranţa, die Hoffnung, was für ein komischer Name, denkt Hanne. Oh Wunder, das Fenster ist heil und lässt sich quietschend öffnen und schließen, sogar der kleine Klapptisch geht noch, Ellie wischt ihn sauber und wirft den stinkenden Abfall zum Fenster raus, sobald der Zug Fahrt aufgenommen hat. Es gibt Brot und Käse, hartgekochte Eier und Tomaten, und Hollersaft aus Glasflaschen mit breitem Hals. Zur Nacht werden Hannes Eltern nach vorn an die Sitzkante rutschen, damit Hanne sich hinter ihnen ausstrecken kann, manchmal hat es doch Vorteile, wenn man spillerig vom Schwimmen ist. Die zwei panierten Schnitzel packt Mama erst aus, als sie denkt, dass die Leute gegenüber schlafen, die Kostbarkeit hat sie nur für Hanne aufgehoben, aber dann schlägt Speranţa die Augen auf und Ellie schneidet seufzend ein halbes Schnitzel ab und gibt es ihr, und Speranţa schlingt es lautlos runter und lächelt erst, als sie wieder eingeschlafen ist.

Hanne deckt den Mief der kreuz und quer eingerissenen Sitzbank mit einer Jacke ab, die sie sich unter den Kopf knüllt. Nach ein paar Stunden Schlaf, lang ausgestreckt wie eine Stange Lauch, wacht sie vom Stöhnen ihres Vaters auf, der so nicht mehr sitzen kann, und Mama breitet ein paar Kleidungsstücke im Gepäcknetz aus und lässt Hanne hochklettern, herrlich ist es da, fast wie in ihrer Hängematte zuhause, die sie sich jahrelang gewünscht hat und die jetzt endlich zwischen den zwei dicken Bäumen in Fuchsental aufgespannt werden kann, wenn sie im Sommer da sind.

Als der Morgen dämmert, ruckeln sie immer noch so dahin, manchmal umfasst sie minutenlang völlige Dunkelheit, und gerade wenn Hanne es nicht mehr aushält und schreien will, jault der Zug sich aus dem Tunnel raus ins Zwielicht. Dann fahren sie auf einen Damm, und den nächsten, den Damm den Damm den den den Damm den Damm den den den Damm, Hannes Augen schlittern schon wie auf Kufen zur Seite vom vielen Rausschauen. Speranţas Eltern schlagen sich zur Zugtoilette durch und kommen mit grünlichem Gesicht kopfschüttelnd wieder. Ellie sieht Hanne an und drückt ihr eine der leeren Flaschen mit breitem Hals in die Hand. Hanne will nicht, aber sie hat keine Wahl, sie kauert sich hinter einer aufgespannten Jacke hin. Die Flasche ist das Letzte, was Mama aus dem Fenster wirft. Und irgendwann ist es ganz hell und ganz flach und ganz anders als zuhause und sie sind endlich da.

Die Koffer haben noch keine Rollen und machen die Arme lang, aber noch bevor sie aufs Hotel zuhalten, muss Hanne unbedingt das Meer sehen, muss muss muss. Hinter der Promenadenmauer springt es ihr entgegen mit seinem Algengeruch, mit seinem Blau und Schwarz und seinem kratzigen Salz, und Hanne wird die Brust ganz eng vor schierem Glück.

Das Zimmer ist ein winziger Verschlag mit zwei schmalen Betten, die sie zusammenschieben, quer werden sie schlafen müssen, aber die Bettwäsche ist sauber und die Toilette funktioniert.

Schon um 5 Uhr morgens muss Tata immer mit einem Laken raus, es mit Steinen am Strand beschweren, sonst hat man keine Chance auf einen Platz am Wasser. Hanne muss die verhasste Häkelbadehose anziehen, die mit den vielen Löchern an der Seite, damit Sonne an die kaputten Hüftgelenke kommt, darauf besteht Mama und lässt diesmal nicht mit sich reden. Am zweiten Tag schaut ein fremder Mann Hanne in der Schlange vor dem Eisstand blöd an und grinst noch blöder, bist du etwa ein Mädchen? Na, dann zieh dir mal lieber was über die Zitzen, oder lass dir die Haare lang drüberwachsen. Hanne läuft ohne Eis und vor Schande heulend zu Mama, und die kauft ihr knurrend ein Oberteil, mit zehn Jahren darf sie sogar im Verein noch ohne Oberteil schwimmen, nur hier findet sich so ein Vollidiot mit seiner schrägen Denke, aber die Häkelbadehose muss sie trotzdem weiter tragen.

Hanne hat nur drei Heftromane dabei, die sind nach vier Tagen ausgelesen, und mehr als einmal liest sie ihr Leben lang kein Buch. Nur ihr Rücken wird braun, weil sie immer auf dem Bauch liest oder gebückt am Wasser entlangläuft, auf der Suche nach der sagenhaften rosa Muschel, von der sie in ihrem Zoologiebuch gelesen hat, ganz klein ist sie und ganz selten, und so eine will sie.

Die Hotelkantine probieren sie nur einmal zu Mittag aus. In der Ochsenschwanzsuppe schwimmt ein einzelnes Stück behaarter Ochsenschwanz und wedelt den Fäkalgestank nach allen Seiten, das reicht. Dann lieber ein Stück Räucherfisch vom fliegenden Händler, auch wenn Tata deswegen mit täglich mehr Besorgnis auf das schwindende Geldbündel schaut, das er in der Socke versteckt trägt. Nach dem Mittagessen legen sich Hannes Eltern im Zimmer hin. Hanne ist es unbegreiflich, wie sie tagsüber schlafen können, sie langweilt sich so, dass sie den Putz abschaben könnte und immer wieder hustet oder Streit anzettelt, nur damit die Siesta endlich endet. Wenigstens darf sie ab und zu die verbrannten Hautfetzen von den Schultern ihres schlafenden Vaters abschaben oder am Fenster sitzen und in den Wolken Tiere suchen, Tiere für den Gnadenhof, den sie einmal haben wird, ganz bestimmt, und die Namen dazu wird sie wie immer im Atlas suchen, wunderbare, exotisch anmutende Namen wie Trikala. So ein griechischer Ortsname ist doch perfekt für eine Ziege, die sie von einem bösen Bauern retten wird.

Abends essen sie Hähnchen vom Drehgrill mit *mămăligă* und *mujdei*. Der Knoblauchduft umhüllt die langen Holztische wie die fremdländischen Klänge der Musikanten. Hanne lernt *Guantanamera* kennen und kriegt es nicht mehr aus dem Kopf, und immer wenn sie die Paare sieht, deren Leben hier wie die Rotweinströme zusammenfließen, kann sie deren Kapriolen beim besten Willen nicht verstehen, dennoch zieht es in ihrem Magen wegen dem, was sie nicht benennen kann und was in einer fernen ungewissen Zukunft liegt.

An einem dieser milden Abende entlang der Promenade sagt sie Bescheid, dass sie noch kurz an den Strand geht, und spaziert immer weiter nach rechts und weiter und weiter, merkt sich eine einsame Bierflasche als Meilenstein. Sie folgt der Fährte der rosa Muschel, irgendwo muss sie doch sein, nur noch bis zur nächsten Bucht, oder zur nächsten ... Den Punkt zu finden, an dem sie umkehrt, ist schwer und frustrierend wie einen falsch gestrickten Pullunder wieder aufzudröseln. Sie schaut hoch und sieht nur noch Dünen und den dunkler werdenden Himmel, da wirbelt sie auf den Fersen herum – und hätte sie beinahe zerstampft. Ja, da ist sie, eine winzige rosa Muschelschale ohne ihren Zwilling, einsam dümpelt sie im Gischtsaum, lässt sich von Hanne hochheben und fliegt mit ihr zurück. Seltsamerweise erscheint Hanne der Rückweg viel länger, obwohl sie doch nach Kräften rennt, vielleicht ist es das Gewicht des bedeutungsvollen Fundes, das sie bremst.

Als sie an der Promenade ankommt, wo sie ihre Eltern zuletzt gesehen hat, ist keiner da. Die werden wohl nicht ohne sie gegangen sein? Da stürzt Mama plötzlich von der Seite auf sie zu, die Züge so entgleist, wie Hanne sie noch nie gesehen hat. Hanne reckt ihr die Muschel entgegen, schau, endlich hab ich sie, ist sie nicht wunder... Da schallert ihr Ellies Ohrfeige um das linke Ohr, dass ihr die Muschel aus der Hand fliegt, und der Schall von Mamas Worten echot hinterher: Drei Stunden warst du weg, drei Stunden! Wir haben dich überall gesucht, ich hatte solche Angst, bei den vielen Verrückten hier, wie kannst du mir so was antun?

Hanne steht starr und wortlos da und hält sich die Wange. Mehr als der Schmerz brennen die Blicke all derer, die das mitangesehen haben, und Hanne versteht plötzlich Mama und versteht sie doch kein bisschen, und ihr ganzes blaurosa Meeresglück fällt in sich zusammen.

Das war alles, so eine weiche Watschn? Wär's mein Kind, ich hätt ihr den Arsch versohlt, keift einer neben ihr mit gewaltlüsternem Augenblitzen, einer, den Hanne selbst mit Tränenschleier als den vom Eisstand wiedererkennt, den mit den Zitzen.

Sogar aus der Höhle aus grauem Zorn schießt eine Löwenmutter heraus. Kümmern Sie sich um Ihren eigenen Arsch!, zischt Ellie. Meinem Kind haut keiner auf die Hüften, ich nicht und auch sonst keiner. Ellies Brustkorb hebt und senkt sich wie ein Schmiedehammer, sie wischt sich übers Gesicht, dann bückt sie sich nach der Muschel und stapft im Stechschritt Richtung Hotel davon. Unterwegs regnet Tata viele Worte von Schande und Angst auf Hanne herab, aber sie hört kaum was davon.

Im Zimmer hält Mama ihr eine Streichholzschachtel hin. Mach das nie wieder, verstanden? Du bringst mich noch ins Grab. Hanne schiebt die Schachtel auf, bettet eine dünne Schicht Watte hinein und darauf ihren Muschelschatz. Erst zwanzig Jahre später wird sie den rosa Zwilling finden, an einer italienischen Meeresküste, und weinen wegen der ersten rosa Muschel, die in ihrer Kindheit zurückbleiben musste wie all ihre anderen Schätze, als ihr Leben in den Westen kippte.

Für die Rückfahrt haben sie das Glück eines Schlafwagens, Hanne darf oben liegen, während ihre Eltern sich auf die untere Pritsche zwängen, und die Gleise rumpeln sie in den Schlaf, *drum bun*, gute Reise, *drum bun drum bun drum bun*.

Die Wohnung zuhause empfängt sie keineswegs leergeräumt, sondern im Gegenteil ganz voll, in den Teppichen wuselt es schwarz, nein, keine Wanzen, bis zu den Knien springen ihnen die Flöhe in Hundertschaften an den Beinen hoch, als sie sich reinwagen. Jessas, Maria und Josef, ruft Mama, schnell wieder raus da. Sie übernachten bei Mamami, bis Ellie jemanden gefunden hat, der gründlich DDT sprüht, und sich das Gift nach Tagen halbwegs verzogen hat. Dann legt Hanne die Streichholzschachtel mit der rosa Muschel zu ihren anderen Sammelstücken, den Fossilien aus dem Steinbruch und den winzigen Mäuseschädeln aus den Eulengewöllen, die sie manchmal findet, ganz selten nur, wenn sie richtig viel Glück hat.

Es spricht
Reschitza, Herbst 1974

Frau Ziemer trägt Grau, im Haar wie im Stoff, schmale Röcke und schmale Schuhe, und sie spricht Hochdeutsch mit siebenbürgisch scharfem R, so scharf wie kein S je sein könnte. Ihren Rohrstock trägt sie wie einen Zauberstab und wirkt damit berührungslose Wunder. Alle Erstklässler fürchten sie vom ersten Augenblick an – Hanne liebt sie, eine ehrfürchtige, silberkalte Gänsehautliebe.

Hanne weiß nichts davon, dass Mama schon vor Schulbeginn mit Frau Ziemer geredet hat, sich entschuldigt und um Nachsicht gebeten hat, weil Hanne kein Hochdeutsch spricht, nur Banater Berglanddeutschenpansch mit österreichischem Mehlspeisboden und rumänischen Kirschen obendrauf.

Eine Woche später bestellt Frau Ziemer Ellie in die Schule. Was reden Sie nur, gnädige Frau, das Kind spricht doch wunderbar, ein bisschen wenig und nur auf Aufforderung, ja, aber sie kann's. Nur eins verstehe ich nicht – hat sie noch nie Kühe gesehen? Ellie blinzelt verdattert. Wie bitte, aber sicher, jeden Sonntag in Fuchsental fressen uns die Kühe die Seife vom Bach weg, und Hanne füttert sie mit Melonenschalen, sogar melken kann sie, war doch oft genug oben im Dorf ... Dann begreife ich nicht, warum sie die Kühe auf den Bildern nicht zu benennen wusste, sagt Frau Ziemer. Dieses Rind ist schwarzgefleckt, hat sie gesagt, und dieses Rind ist braungefleckt, aber das Wort Kuh konnte ich ihr mit nichts entlocken.

Frau Ziemer entschuldigt sich, deswegen musste sie Hanne eine 9 geben, sonst wäre es eine glatte 10 gewesen, die erste Schulnote in Hannes Leben.

Zuhause weint Hanne wegen dieser Neunerschande, was für ein beschämender Beginn, für alle Zeit wird der Makel in ihrem Notenheft und ihrer Seele haften. Warum hast du denn nicht Kuh gesagt?, fragt Mama, und Hanne heult weiter, weil ich dachte, das sagt man nur auf Banater Bäurisch. Kuh, wie vulgär klingt das denn, wie blöde Kuh, das kann man auf Herrisch-Hochdeutsch doch bestimmt nicht sagen! Ellie lacht und drückt sie an sich, und dann essen sie Melone und finden es schade, dass sie gerade nicht in Fuchsental sind, wo die Rindviecher so feine Damen sind, dass sie sogar nach Seife duften.

Ellie erzählt Hanne von ihrer Omama Edith, bei der sie aufgewachsen ist, und ihr Lächeln ist dabei zwischen zwei Tränen aufgespannt. Meine Lehrerin, die Cojocaru Ana, war eine böse alte Curva, a vertrocknete Zwetschgn, die sich jede gute Note mit Kuhmilch und Kuchen und krossem Speck hat bezahlen lassen – wir hatten aber nix, was hätte ich ihr aufs Katheder hinschmieren sollen, wenn's daheim nicht mal für Schuhe gereicht hat? Manchmal hat mir die Omama ein paar schrumpligerdige Krumpien mitgegeben oder eine Schürze voll Kohlen, da schnaubte die Cojocaru nur von oben runter und hat mir trotzdem schlechtere Noten gegeben als den anderen, obwohl ich besser war. Und geschlagen hat sie mich, die alte Hex, mit der Linealkante auf die Fingerspitzen, die von den Kohlen eh schon rissig waren wie schwarzer Lehmboden bei Dürre, und an den Zöpfen gezogen, bis mir die Kopfhaut blutete. Aber dann ist an einem Tag plötzlich die Klassenzimmertür aufgeflogen und meine Omama bricht rein wie ein Taifun, klein und drahtig, wie sie war, und von ihrer Schilddrüse aufgezwirbelt, und sie stürmt auf die Cojocaru los und zischt die Curva an: Wennst mei klaane Ellie noch amol haust, dann pack i di bei denne Zotteln und schleif di die Treppen runter, dass die hinterher blitzen wie gebohnert, hast mi? Und obwohl sie das auf Deutsch schreit, weil ihre paar schrumpligen Brocken Rumänisch vielleicht zum Einkaufen, aber nicht zum Fluchen reichen – dafür garniert sie's mit ungarischem Geschimpfe, das ist am saftigsten –, versteht die Cojocaru sie anscheinend nur zu gut. Denn ab dem Tag hat sie einen großen Bogen um mich gemacht und mich nie wieder angerührt, und meine Noten wurden auch ohne Milch und Speck schlagartig besser. Ellie lacht leise in die Brust hinein, wo auch Hanne kichert und sich freut, dass sie keine Frau Cojocaru hat und stattdessen die Frau Ziemer, Kühe hin oder her.

Frau Ziemer hat's nicht leicht mit einer Klasse wie ein Experiment. Nicht nur dass die Kinder eine deutsche Insel in der rauen rumänischen Schulsee sind, es hat zudem zu keiner ganzen Klasse gereicht, eine halbe erste und eine halbe dritte muss sie jetzt in Raum und Zaum halten. Hanne darf, weil Frau Ziemer keine gelangweilten Kinder will, meist bei den Drittklässlern mitmachen. Schon bald schickt Frau Ziemer eins von Hannes ersten Gedichten an die Zeitung. Das erste Mal, dass Hanne ihre Worte gedruckt sieht, und das Gefühl ist nicht von dieser Welt. Ihr Notenheft füllt sich zumeist mit 10ern, trotzdem schämt sich Hanne noch jahrelang wegen der blöden Kuh.

In Deutschland windet sie sich dann jedes Mal, wenn Freunde fragen, warum ihre Mutter so einen komischen Dialekt spricht und nicht das bayrische Schwäbisch, das Hanne blitzschnell als Tarnfarbe angenommen hat wie seinerzeit das schulische Herrisch. Sie schaut zu, dass Ellie möglichst selten auf ihre Freunde trifft, schämt sich wegen ihrer Mutter, weil die Seabus statt Pfiati sagt und Leckwar statt Marmelade.

Aber dann sieht sie Ellies Blick und wie sie ihn senkt und verstummt, um ihre Tochter nicht zu blamieren, und die Kuh fällt ihr ein, und sie schämt sich jetzt ganz allein ihrer selbst wegen in Grund und Boden. Sie hängt ein Bild mit schwarz und braun gefleckten Kühen über ihren Schreibtisch, um das nie mehr zu vergessen, dass es nicht verkehrt ist, sich zu schämen, nur der Grund muss schon der richtige sein.

Es kreuzt
Augsburg, Frühling 1986

Hanne bleibt im Bus sitzen, als sei sie mit dem Polster kernverschmolzen. Die Türen fauchen auf, doch keiner scheint zu wissen, dass sie hier aussteigen müsste, also wundert sich auch keiner. Unbesehen zieht ihr Block an ihr vorbei, während sie die nassen Hände an den Jeansoberschenkeln abstreift, doch die Angst will nicht abgehen. Die Angst entstammt dem kreuzförmigen, hausnummerlosen Ungetüm nur eine Station weiter, das auch Stationen hat. Hanne will nicht hin, aber sie muss. Mamami liegt auf der Station, deren Namen sie sich nicht merken will. Hanne war bisher erst einmal da und schrie hinterher stumm ihr Niewieder in den atemlos schnellen Aufzug hinein, aber jetzt schreit es aus ihr zurück: Du musst, bitte, jetzt gleich.

Die Schläuche, die in Mamami ein und aus führen, sind unzählbar. Hanne lässt den Blick klettern wie auf einen Karpatengipfel, durchs Basislager der lakenbedeckten Beine, von denen eins am Knie endet, über den knöchernen Brustgrat unter dem Blümchenstoff des Nachthemds bis hin zu den zerklüfteten Bergspitzen der eingefallenen Wangen, die Mamamis trockenverzurrten O-Mund in die Zange nehmen.

Maritas Brustkorb lässt sich von einem Blasebalg heben und senken. Sie hört wohl Hannes leise Stimme, ist aber unfähig, mehr als ein stummes Echo zu senden.

Reden muss ich mit ihr, denkt Hanne, aber Scheiße Scheiße, worüber denn? Hört sie mich überhaupt? Dämlich kommt sie sich vor, als sie *Hallo, Mamami* sagt, genauso gut könnte sie sich vor den Kühlschrank stellen und den anquatschen. Sie steht da und traut sich nicht, sich auf den Bettrand zu setzen, doch sie streicht Marita über die knorrige Hand. Mittels Gelbgrad legen die Fingerspitzen Zeugnis davon ab, welche von ihnen die Sargnägel gehalten haben, die Marita zum Anderthalbbeiner machten. Selbst als sie keine vierzig Kilo mehr wog und ihre Tochter mit sulzigen Augäpfeln als Mutti ansprach, erinnerten sich ihre Finger daran, wie Zigaretten gehalten werden, rollte sie mit letzter Kraft zum Aufenthaltsraum, schwatzte Mitpatienten einen Glimmstängel ab und schmuggelte ihn unter dem rosa nässend umwickelten Beinstumpf ins Zimmer. Hanne tut das Einzige, was ihr einfällt, strichelt Marita mit dem Daumen ein verstohlenes Kreuz auf die wachskalte Stirn; zu einem Kuss, und sei er noch so flüchtig, kann sie sich nicht überwinden. Der Seufzer, den sie zur Antwort bekommt, erschreckt sie nach all der Stummheit so, dass sie aufspringt und aus dem Zimmer stürzt.

Luft, ich brauche frische Luft. Also geht sie zu Fuß nach Hause, auch wenn es länger dauert als mit dem Bus, auch wenn der Nieselregen ihr die Haare anklatscht und in den Kragen tropft.

Ellie hat sich unters schmale Hausdach des Blocks verzogen, schimpft Hanne schon von weitem entgegen: Wo bleibst denn, ich hab meinen Schlüssel vergessen, und ausgerechnet heute kommst zu spät. Als Hanne erklärt, ich musste zu Mamami, bohrt Ellie ihr nur den Blick in die Augen und fragt nicht nach dem Grund, brummt nur vor sich hin. Hättest dir wenigstens die Kapuze aufsetzen können, nicht dass du mir noch krank wirst.

In der Nacht schellt das Telefon alle aus den Betten. Ellie hat den längsten Weg zum Flur und ist doch als Erste dran. Ja, ich verstehe, danke, Herr Dokter. Dann zittert sie den Hörer zurück auf die Gabel. Ihr Blick hält Hanne fest, die auf ihrer Türschwelle steht und sich die kalten Arme reibt. Du hast es gewusst, sagt der Blick, aber Hanne schüttelt nur den Kopf: Woher? Hätte ich ihr bloß kein Kreuz auf die Stirn ... Ich hab sie umgebracht.

Als ihr Sohn zwei Jahrzehnte später in einem anderen Krankenhaus winzig unter Blümchenstoff verschwindet, an unzählige Schläuche angestöpselt, wird Hanne sich an Maritas letzten Tag erinnern. Ist doch dämlich, mit so einem Wurm zu sprechen, lachen die Eltern der anderen Frühchen sie aus, der kann doch eh nichts verstehen und antworten schon gar nicht, und Hanne macht es erst recht, weil sie und Luis es besser wissen. Doch nie wieder wird sie jemandem ein Kreuz auf die Stirn machen, ihrem Kind schon gar nicht, denn Luis soll leben.

Drei Tage nach Maritas Tod lauschen Ellie und Hanne der Nachrichtensprecherin, die erklärt, wie die Tschernobylwolke an jenem Tag, als Hanne das Kreuz auf Maritas Stirn däumelte, genau über Bayern abgeregnet hat, auf Hannes kapuzenungeschütztes Haar, in Hannes Kragen. Ellie nimmt Hannes Hand und schüttelt den Kopf. Nein, du nicht, du nicht, sagt sie. Du wirst leben.

Es duscht
Hamburg, Sommer 2012

Das Badezimmer, in dem Luis seine Mutprobe abhält, kennt Hanne von allen Seiten, auch von ganz unten, wo sie dalag, morgendelang. Wenn der Kraftakt vollbracht war, Schulbrot schmieren, Luis zur Schule bringen, ist sie Tag für Tag ins Bad gekippt, hat Günthers zurückgelassene Sachen aus dem Schrank geholt, jeden Tag ein staubbedecktes Stück, mit dem leichtesten angefangen, einem verklebten Uralt-Deostick, dann die stumpfen Rasierköpfe, die vergilbte Hautcreme, der Nagelknipser, den er nie gebraucht hat, weil er lieber kaute. Einiges schaffte sie im ersten Anlauf wegzuwerfen, für anderes brauchte sie mehrere Tage, für das Schlimmste einige Monate, sein Parfum mit dem Namen der griechischen Insel, auf der sie allen Versprechungen zum Trotz nie waren. Das flog am Ende auch nicht in den Mülleimer, sondern unter Günthers neue Fußmatte, wo Hanne mit dem mitgebrachten Hammer draufschlug, bis das Glas tot war und Hannes Arm lahm, und sie sich nicht mal mehr an dem Gedanken weiden konnte, wie das ganze Mietshaus ihn für den penetranten Geruch zur Rede stellen würde.

Jeden Morgen stützte sie sich am Waschbecken ab und suchte in ihren verzerrten Spiegelzügen nach ihrer toten Mutter, schrie sie um Kraft und Hilfe an, und wenn die Beine sie trotz der zwanzig verlorenen Kummerkilos nicht mehr tragen wollten, sackte sie vor der Waschmaschine auf den kalten Fliesen zusammen und heulte wie eine Wölfin mit den Vorderläufen im Fangeisen die Luft über sich an, bis die Nachbarn sie eines Tages auf den penetranten Lärm ansprachen und sie dazu überging, stattdessen mit dem Schopf die Unterseite des Waschbeckens blankzuscheuern, bis die Haare abbrachen. Aber dann war irgendwann der Tag gekommen, an dem es nichts mehr wegzuwerfen gab, außer den letzten Fasern Schmerz. Die Tränen verschwanden, als wäre Hanne eine Wüste, die nicht einmal den Hauch eines Meeres kannte.

Arm war sie, so arm, die Ärmste unter der Sonne, in ihrer Selbstmitleidssuhle unterm Waschbecken. Und mutterseelenallein, ohne Mutter, ohne Mann, ohne Familie, ohne Freunde. Alles war diesem Mann zum Opfer gefallen, dem kein Opfer je genug gefallen konnte und den Hanne erst lange nach seinem Abschied, der keiner war, zu verstehen begann, in seiner ganzen kranken Unverständlichkeit. Nur ihr Kind hatte sie noch, dieses kleine kostbare Fabergé-Ei mit der durchscheinenden Haut, das eines Tages vor ihr stand und fragte: Warum gehen alle, Mama? Da schluckte Hanne den verseuchten Wüstensand und jeden Erklärungsversuch herunter und schwor nur ihren Muttereid. Ich gehe nicht, Kind. Ich bleibe. Und sie lächelte zum ersten Mal seit Monaten.

Jetzt sitzt Hanne in der Küche gleich neben dem Bad, in dem Luis unter Wasserrauschen vor sich hin grummelt, weil er duschen muss. Wieder mal ist er stinkend nach Lügen und Nikotin von einem Papawochenende heimgekommen, und wenn er schon duschen muss, will er es wenigstens zum ersten Mal allein machen, auf seine Art, wie er schon Schwimmen und Lesen und Schlafen auf seine Art gelernt hat. Hanne stützt den Kopf in die hohle Hand und rechnet zum dritten Mal den Monatsrest durch. Wenn sie den Bodensatz zusammenkratzt und noch ein paarmal Bücher gegen Lebensmittel und Kinderkleidung eintauschen kann, wenn sie den letzten schmalen Silberring aus der Schatulle verkauft, dann müsste es reichen bis … bis zum nächsten Geld halt, woher auch immer das kommen mag, Unterhalt wird es wieder nicht sein, aber vielleicht das Honorar für die letzte Übersetzung. Sie schaut in den Brotkasten, gut, zwei Scheiben sind noch da, eine wird Luis nachher essen und eine morgen als Pausenbrot mitnehmen samt der letzten Karotte. Zum Frühstück hat er außerdem seine zwei Hörnchen, sauber halbiert, auf die untere Hälfte Honig, auf die obere Marmelade, und bloß nicht die Hörnchenhälften verwechseln. Sie lächelt.

Im Bad wird es lauter, Luis schnauft durch wie eine Theaterlok. Also gut, Dusche, sagt er mit dem ganzen Comedian-Pathos seiner acht Jahre, jetzt sind es nur noch du und ich. Es kann nur einen geben! Dann rauscht es aus den Düsen, Luis prustet und schnaubt und schreit seinen Wasserwiderwillen in die dampfende Luft hinaus. Einer muss den schmutzigen Job ja machen! Und Hanne lacht und lacht, bis die Tränen wieder da sind und die Wüste reinwaschen und sie nichts anderes mehr braucht, um die reichste Frau der Welt zu sein.

Es wird
Reschitza, Sommer 1958

Mit einer Pappel fängt alles an. Ein kletterfreudig verästelter Apfelbaum wäre besser, eigentlich jeder Obstbaum böte mehr Steigbügel, Sitzmöbel und Blickschutz, ellieswegen wenigstens eine Erle, eine mittelalte Eiche oder eine knorrig verholzte Ulme, aber das Leben ist kein Wunschkonzert, nicht mal das Stadtfest hier. Wieso ist jeder Baum, der nicht drauf endet, auf Deutsch weiblich, fragt sich Ellie, während sie die flachen Schuhe, kaum mehr als Ballerinenbötchen, abstreift und hinter dem Stamm versteckt. Das Rumänische macht Bäume zu Männern, ist doch auch logischer. Ein Mann wie ein Baum, ein Baum wie ein Mann, standfest, stark und unverrücklich, jederzeit in der Lage oder zumindest bereit, die Astarme auszubreiten und einen fallenden Engel aufzufangen.

Aber Ellie ist eh kein Engel und die Pappel ist, was sie ist, gradstämmig bis so weit hoch, dass Ellie grad so an den untersten Dickast greifen kann, um sich hochzuziehen. Die nackten Sohlen sind hornhäutig und die Rinde gefurcht genug, wenn sie nur a Hosn hätte anziehen können statt diesem dünnen Flatterkleid, das sie vor dem Schoß verknüllen muss, damit es nicht verhedderreißt, aber das braucht sie nun mal für später. Die Farbe konnte sich nicht recht entscheiden, was sie mal sein will als Kleid, aber wenigstens hat es zur Linken eine Tasche, groß genug für eine Zitrone, von einem solchen Gelb, wie es saurer nicht sein kann.

Oben in der Krone klemmt sie ihren mageren Hintern in eine Astgabel, breiter dürfte der für diesen Thron auch nicht sein, dann schabt sie breitbeinig mit den Füßen über die kühle Borke und macht sich ans Warten. Warten kann Ellie ganz schlecht, Geduld gehört nicht zu den Fähigkeiten, die sie von ihren Müttern erben konnte, so was kann einen aber sowieso nur das eigne Kind lehren. Von hier oben hat sie die beste Sicht auf das grob gezimmerte Podest, vor dem sich nach und nach immer mehr Leute sammeln in Erwartung des Umtata, zu dem dann nach Herzenslust getanzt werden soll, wenn es denn Herzenslust und Platz zum Tanzen gäbe. Wie perfekt sie den Ausguck gewählt hat, merkt Ellie erst, als das Blasorchester auf die Bohlen trampelt, der Heino mit seiner Trompete und der Sepp mit seiner Posaune direkt daneben. Richtig schad isses, dass der Johann nicht auch in irgendwas bläst außer ins Nasenschnäuztuch, aber immerhin, zwei von drei ist schon mal ein Anfang, und was sie anfängt, bringt Ellie auch zu Ende, wartet's nur ab. Solang sie sich nicht bewegt, können die Oaschkapplmuster sie nicht sehen, aber nachher wird ein schmaler Tunnel im Grün ihren Blick schon lenken, während Ellie für Seitenblicke unsichtbar bleibt.

Das erste Lied schenkt sie ihnen zur Hälfte ungestört, dann lässt sie die Kleidschöße hell aufblitzen, dass sie Heinos Augen sofort auf sich ziehen. Ein, zweimal mit den Knien flattern, auf zu, auf zu, schon ist der Blick im Trichter ihrer Schenkel unentrinnbar eingefangen wie ein Fisch in der Reuse. Heino stupst seinen Nebenmann so unglücklich an, dass dem zwei Finger und zwei Töne von den Klappen rutschen, was den meisten Dorflaien entgehen mag, dem Kapellmeister aber nicht, prompt runzelt er seine Augenraupen. Beide Buam senken unter dumpfem Applaus die Instrumente, Heino wiederholt das Stupsen und winkt mit dem Kinn zum Baum, da schau her, die Pischnellie hockt in der Pappel.

Ellie hat die Knie inzwischen sittsam vereint, lächelt und wartet diesmal gern, auf den nächsten Auftakt nämlich.

Schon acht Takte ins Lied hinein haften die Jungenblicke nicht mehr am Notenblatt, sondern an Ellies aufklappendem Schmetterling, in dessen Mitte etwas so flüchtig aufblitzt, dass sie nicht einmal seine Farbe, geschweige denn Beschaffenheit beschreiben könnten. Jetzt, wo sie sich ihrer Aufmerksamkeit sicher sein kann, holt Ellie die Zitrone aus der Tasche, spreizt den Mund und beißt ins Gelb, dass Saft und Kerne nach allen Seiten spritzen und die Zähne ganz stumpf werden vom bittren weißen Häutchen zwischen Schale und Fleisch.

Sofort geraten die ersten Töne auf die schiefe Bahn. Dem Heino und dem Sepp läuft aus zweierlei Grund das Wasser im Mund zusammen, schon beginnen die Instrumente feucht zu röcheln, und der erste saure Sabber tröpfelt aus den Schalltrichtern. Ellie bohrt beide Daumen in die Zitrone, reißt die Frucht auseinander und zutzelt die erste Hälfte aus, wobei ihr der Saft aus den Mundwinkeln quillt, die werden nachher wund sein und was anderes auch, a Oaschzamzwicker is des, würde die Omama sagen, und die Omama hat immer recht. Trompete und Posaune sind nur noch Nassgepruste ohne jeden Tonhalt, der Kapellmeister schneidet ihnen mit einem wütigen Handkantenschlag durch die Luft die Stimmen ab und überhaupt das ganze Lied. Ein Raunen geht durch die Stehreihen, dann springt plötzlich Heinos Mutter aufs Podest, klatscht ihrem Sohn einen Handteller an den Hinterkopf und zerrt ihn dann unter zischelndem Gezeter am Ohr von den Brettern, noch mehr Gelegenheit soll er nicht kriegen, sie zuschanden zu machen. Der Kapellmeister, angesäuert wie die Mundschleimhaut vom Sepp, quetscht eine gestotterte Entschuldigung zwischen das Gelächter aus dem Publikum und jagt sein Orchester von der Bühne. Und das ausgerechnet heut, wo doch das Radio da ist, das war noch nie da und bestimmt kommt's auch nie wieder, wenn es hier so ein Debakel zu hören kriegt.

Ellie stemmt sich in der Astgabel hoch, stopft die Zitronenhälften in die Tasche, dann gleitet sie im Schutz des Aufruhrs unbemerkt am Stamm entlang zu Boden. Sie sucht nach ihren Schuhen, mit den Augen, mit den Füßen, am End sogar mit den Händen, es wird doch wohl keiner die ausgelatschten Dinger gestohlen haben, das ist doch die Höh.

Suchst die?, trifft eine Stimme hinter ihr sie ins Mark. Ellie hasst Erschrecktwerden und den Johann hasst sie erst recht, denn der steht da, hat ihre Schuh in der Hand und lässt sie vom Finger baumeln. Ohne eine Antwort pflückt Ellie sie ihm ab und schlüpft hinein, kommt dabei aber irgendwie ins Straucheln, sodass der Johann sie stützen muss, mit einem Arm um die schmale Taille, wie ein Rettungsring. Pack mich nicht an!, zischt Ellie und streift seinen Arm ab. Denen hast aber ane ausgewischt, sagt Johann und nickt anerkennend, verdient ham sie's auf jeden Fall, deppert alle zwei, der Eine keine zwa Hirnerbsen im Schädel und der Andere a Gsicht, als wär er nach der Geburt in an Kasten quetscht und von allen Seiten vernagelt worden. Ellie will nicht, aber sie muss lachen, verdient hättst du's doch auch, ich hab nix vergessen. Johann nickt mit ernster Miene, recht hast, auch wenn ich mit den Lackln schon seit Jahren nix mehr zu tun hab, trotzdem hast mir was zu verzeihen, ich bitt dich drum. Ellie schweigt, so was hat sie aus Männermund noch nie gehört, Männer entschuldigen sich nicht, Männer geben nix zu, schon gar keine Fehler. Johann streckt zögernd eine Hand aus, liest die Erlaubnis an ihrem Gesicht ab, fischt die Zitronenhälften aus Ellies Tasche und wirft sie im hohen Bogen in den kohlentrüben Bach, der am Festplatz vorbeirauscht, so ist gut. Ellie nickt. Aber gewöhn dich nicht ans Gute, sagt sie, das Beste kommt erst noch, wart's ab, dich krieg ich auch noch.

Damit stolziert Ellie zur improvisierten Bühne hin, grad noch rechtzeitig, bevor ihre Mitsingerin vor Lampenfieber von der Bühne rennen kann. Sie drückt Cicis Hand, dann geht's auch schon los, ein Mikrofon, ein Lied, ein Fingerzeig vom Radio, das im richtigen Moment aufs Knöpfl drückt, und schon hellt Ellies Stimme den Himmel auf, dass jedes Mengenrauschen verstummt und zuhört. *Que será, será, whatever will be will be.*

Was kommt, das kommt. Es kommt etwa der Tag elf Jahre später, da wieder eine Pappel das Fällen eines Lebens verhindert. Als Ellie mit dem Kinderwagen spazieren geht, ist die Stadt dieselbe, die Pappel nur die gleiche, der Vater zum Kind ein ganz anderer als Johann, aber die Pappel wirft sich zwischen Klein-Hanne und das heranschießende, außer Kontrolle geratene Auto. Wie eine Mutter baut sich die Pappel auf, standfest, stark und unverrücklich, und fängt auf, was kein Mensch, kein großer und schon gar kein kleiner im Kinderwagen, vermocht hätte.

Der Stamm erbebt unter dem Aufprall und Ellie nicht minder, fast hätten Schreck und Wucht der Zittererde Ellie aus ihren Schuhen herausgekippt. Nur Hanne versteht die ganze Aufregung nicht, sie hat gerade das aufrechte Sitzen gelernt, langsam dreht sich die Welt aus dem Querformat immer öfter in die Vertikale. Stumm und ernst schaut sie den erloschenen Scheinwerfern ins Auge und dann ihrer Mutter, die sie mit einem Aufkeuchen aus dem Kinderwagen an die Brust reißt. Ach Mama, würde Hanne sagen, wenn sie könnte, ist doch alles gut, oder zumindest wird's das, nicht nur am Ende, viel öfter wird's gerade auch am Anfang gut.

Es taucht
Fuchsental, Winter 1981

Wenn es Benzin zu kaufen gibt, wenn es Geld für Benzin gibt, wenn das Auto heil ist, wenn der Schwimmwettkampf rechtzeitig aus ist, wenn die Straßen passierbar sind, wenn sie genug Vorräte für zwei Tage auftreiben konnten, wenn weder Vater noch Mutter Wochenenddienst haben, wenn genug Holz geschlagen und gestapelt im Schuppen liegt, wenn keiner krank geworden ist, wenn sie genug Geld fürs Hamstern im Dorf haben, wenn Mama es wie meistens schafft, alle Wenns abzuhaken, dann fahren sie samstags hin, nach Fuchsental, prallrunde schneeglitzernde dreißig Stunden Glück, bevor sie Sonntagabend wieder zurückmüssen, an Sonntagen mit geradem Nummernschild noch in der Dämmerung, an Sonntagen mit ungeradem Nummernschild nicht vor elf Uhr abends, damit sie erst nach Mitternacht, also Montag, in der Stadt gesehen werden – so ist das mit den abwechselnden Fahrerlaubnissen.

Im winterlichen Fuchsental sind alle Wörter eisblau und in der Atemwolke eingefroren. Im Auto ist es nach anderthalb Stunden Berggeschnauf halbwegs warm verräuchert, und Hanne darf mit Sanda drin sitzen bleiben, bis Mama den Holzofen in Gang gebracht und Tata die Stromleitung angezapft hat, seit letztem Jahr geht das. Dann haben sie Licht und Radio und Hanne kann, wenn nicht zu viel an der Steckdose hängt, sogar ihre roten deutschen Schlagerkassetten in ihren deutschen grundiggrauen Kassettenrekorder stecken und mit Gitte nach dem Cowboy schmachten und mit Caterina Valente nach dem Schiff, das kommen wird.

Im Winter ist Karlie nie dabei, aber Sanda oft, und manchmal sind Dana und Tibi mit ihren Eltern schon da, denen gehört die andere Hälfte des Stallpalastes, den die Männer eigenhändig mit Flusssteinen wiederaufgebaut haben. Hanne rennt hinein, der Ofen ist noch nicht richtig warm, man kann die Hände noch drauflegen, und Tata weiß wohl, dass die Asbestplatte davor ein Problem ist, aber ohne sie hätten sie ein noch größeres, nämlich dass die Hütte abfackelt, also was soll er machen. Hanne und Sanda behakeln sich, wer als Erste über die Holztreppe ins nasskalte Dachkämmerchen klettern darf, in das sich langsam die ersten Rauchfädchen hochkringeln, weil die Erste kann sich die bessere Pritsche schnappen, die unterm winzigen Fenster, kann die Läden aufreißen, das Gesicht in die Öffnung pressen und den Wald einatmen, meins, alles meins, bis Mama von unten ruft, mach das Fenster zu, wir heizen doch gerade ein.

Morgen früh werden die Kinder dann, auch wenn Sanda sich nicht mehr als Kind sieht, auslosen, wer sich die alten Tennisschläger unter die Gummistiefel schnallt und den halben Kilometer zur Quelle durch den bauchnabelhohen Schnee stapft, eine Stange mit zwei Kanistern quer auf den Schultern. Hanne freut sich immer, wenn sie rausdarf, wenn sie drei Pullover übereinander ziehen kann, den hässlichen braunen kratzigen ganz außen und überm Schal, damit er nicht am Hals scheuert, und dazu drei Paar dicke Wollsocken, damit die Gummistiefel passen und der Kilometer es nicht schafft, die Zehen abzufrieren. Näher kommt sie der Polarforscherin nie, als wenn sie sich so ausstaffiert, die morsch gespielten Tennisschläger in Schneeschuhe verwandelt. Sie muss raus, sie muss der Familie Wasser holen, sie vor dem Verdursten retten. Klar könnten sie Schnee schmelzen, aber die Quelle ist auf jeden Fall sauber, tief aus dem Fels sprudelt sie hervor, und Hanne liebt den Moment, wenn sie die dünne Eisschicht darüber erst freischaufelt vom Schnee und dann mit der Faust durchstößt, vorsichtig nur, damit der Handschuh nicht nass wird, sonst wäre der Rückweg eine Qual für die Finger.

Im Sommer sehen die abenteuerlichen Expeditionen anders aus, es geht in den Wald zum Baumhüttenbauen oder zum über die Mooskissen Runterkullern, bis einem schwindlig wird, oder auf den Berg hoch geht's. Einmal haben sie in einer verrußten Baumhöhle ein Klappmesser und eine Landkarte gefunden, von Rumänien und Deutschland und allem dazwischen, die Route war rot eingezeichnet und sie hätten damit sicher jemanden ins Straflager oder zumindest in die Arme der Miliz treiben können, haben sie aber nicht. Hätten ja auch nicht sagen können, wer aus dem Pemer-Dorf das war, mit dem verbotenen Reiseplan, aber das Klappmesser haben sie mitgenommen, da kann man gut Pfeil und Bogen mit schnitzen oder hübsche Drechselzopfmuster in grüne Zweige. Manchmal stapfen sie auch nur in Gummistiefeln flussaufwärts durch den Bach, dessen Wasser man auf keinen Fall trinken darf, und manchmal finden sie am Ufer oder im Wasser Schätze, fremdländisches Kaugummipapier, das flach gestrichen und gesammelt wird, einmal ein Plastikglas mit Schraubverschluss, das war perfekt für die Vorratskammer, ein totes Katzenkind haben sie auch schon mal im Bach gefunden, und einmal sogar einen großen Hund mit Drahtschlinge und Stein um den Hals, da hat Mama geschimpft und geweint und den Hund rausgezogen und begraben. Nicht mal die Pemer sind alle nett, Kind, merk dir das, nirgendwo sind alle nett, akarwo auf der Welt, überall gibt's Feiglinge und Arschlöcher wie die, die den dicken Fröschen am Waldrand die Hinterbeine ausreißen zum Essen. Gut, wenn man Hunger hat, dann holt man sich die eben, aber dann muss man auch Manns genug sein, den lebendig halbierten Viechern den Schädel einzuschlagen, sonst quälen sie sich noch tagelang. Bestien seid's, wiedige, der Teifi soll euch holen.

Der Bach wird das Letzte sein, was Hanne beim Abschied von ihrer Wildniskindheit berührt. Mama wartet schon im Auto, morgen ist Ausreise, da rennt Hanne noch mal los und taucht die Hände ins Wasser und mischt ein paar Tropfen Salzwasser ins Süße, und sie versteht nicht, warum die Mischung so bitter schmeckt.

Aber das allergrößte Abenteuer ihrer Fuchsentaler Kindheit ist das Hamstern im Dorf. Hanne liebt es. Mama steckt ihr Geld zu, das Einzige, was die Pemer zu wenig haben, und sie wird es eintauschen gegen das, wovon die genug haben, Eier und Milch und Butter. Hanne ist die Einzige unter den Kindern, die das Böhmerdeutsch versteht und mit den Bäuerinnen reden kann. Sie weiß genau, hinter welchem grünen Tor die besten Kartoffeln zu holen sind und wo die dickste Sahne, sie kennt die bösesten Wachgänse, die einem hinterherrennen und in die Waden zwicken, und sie weiß, welche verhutzelte Bäuerin den Reisigbesen schwingt und welche mit sauberen Händen das Euter anpackt und die Kuh tätschelt statt schlägt, und nur da will Hanne die schaumige Milch holen. Hanne, die Schüchterne und Scheue, die vor jedem Schwimmwettkampf speiben muss vor Angst, lernt hier verhandeln. Kein einziges Mal kehrt sie mit leeren Händen zurück, im Gegenteil, immer hat sie mehr und bessere Sachen ergattert als die anderen, weil Sprache eine Brücke baut und man jemanden, der einen versteht, viel weniger bescheißen kann und will.

Ganz behutsam steigt sie den Hang vom Dorf zur Stallhütte runter, durchquert den Friedhof mit den schönen alten Grabsteinen, grün bemoosten und schräg gekippten, auf denen manchmal Fotos drauf sind. Im Sommer sitzt Hanne da tagelang mit ihrem Käscher und vergisst, die Schmetterlinge zu fangen vor lauter flirrendem Sommerfreisein. Aber mit der Pemerbeute im Sack muss sie schnell heim, heil den Hang runter, nie geht ein Ei zu Bruch oder eine Flasche. Und dann macht sie vor Mamas Augen den Beutel auf und strahlt, und Mama strahlt auch, und dann gibt's auch zuhaus in der Stadt jeden Morgen ein gekochtes Ei, oder ein dickes Butterbrot mit Salz, und wenn's dazu noch ein Stück Käse und eine Tomate zum Auszutzeln gibt, ist Hannes Tag perfekt.

Im zweiten Winter ohne Vater hat Hanne nur noch zwei Schuhgrößen Rückstand auf Ellie, und Ellie hat von der Verwandtschaft aus Deutschland schicke braune Wildlederstiefel mit hohem Schaft, die sie liebevoll eincremt wie ihre Lachfältchen, die jetzt immer mehr zu Sorgenfalten werden, je länger die Lufthangnummer am ausgestreckten Arm der Ausreisekommission anhält. Um nach Fuchsental zu kommen, sind sie jetzt auf fremde Hilfe angewiesen, weil Ellie das Auto verkaufen musste, um ihr Kind und sich auf ungewisse Zeit durchzubringen. Im Kommunismus wird keiner arbeitslos, aber Leute mit Ausreiseantrag, Vaterlandsverräter, können natürlich nicht auf verantwortungsvollen Posten mit guter Bezahlung verbleiben, schon gar nicht bei so einem ausgerechnet deutschen Unternehmen wie dem Roten Kreuz. Denen müssen wir eine andere Arbeit geben, was schön Bodenständiges in einer Betriebsarztpraxis, in die täglich Hochofenleute im Schichtdienst mit verbrannten oder zerquetschten Gliedern aus der Fabrik stürmen. Der Arzt ist natürlich nur vormittags da und den schmutzigen Rest erledigt eben die Assistentin. Manchmal kriegt Ellie ein Stück Hartkäse dafür, einmal ein lebendiges Huhn, das zuhause tagelang in der Wanne hockt, weil keiner es schlachten will, dann schenkt Ellie es der Nachbarin, die schon Hühner hat, auch wenn sie die immer frei zwischen den Leinen rumlaufen lässt und die Wäsche dann manchmal schwarzweiß gesprenkelt wird.

Jetzt im Winter teilen sie sich Ellies braune Stiefel, Hanne stopft drei Paar Socken rein und lernt, nicht über die zu lange Schuhspitze zu stolpern, und streicht oft liebevoll über die schicke Schnalle außen am Schaft. Sie können nur abwechselnd raus in den Schnee, oder die Eine, meist Ellie, nimmt eben mit den altersschwachen Gummistiefeln vorlieb, damit die Andere, meist Hanne, draußen herumtoben kann, bis die Wildlederschönheiten durchtränkt sind und unter Ellies leisem Grummeln vor dem Ofen trocknen müssen.

An einem besonders glitzernden Tag hat's den Schnee in Fuchsental so hoch an die Hütte geweht, dass die Fenster erblindet sind. Eine Scheibe lässt sich weit genug aufdrücken, dass Hanne hinausklettern kann. Sie schwimmt durchs Weiß bis zur Tür, um die zumindest so weit freizuschaufeln, dass sie von innen einen Frauenkörperspalt breit aufzuschieben ist. Sanda soll nämlich mit, ordnet Ellie an, ihr ist nicht wohl, wenn Hanne allein unterwegs ist, aber Hanne will nicht. Lass mich in Ruh, ruft sie Sanda über die Schulter zurück, hechtet in den Schnee und kullert juchzend den stillen Hang zum Bach hinab. Sanda seufzt nur und würde nie auf die Idee kommen, was anderes zu tun als das, was ihre Schwestermutter Ellie sagt.

Über den Bach zu kommen ist ein Kinderspiel, fließendes Wasser gefriert nicht, aber der Schnee hat die Felsbrocken überwuchert, die sie als Trittsteine reingeworfen haben. Hanne schafft es dennoch rüber, ohne auszurutschen. Lass mich in Ruhe, schreit sie der uneinsichtig folgenden Sanda wieder ins Gesicht, ich will doch einfach nur mal ein paar Minuten allein sein, ist das zu viel verlangt? Sie stapft einen kleinen Hang hoch und dreht sich noch mal um, in der Hoffnung, Sanda abgehängt zu haben, und auf einmal ist da kein Boden mehr unter den Füßen, kein Schnee, oder doch Schnee, aber bodenloser, als würde sie durch Wolken am Himmel fallen, die aussehen wie flauschige, fedrige Watte, aber keine sind. Noch im Abtauchen erkennt Hanne, wo sie reingeraten ist, in die lange Felsspalte am Bergfuß, in die die Pemer aus dem Dorf alles schmeißen, was sie nicht mehr brauchen, löchrige Töpfe, einmal zu oft gestopfte Socken und die Leichname lästiger Hunde. Hanne fällt, als schmelze sie sich einen Eistunnel zum Mittelpunkt der Erde. Sie hält sich die Hände vors Gesicht, die zum Glück nach oben geflogen sind, weil sie mal gelesen hat, in einer Lawine muss man sich vor dem Mund etwas Raum zum Atmen verschaffen.

Und dann steckt sie fest. Von unten her greift die Schneezange nach ihr, die Füße packt's zuerst, und die Knie kann sie auch schon nur noch eine Bleistiftbreite bewegen. Hanne schaut nach oben und sieht blankes Weiß, nur ihre Finger sind Beweis, dass sie nicht blind geworden ist. Aber müsste dann nicht sowieso alles schwarz sein, oder woher soll man überhaupt wissen, ob Blinde schwarz oder weiß oder überhaupt irgendeine Farbe sehen, wenn sie noch nie was gesehen haben?

In den ersten Sekunden ist im engen Schneeschacht kein Platz für Angst, aber die kommt. Jeder Atemzug ist flacher als der vorherige, das weiche weiße Bauschpulver verdichtet sich zu hartem, körnigem Salz, und Hanne schreit und hört vor lauter Schneeschalldämpfer ihre eigene Stimme nicht. Oder rückt ihre Kehle nichts mehr raus?

Über ihr bewegt sich was, der Schnee drückt von oben auf sie herunter, und wenn sie dachte, enger kann es nicht mehr werden, wird sie jetzt eines Übleren belehrt. Aber dann durchstößt eine Eisblume aus fünf Fingerspitzen den Weißdeckel über ihr, gräbt und tastet, begleitet von Schreien, und in Hannes Kopf explodiert die Erkenntnis: Sanda! Sie zwängt ihre Hand ein Stückchen höher, um den Fingern zu begegnen.

Sanda gräbt mit einer Hand und hievt Hanne mit der anderen Zentimeter für Zentimeter nach oben, ruckelt sie hin und her wie eine widerspenstige Löwenzahnwurzel, die nicht gejätet werden will, und als Hannes Schopf erscheint, schallt Sanda ein Schrei entgegen: Nein! Der Stiefel ist noch da unten, Mamas Stiefel ist noch da unten, ich muss ihn holen! Am liebsten würde Sanda Hanne ins Gesicht schlagen, aber dazu hat sie weder Kraft noch eine Hand frei noch Platz zum Ausholen. Bäuchlings liegt sie auf der Spaltkante im Schnee und zerrt am dummen Kind. Scheiß auf die Stiefel! Komm jetzt endlich raus!

Hanne kommt raus. Auf dem Rückweg zieht sie auch den zweiten Stiefel aus, damit es nicht ungerecht ist für den anderen Fuß, drückt den nassen Schaft an sich und streicht weinend über die Schnalle. Wütend stapft Sanda neben ihr her, und glücklich und dankbar und sooo wütend!, aber Hauptsache, sie sind beide rausgekommen.

Ellie braucht nur einen Blick auf den einsamen Stiefel und drei Sätze aus zwei Mündern, dann seufzt sie und schält beide Mädchen aus den schockgefrosteten Sachen, wickelt sie in kratzige Decken und schubst sie vor den Ofen, der so heiß ist, dass er von den Tränen auf den Wangen innerhalb von Sekunden nur noch die Salzkruste übriglässt.

Es irrt
Reschitza, 1968–1996

Karlies Vater ist Kosmonaut, weitgereist und vollbehangen mit allem Brustblech, das im Vaterland je gestanzt wurde. Am liebsten ist er von Montag bis Mittwoch Kosmonaut. Am Donnerstag und Freitag ist er Elefantenforscher in Afrika oder Asien, jedenfalls da, wo es die wildesten Tiere gibt, aber kein Postamt zum Grüßeschreiben an den Sohn und schon gar keinen Heimflug. Die besten Sachen ist Karlies Vater am Samstag und Sonntag, Topspion zum Beispiel, dem Genossen Ceaușescu persönlich unterstellt, einen direkten roten Draht haben sie zueinander, er wird nur mit den heißesten Sachen betraut, und natürlich darf er sich nicht zu seinem Sohn bekennen, sonst wäre der in Lebensgefahr. Egal dass er seine Tante Ellie zu Marita hat sagen hören, sein Vater sei ein Handwerker gewesen, der sich bei Arbeiten im Irrenhaus an der armen Wanda vergriffen habe. Karlie weiß es besser. Karlies Vater ist was Großes, Wichtiges, einfach alles, nur eben nicht da. Karlies Mutter ist einfach nichts, nur auch nicht da, weil tot.

Karlies große Schwester hatte nicht so viel Glück, sie hatte einen anderen, langweiligen Vater. Sie wurde weit vor Karlie geboren, lange bevor ihrer beider Mutter Wanda ins Irrenhaus musste, was aber nur ein Irrtum war, und trotzdem musste sie dableiben, bis zu dem Handwerker-Vergriff und dann Karlies Geburt – dann durfte sie sterben, und Karlie musste dableiben, da auf der Welt.

Karlies große Schwester lebt in Temeswar, mit Mann und Kastanienkind, Kastanie deswegen, weil die Locken dieses durchscheinenden Mädchens genauso groß und genauso rotbraun sind wie Kastanien, findet Karlie. Er wäre selber gern ein Kastanienkind, Kastanienkarlie, das wäre schön, aber er hat nur die schmauchgraublonden Haare der Mutter.

In den Ferien darf Karlie das Waisenhaus manchmal verlassen und kommt zu seiner Schwester, das geht ein paar Jahre gut, bis das Kastanienkind dem Kindesvater zu knackig wird, wenn er es aus Karlies Blickwinkel betrachtet, wer weiß denn schon, was im Kopf eines Heimkindes mit Irrenhausmutter vorgeht, denkt der Kindsvater und vergisst dabei, dass seine eigene Frau demselben Irrenhausmutterschoß entsprungen ist, aber die ist schließlich normal, nur dieser Karlie, der hat manchmal so einen irren Blick drauf.

Als Ellie davon erfährt, legt sie sich erst mit Karlies Schwester an und dann mit ihrem eigenen Ehemann, damit Karlie in den Ferien zu ihnen kann, schließlich ist er genauso alt wie Hanne und weitläufige Verwandtschaft. Ehekämpfe verliert Ellie zumeist, weil Männerhände stärker sind als Worte, aber Mutterkämpfe gewinnt sie manchmal, weil Mütter stärker sind als alles andere auf der Welt, und so gewinnt sie auch jetzt.

Und irgendwann ist es soweit, sie darf Karlie aus dem Waisenhaus holen, zwei Wochen auf Ferienprobe. Hanne will unbedingt mit und wird es danach nie wieder tun. Sie will Karlie ja gern mitnehmen und alles mit ihm teilen, was sie sonst als Einzelkind für sich allein hat, selbst die Mutter auf Zeit, aber was dann passiert, will sie kein zweites Mal erleben. Einen Schritt hinter der Waisenhaustür wird Ellie überfallen und unter einer wogenden Kindermasse begraben. Wie Kletten an dürren Zweigen sehen sie aus mit ihren Raspelkurzhaaren und den spitzen Hakenfingern, unmöglich zu unterscheiden, wer Junge und wer Mädchen, wer jung und wer noch jünger, sie krallen sich an Hannes Mutter fest und ihre Schreie gellen durchs Treppenhaus, Mama, Mama, nimm mich mit, bist du meine Mama, hol mich hier raus! Nein, das ist weder ein Klischee noch ein schlechter Film, sondern unbegreifliche Realität, und Hanne weicht zurück, weil auch ihr schon ein paar magere Kinder am Ärmel hängen, die an Ellie keinen Platz mehr finden gegen die Übermacht der Größeren. Hanne flieht in einen anderen Korridor, aber da klafft eine Tür wie ein Schandmaul auf, und dahinter eng an eng Eisengitterbettchen mit Zwergenkindern, deren Gesichter senkrecht gestriemt sind, rostrot vom Dagegenpressen ans Gitter, rotzrot aus Augen und Nase, und sie schreien und schreien, bis ihre Augen hinter dem aufgerissenen Mund erblinden und die Schreie Hannes Ohren bis aufs letzte Luftmolekül ausfüllen. Die Trommelfelle geben sie noch tagelang als Echo wider wie damals das Kreischen des Schweins mit dem Messer im Hals. Hanne flieht nach draußen und hat keine Ahnung, wie Mama es aus diesem Haus je wieder hinausschaffen soll, aber dann kommt Ellie irgendwann doch, mit Karlie an der Hand und schwarzem Tränengitter im Gesicht, und aus einem Loch in der Strumpfhose sickert ihr ein Tropfen dickes Blut die Wade hinunter.

Karlie plappert den ganzen Nachhauseweg hindurch und verstummt dann, sobald er drin ist, und als Ellie ihm das Bett zeigt, in dem er schlafen darf, und ein Schränkchen, das sie für ihn freigeräumt haben, ist nicht mal mehr sein Atem zu hören. Später räumt er sein Weniges dort ein und spannt, weil das Schränkchen kein Schloss hat, ein Haar um den Verschluss. Beim nächsten Besuch schielt er nach allen Seiten, bevor er nach dem Haar schaut, ob es auch unangetastet ist, aber Ellie entgeht es nicht, und beim dritten Besuch schenkt sie Karlie wortlos ein winziges Schloss, das er mit Freudenrosen auf den Wangen am Schränkchen befestigt.

Manchmal kommt Karlie mit nach Fuchsental, arbeitet Conny beim Dachtreppenbau zu, wie der nichtgeborene Sohn genau wie die Du-bist-kein-Junge-Hanne es nie könnte, und erntet trotzdem nichts als Misstrauen und schon gar keine Einladung, in den nächsten Ferien wiederzukommen, das muss Ellie jedes Mal aufs Neue auskämpfen. Einmal hört Ellie, wie Sanda zischt: Wieso kriegt der die gleichen Rechte wie wir, er ist doch nicht von unserem Blut. Und Ellies grüne Augen erstarren eisblau und gefrieren ihr die Lippen zu, die eben noch sagen wollten: Du doch auch nicht.

Als Conny über die Donau geflohen ist und sich anschickt, Frau und Kind nachzuholen, flammt in Ellies Herz ein letzter Versuch auf, auf dessen Etikett *Karlie auch* steht, aber dann kommt aus dem Westen eine Postkarte mit drei Worten, *Auf keinen Fall*. Mutterkämpfe über zweitausend Kilometer kann sie nicht gewinnen, und sie gibt auf, auch weil Karlie mit Worten genauso unbegabt ist wie handwerklich ein Meister, er hat es nur mit Mühe und Ellies Hilfe durch die Mindestschuljahre geschafft. Er hat eine tote deutsche Mutter und zwei Namen, die deutscher nicht sein könnten, doch egal wie sehr Hanne und Ellie sich mühen, mehr als ein nachgesprochenes Schlafgsund bringt er all die Jahre nicht zusammen, wenn Ellie sich zur Nacht über ihn beugt und ihm wie ihrem eigenen Kind einen Schutzkuss auf die Stirn drückt. Wie sollte er in Deutschland zurechtkommen?

Aus der deutschen Distanz verschafft Ellie ihm eine Schreinerlehre und als Geschenk zur Volljährigkeit ein Zimmer in einem Jugendheim. Wenn sie telefonieren, sagt Karlie immer, mir geht's gut, Schlafgsund, aber von irgendwoher hört sie immer wieder, er hat Ärger, weil er keinen rumänischen Namen und keine Eltern hat. Nur ein einziges Mal nötigt er den anderen einen Funken Respekt ab, als sie eine Katze auf der Straße finden, deren Hinterteil plattgefahren ist, deren Maul aber noch schreit, und Karlie sich als Einziger traut, einen Stein zu heben, um der Qual ein Ende zu bereiten. Seitdem heißt er Karlie, der Katzenkiller, aber wenigstens legt sich die Meute danach seltener mit ihm an. Hanne bekommt zum Achtzehnten sein Gesellenstück geschenkt, eine selten hässliche, reich verzierte Schmuckschatulle aus Intarsienholz, mit einer Augenbeleidigung an Grünstoff ausgekleidet. Sie wird sie im hintersten Winkel verstecken und erst wieder hervorholen, als sie beide achtundzwanzig sind und nur Hanne neunundzwanzig werden wird.

Es gab eine Prügelei, erfährt Ellie auf Umwegen, Karlie hätte angeblich die Frau eines Anderen schmutzig angefasst oder zumindest schmutzig angeschaut, wer weiß denn schon, was im Kopf eines irren Waisen vorgeht. Und da hat der Andere seine Kumpel und sein Messer geholt und Karlie aus dem Lebensfoto ausgestochen. Er muss noch Stunden dort im Tod und im Straßendreck gelegen haben, allein, so wie er Stunden und Tage und Monate und Jahre allein im Leben gelegen hat. Ellie tut das Letztmögliche, sie fährt hin und beschafft ihm eine Beerdigung und flüstert Schlafgsund zwischen die Erdkrümel, die sie auf den Sarg hinabrieseln lässt.

Es schwillt
Reschitza, Frühjahr 1980

Ist ja gar nicht so schlimm wie befürchtet, das Sterben, denkt Hanne und gleitet weiter. Ob es für László schlimmer war, weil es plötzlich kam? Für sie ist es jedenfalls ziemlich entspannt, weich, sie driftet einfach davon, nichts tut weh, der Nebel im Kopf wird nur dichter, aber draußen hat sie ohnehin schon lange nichts mehr gesehen. Jetzt gibt es keine Zeit mehr, weder als Ganzes noch am Stück. Als sie noch sprechen konnte, hat sie Mama gefragt, ob sie jetzt auch sterben muss, wie László, und irgendwo hinter ihr machte Tata ein Geräusch, das unmöglich von ihm stammen konnte, während Mama sofort entschieden den Kopf schüttelte, auf keinen Fall, du nicht.

Hanne ärgert sich, dass sie Daniel heute früh doch noch die Wahrheit gesagt hat, dabei wäre das jetzt überflüssig, tot sein gilt als Entschuldigung für alles, selbst für Schummeln und nicht existierende Höhlentouren. Seit Monaten lässt sie ihm keine Ruhe, er muss endlich endlich mal mit nach Fuchsental, und endlich endlich haben seine Eltern zugestimmt, morgen sollte es losgehen. Daniel ist doch der Einzige in der Schule, mit dem sie reden kann, über Steine und Fossilien und Höhlen, und sie hat ihm erzählt, in Fuchsental gäbe es eine Höhle, nicht irgendeine, die tollste überhaupt, mit Stalaktiten so lang wie abgefrorene Krakenarme. Natürlich gibt es in Fuchsental keine Höhle, aber wie hätte sie ihn sonst dorthin locken sollen? Zu blöd, dass Daniel einen Kopf zu klein und schmächtig wie der Franz ist, sonst hätte man sogar noch was anderes in Betracht ziehen können, so was wie bei Tom Sawyer und seiner Becky in der Höhle, aufregend und abenteuerlich, aber das geht ja leider nicht, weil Daniel eben zu klein ist und die Höhle sowieso nicht da. Das mit der Wahrheit hat sie dann so lange wie möglich hinausgeschoben, heute Morgen hat sie es auf dem nackten Schulflur rausgestammelt, und Daniel sagte nur, das ist blöd von dir, dass du mich angelogen hast, aber wenigstens hast du es jetzt gesagt, ich hab's doch eh gewusst, in Fuchsental ist nicht das richtige Gestein für Höhlen. Und irgendwie ist das auch ein bisschen aufregend zu begreifen, dass er trotzdem mitgekommen wäre.

Ihr war so richtig zum Feiern, als sie nach Hause kam, und dann plötzlich die Nachricht, es gibt auch die passende Anstoßbrause dazu, Pepsi, Pepsi! Im Gemüseladen verkaufen sie heute eine Ladung Pepsi in Flaschen, also alle schnell hin, und tatsächlich haben sie mehrere abbekommen, und zwei Flaschen hat Hanne gleich geleert. Mama und Tata haben nichts angerührt, sollte alles fürs Kind bleiben und noch eine Weile halten, gibt ja sicher noch öfter Anlässe zum Feiern, und ein paar Flaschen könnte man auch mitnehmen nach Fuchsental.

Der Körper wehrt sich schnell, rechnet eher in Minuten denn Stunden ab. Von innen nach außen kocht das Kribbeln hervor, wirft Schwellblasen, die schmerzen und jucken zugleich, Augenlider, Wangen, Ohrläppchen, alles vervielfacht das Volumen. Auf dem Kopf sprießen die Beulen und fließen ineinander, in den Achseln so dick, dass Hanne schon bald die Arme nicht mehr anlegen kann, und irgendwann sieht sie aus den immer schmaleren Augenschlitzen ihre Hände nur noch als fleischrote, aufgespreizte Seesterne. Die Sinne schwinden, das Sehen zuerst, auch das Hören ist nur noch Watterauschen, und im Liegen muss Hanne dran denken, dass verletzte Elefanten nicht zu lange liegen bleiben dürfen, weil sie sonst am eigenen Gewicht ersticken. Und sie denkt, ich bin jetzt ein rosa Elefant, der auf dem Rücken liegt und strampelt, aber keiner weiß es, und lacht innerlich, weil das so ein lustiges Bild ist.

Kein Arzt, kein Arzt!, brüllt Hanne mit aufplatzenden Schlauchbootlippen, den fürchtet sie mehr als das Sterben, und ins Krankenhaus schon gar nicht, und Ellie zerreißt es, weil sie weiß, dass Hanne recht hat mit ihrer Angst, aber ihr Mann auch, der hinter ihr *Anaphylaktischer Schock!* wimmert und sich die Haare rauft. Mitten in der Nacht ruft sie die Ärztin an, die sie privat kennt, die dann wirklich auch kommt, das erste Wunder dieses schwarzen Tages, nie wird Ellie ihr das vergessen. Die Ärztin zieht eine ausgekochte Metallspritze auf und sagt trotzdem, das wird nicht reichen, das Kind muss stationär. Inzwischen ist Hanne zu schwach und blind und taub, um sich noch zu wehren, und, zweites Wunder, just heute gab es nicht nur Pepsi, sondern auch ein paar Liter Benzin, sodass sie Hanne auf den Rücksitz klappmessern können, denn Krankenwagen existieren nur in Sciencefiction-Büchern.

Im Spitalzimmer wird Ellie rausgeschmissen, damit sie die mit krankenhausbedingter neuer Kraft um sich schlagende Hanne bändigen können, aber schon nach einer Minute darf sie wieder rein, weil das Kind ohne die Mutter noch schlimmer durchdreht, und Ellie überzeugt Hanne unter Tränen, dass es sein muss, jetzt sofort, dass sie dieses Monsterwerk von Nadel in ihre Armbeuge bohren, die keine Beuge mehr ist, weil der Arm auf ein Holzbrett festgebunden wird, lebenslang wird Hanne den hingestreckten Arm bei jedem Blutabnehmen als grausamere Auslieferung empfinden als die gespreizten Beine beim Frauenarzt. Und dann liegt sie da und spürt irgendwas in ihre Adern fließen, und irgendwann liegt sie nicht mehr und spürt auch nicht mehr.

Womit Ellie ihr das Recht auf ein Einzelzimmer und sich selbst das Recht auf einen Nachtstuhl neben ihrem Bett erschmiert hat, wird Hanne nie erfahren, aber Mama ist da, als sie am Vormittag hochdämmert aus dem komatösen Schlaf, Mama ist da. Und als die den Kopf vom verrosteten Metallgestell hebt, furcht ein roter Striemen ihr die Stirn, aber sie keucht vor Glück und liest Hanne den ganzen Tag aus dem vierten Band der *Kirschwinkler* vor und weint wieder mit, als die neue ausgekochte Nadel aufblitzt, der rechte statt dem linken Arm festgeschnallt und erstochen wird. Später nuschelt Hanne besorgt, ob Daniel böse sei, weil es nichts geworden ist mit Fuchsental, und Ellie lacht, ich hab alles geregelt, mach dir keine Sorgen, und dann liest sie weiter vor, bis die zweite Nacht anbricht, Hanne wegdämmert und Ellie sich wieder vorbeugt und mit der Stirn auf dem Bettrand einnickt.

Am dritten Tag kommt die Ärztin und sagt, oh, so langsam kann man ja ein Gesicht unter dem Gequolle erkennen, und Hanne kann tatsächlich auch schon durch zwei Augenschlitze linsen. Sie hat's geschafft, sagt die Ärztin, sie hat Glück gehabt, aber sie muss noch mindestens vier Tage hier bleiben, und Hanne kann den Mund schon weit genug aufreißen, um zu schreien, zumal Mama nach Hause verbannt werden soll über Nacht. Nimm mich mit, Mama, bitte bitte nimm mich mit, ich will nach Hause! Ellie kann ihr das nicht geben, aber sie bleibt mit den *Kirschwinklern* wenigstens so lange da, bis Conny sie rauszerrt, mitten in der Nacht.

Und dann sitzen sie im Auto, und er lässt den Kopf aufs Lenkrad sinken und heult, die Halsschlagader angeschwollen: Ich muss hier raus, wir müssen hier raus, raus aus diesem elenden Land, das ist doch kein Leben hier, die Pepsi war kaputt. Wie kaputt?, fragt Ellie verständnislos. Kaputt kaputt, schlecht geworden, seit Jahren abgelaufen oder die Rezeptur vermurkst, wer weiß das schon, jedenfalls aus dem Export zurückgeschickt, weil das kapitalistische Ausland sie nicht haben wollte, nur deswegen kam die rare Ware überhaupt im Inland in den Verkauf, viele Leute sind davon krank geworden, und unser Kind wär beinahe gestorben, wegen kaputter Pepsi! Was ist das für ein Land, wir müssen hier raus. Aber wie, nickt Ellie, aber wie.

Es küsst
Augsburg, 1985

Wo hast du bloß so gut küssen gelernt, presst Christoph seinem wunden Mund atemlos ab, und Hanne legt den Kopf in den Nacken und lacht hell. Ach, das war der Franz, sagt sie so unbeschwert, dass Christoph schlagartig die Bewunderung und das Lachen vergehen. Was für ein Franz, du hast doch gesagt, vor mir hättest du noch keinen Freund gehabt. Ach, der Franz, das war doch nur ein ... Clown. Hanne kippt Kopf und Mundwinkel auf ernst und gerade, doch als die erlaurte Reaktion nicht schnell genug kommt, fügt sie hinzu: Aber hoch aufgeschossen war er, mit einem bildschönen großen Mund, der ständig lachte und den man ständig nur küssen wollte, und endlich springt er drauf an. Christoph, der ständig seine fehlenden Zentimeter Scheitelhöhe und den kleinen Mund behadert, er löst sich von ihr und stemmt sich ächzend auf die Bettkante hoch, aha, na dann. Hanne legt noch einen Holzhammerstiel obendrauf ins Feuer. Ach was hab ich den geliebt, meinen Franzi. Jahrelang waren wir unzertrennlich, auch als bei ihm schon ein bisschen der Lack ab war, seine Falten machten ihn erst richtig markant, toller Kerl, echt, alle wollten ihn haben, aber ich hab ihn gekriegt, nur ich.

Als Christoph aufsteht, sieht er aus wie ein Zollstock, den jemand geradezieht, um ihn gleich wieder zusammenzuklappen, und sein Kopf nickt wackeldackelartig. Dann war er also älter!, stößt er als bittere Atemwolke aus, und bestimmt ziemlich erfahren. Wie alt er war, kann ich gar nicht sagen, schürt Hanne weiter, aber ... verwegen war er auf jeden Fall, fackelte nicht lange, unser erstes Date fand gleich im Bett statt.

Christoph ist wie festgefroren, er will weglaufen und kann ja nicht, kann nicht zu früh nach Hause kommen, wo er doch seiner Mutter genau sagen musste, wie lange und mit wem und wo er beim Squashspielen ist. Wenn sein Alibi jetzt platzt, lässt sie ihn nie wieder raus, dabei hat er sich die zwei Stunden so mühsam erbettelt, damit er bei Hanne sein kann, erst ganz zum Schluss wird er noch schnell ins Squashcenter reinrauschen und ein paar Minuten am Tresen sitzen, damit die Nase seiner Mutter die erwartungsgemäßen leichten Zigarettenschwaden vorfindet, wenn sie ihn nachher abschnuppert wie einen Lügner und Verbrecher, der er ist. Und wofür das alles? Für ein Mädchen, das ihn angelogen hat, das schon beim ersten Treffen mit einem alten Knacker ins Bett hüpft und ihn jetzt garantiert bis in alle Ewigkeit verachten wird, bestimmt erzählt sie morgen ihren Freundinnen, wie sie ihn verarscht hat, und dann lachen sie sich alle kaputt über ihn und seine schnuppernde Mutter und seine Rollkragenpullis vom Billigladen.

Als Hanne ihn von hinten stehlöffelt und die Arme um seinen Bauch schlingt, schält er sie ab wie eine faule Banane. Ach komm schon, sagt sie, sei nicht eingeschnappt, war doch nur ein Scherz. Ich war drei Jahre alt, als ich Franzi gekriegt hab. Christophs Zahnrädchen greifen nicht mehr ineinander – was redet sie denn da? Franzi war ein Clown, sagt sie. Du wiederholst dich, ein Clown, na und, was soll das heißen? Ein Clown, du Depp, eine Clownspuppe, größer als ich, Mama hat sie mir ins Bett gelegt, als ich geschlafen hab, in dem großen Bett hinter dem Vorhang. Wir hatten damals nur ein Zimmer und ein Bett alle zusammen, und da ... Ich will das alles gar nicht mehr hören, du spinnst doch, krächzt Christoph und will jetzt doch abhauen, egal ob er nun zu früh heimkommt oder nicht, notfalls sitzt er eben die ganze Zeit im Squashcenter ab oder draußen in der Kälte, alles egal, Hauptsache weg hier, von dieser Verrückten. Dann kommt das Wort Puppe, das vorhin am ihm vorbeiflog, als Bumerang zurück und knallt ihm an den Hinterkopf. Eine Puppe? Ja, eine Clownspuppe, mit schlackernden Stoffarmen und einem starren Plastikgesicht, das ständig grinste. Ich bin fast gestorben vor Schreck, als ich ihn beim Aufwachen neben mir unter der Bettdecke gesehen hab, und dann hab ich gezogen und gezogen und ewig gebraucht, bis er ganz raus war, und dann grinste er mich blöde an mit seinem roten Mund, und ab da war er mein Franzi, bester Freund und Bruder. Alles konnte man mit dem spielen, auch Küssen üben eben, er hat sich da nicht so angestellt wie du.

Christoph dreht sich um wie die Ballerina in der Spieluhr. Sein Blick fällt auf Hannes vollgeschmissenen Nachttisch, er greift nach dem roten Lippenstift und schmiert sich einen roten Clownsmund auf, von der Nase bis zum Kinn runter, dann grinst er den halben Kopf zu Hanne hoch. Jetzt bist fällig, du doofe Nuss, und schlackert wie ein Zombie mit den Spillerarmen. Und Hanne schreilacht die Hände in die Luft und lässt sie um seinen Nacken herabsausen. Komm her und küss mich endlich, du Franz du, du Clown.

Es schwimmt
Reschitza, Sommer 1980

Im Training ist Hanne über Stunden allein mit sich und dem Wasser, dem sie alles anvertrauen kann, auch die Tränen, das Wasser wahrt die und Hannes Geheimnisse besser als ein Grab, von dem Hanne eh noch nie verstanden hat, warum es so verschwiegen sein soll. Ihr erzählen die Steine auf dem Hangfriedhof in Fuchsental immer alles, auch das, was sie gar nicht hören will, Geschichten von toten Kindern und aus Verzweiflung kahlgerupften Müttern, und von Männern, deren Todesdatum nur geschätzt wurde.

Die unverbrüchliche Komplizenschaft mit dem Wasser ist es auch, die Hanne das Drumrum ertragen lässt, die riesige Stoppuhr an der Wand der Schwimmhalle, deren Kreis sich in Hannes Kopf brennt, den Bleistift am Beckenrand, der seine Mine in die Wasserschlieren ausbluten lässt und mit dem sie nach jedem Anschlag die Zeit und ihren mit zwei Fingern am Hals gemessenen Puls auf einen durchweichten Zettel kritzeln muss, wozu eigentlich, kann doch eh keiner lesen. Dann sind da noch die Holzbretter, an die sie sich klammern müssen, um Beinarbeit zu üben, und die man sich so herrlich gegenseitig an den Kopf donnern kann, und die *palmare*, diese überhandgroßen Plastikscheiben, die jeder selber basteln musste. Mama hat lange nach Material suchen müssen dafür, dagegen war das Stück Gummi, durch das man den Mittelfinger schiebt, um die Handpaddeln anzulegen, einfach gewesen, irgendeine alte Pyjamahose findet sich immer. Wenn Hanne die Dinger an den Händen hat, ist jeder Zug so schwer und doch ein Nichts im Vergleich zum gefürchteten Training in voller Bekleidung – der harte Stoff hat ihr schon mehrfach die Nippel wundgescheuert, dass es blutete, und die Pflaster, die Mama kreuzweise darüberklebt, halten auch nicht viel und reißen ihr beim Abziehen noch mehr Wundmale, und endlich durfte sie dann auf einen Einteiler statt Badehose umsteigen.

Aber das Zusammensein mit dem Wasser lässt Hanne das alles aushalten. Wenn sie schwimmt und sich vom Wasser umfangen lässt, ist alles gut, deswegen hasst sie auch das einstündige Trockentraining vorher so. Außerhalb des Trainings ist das Schwimmbad gesperrt, mehr als die zehn Minuten freies Planschen nach jeder Sechskilometereinheit gibt's nicht, und die auch nur, wenn sie vorher ihre Leistung gebracht haben.

Deswegen ist der Trocknersee im Sommer die einzige Möglichkeit, sich ohne Stoppuhr und durchweichte Zettel und Handpaddeln mit dem Wasser zu verabreden. Für dieses erste Eintauchen in den sandverwirbelten See jedes Jahr, einer der glücklichsten Augenblicke für Hanne, schindet sie sich den ganzen Winter lang und raunt dem eingesperrten Wasser unter Tränen zu: Ganz bald sind wir wieder frei, du ohne das ganze Chlor und die Beckenfliesen und ich ohne Handpaddeln. Und wenn es endlich soweit ist, schmiegt sie die Wange an die weiche Oberfläche des Trocknersees und streichelt das Wasser mit den nackten Handballen und hebt ab zum Flüssigflug.

In diesem Sommer soll der Trocknersee aber nicht nur ihr weiches Wasserbett sein, sondern auch der Schauplatz für Mutproben. Meinst du, wir schaffen es einmal bis zum anderen Ufer und zurück ohne Anhalten?, fragt Mama, und Hanne wundert sich, wozu man da Mut brauchen soll, sind doch bestimmt nicht mal fünfhundert Meter quer rüber, aber als Tata neben ihr steht und dreimal Luft in die Lunge pumpt, geht ihr auf, dass es wohl nicht um ihren Mut geht, sondern um seinen. Es klappt auf Anhieb, sie schwimmschweben einmal hin und zurück, und Mama taucht am Ende auf und schüttelt sich lachend die Wasserperlen aus den Haaren wie ein junger Hund, und Hanne erkennt die schmale Ellie von einem der Fotos wieder, die sie besonders mag, wo sie im tropfenden Badeanzug dasteht, siebzehn, vielleicht achtzehn Jahre alt, und ihrer Freundin den Gummizug des Strohhuts zurechtzupft. Tata keucht nach der Seequerung schon ein bisschen, aber er lacht mit, selbst als Ellie mit Blick auf seinen mit Seealgen bezogenen Rücken sagt, oh du mein Pelz in der Brandung! Nächstes Mal nehmen wir den See längsseits, tönt er, und Hanne staunt vor so viel Abenteuer, denn der Trocknersee ist gute vier Kilometer lang.

Um das Abenteuer perfekt zu machen, tun sie beim nächsten Mal so, als wären sie Schiffbrüchige, die eine Insel ansteuern, nehmen all ihr Zeug mit ins Wasser, in einer dichtgestopften Tasche auf der aufgeblasenen Luftmatratze, der guten aus dem Westen. Sie werden also nicht nur schwimmen müssen, sondern auch das Floß vor sich her schieben, und Hanne hat schon nach den ersten paar hundert Metern Zweifel, ob Tata das schafft, trotz des aalglatten Sees. Ellie kann nur Brust schwimmen, das dafür ausdauernd und spritzerfrei wie ein dahingleitender Baumstamm, und wenn Hanne mal müde wird, darf sie sich an Mamas Taille hängen und sie spielen Krokodil, aus Zwei wird wieder das Eine, das sie schon mal waren, sie gleiten im selben Rhythmus dahin, miteinander und mit dem Wasser verschmolzen, als wäre das ihr natürliches Lebenselement.

Tata dagegen tut sich mit jedem Meter schwerer, er krampft den Kopf viel zu oft übers Wasser hoch, und wenn er die Luftmatratze anfasst, sieht es nicht aus wie Schieben, eher wie Festklammern. Langsam kriegt Hanne Angst um ihn, nicht so schlimm wie damals, als sie klein war und er aus dem Boot heraus dem abgefallenen Ruderblatt nachgesprungen ist, aber fast. Immer wieder kippelt die Tasche gefährlich und Mama schimpft, wenn die runterfällt, ist sie weg, denn der Trocknersee ist tief, was einmal untergeht, behält er als nicht rückzahlbare Maut. Leg dich zwischendurch auf den Rücken und spiel toter Mann, raunt Ellie ihrem Mann zu, aber der blitzt sie nur böse an, und als er sich nach den vier Kilometern mit letzter Kraft ans schlammige Ufer schleppt, schüttelt Mama sich nicht mehr fröhlich wie ein junger Hund, sondern nur unwirsch den Kopf. So wird das nix.

An dieses Kopfschütteln denkt Hanne sofort, als sie Ende des Jahres diesen Anruf bekommen, dass das Paket angekommen ist. Vor fast drei Wochen hatte Tata sich morgens wie immer verabschiedet, aber im Nachhinein eben nicht wie immer, das Zögern kam Hanne damals schon seltsam vor. Und dann kam er nicht wieder, und Mama leierte immer wieder herunter, er sei seine Mutter an der Donau besuchen gegangen und komme sicher bald zurück. Nein, er war nicht an der Donau gewesen, sondern mitten in ihr, rübergeschwommen ist er zu den Serben, trotz erstem Schneefall im Jahr. Mir unbegreiflich, wie er das geschafft hat, lautet Ellies erster Satz, nachdem sie unter Tränen den Hörer aufgelegt hat. Die langen Erklärungen zum Wie werden sie erst in zwei Jahren zu hören bekommen, jetzt muss erst mal reichen, dass er drüben ist, in der deutschen Stadt, aus der auch die gute Luftmatratze ihrerzeit gekommen war.

Hanne ist böse, dass sie ihr alles verheimlicht haben, als wäre sie ein dummes Kleinkind. Da kann Mama noch so oft beteuern, es sei zu ihrem Besten gewesen, Befragungskommissionen kennen auch bei Kindern keinen Spaß. Die Mutproben im Trocknersee, das war Training, oder?, dämmert es Hanne. Ihr hattet geplant, dass wir alle drei rüberschwimmen, wieso hast du Tata dann allein losgeschickt? Ausgerechnet ihn, der doch am schlechtesten von uns allen schwimmen kann! Ich hab ihn nicht losgeschickt, ich hab ihn mit aller Kraft zurückhalten wollen! Hast du eine Vorstellung, wie die Donau als Grenze ist, kilometerbreit der Kordon, mit dem sie abgegürtet ist, kannst dich nicht erinnern, dass wir sogar zum Besuch deiner Großmutter einen Permis brauchten, um die Kontrollstellen zu passieren? Und einen Kilometer breit ist sie bis zu den Serben, und dann der Stacheldraht unter Wasser und die Stromschnellen und der Schießbefehl bei den Wachposten in den Türmen überall, ich dachte, dein Vater is narrisch worn, so was probieren zu wollen. Ich hab das mit dem Trocknersee nur mitgemacht, um ihm zu beweisen, dass er verrückt ist, unmöglich, herst mi, unmöglich ist das. Aber er hat's doch geschafft, und ich hätt's auch geschafft, sowohl den Mund zu halten als auch rüberzuschwimmen, sagt Hanne. Ja, vielleicht, und ich auch, aber als ich gesehen hab, wie dein Tata da im See fast eingegangen ist ... Aber er war nicht zu halten und nicht umzustimmen, um nix in der Welt, raus wollte er, unbedingt raus, und da hab ich gesagt: Wenn du dich umbringen willst, dann bitte, geh, aber allein, mein Kind bringst du nicht in Gefahr. Los mer zu, Kind, du und ich, wir sind ein Krokodil, wir gehen nicht unter, nein besser, Chamäleons sind wir, wir passen uns überall an und kommen durch, ich hab dir noch immer Essen aufn Tisch geschafft und die Chance auf einen ordentlichen Beruf hätt ich dir auch besorgt, damit du dein eignes Geld verdienst und von keinem Mann abhängig sein musst. Aber ich hätte nie zugelassen, dass du auf der Flucht in ein Fragezeichenland stirbst oder ins Waisenhaus kommst wie der Karlie, weil deine Eltern in die Zwangsarbeit am Schwarzmeerkanal geschmissen werden. Dein Vater ist ein erwachsener Mann, der schon immer nur das tut, was er selber für richtig hält, aber für dich bin ich verantwortlich. Er hat's für dich gemacht, Hanne, ich werd's ihm immer danken, aber auch für sich, du bist nicht schuld dran und ich auch nicht.

Hanne verstummt und versteht und verschwindet hinter den vors Gesicht geschlagenen Händen, als ihr klar wird, dass ihr jetzt keiner mehr sagen kann, wann sie ihren Tata wiedersieht.

Es freit
Reschitza, Sommer 1981

Großgewachsen soll er sein, sagt Sanda, und denkt: Wie Dan. Blond soll er sein, breitschultrig, blauäugig. Wie Dan, wie Dan, wie Dan. So geht das aber leider nicht, sagt Ellie. Wie dann?, fragt Sanda, und Ellie senkt lächelnd den Kopf. Ich weiß, dass du den Dan von nebenan gernhast, aber der ist Rumäne, du brauchst einen Deutschen, um rauszukommen. Denn auf keinen Fall soll Sanda allein zurückbleiben, wenn Ellie und Hanne ihrem Donauschwimmer hinterherziehen, und Marita ihren Madln. Mitnehmen darf Marita ihre Sanda bestimmt nicht, hat sie ja nur mit rotem Herzblut adoptiert, nicht mit schwarzer Tinte. Wie sollte es denn dieser Ostwelt standhalten, das gutgläubige Kind von gerade zwanzig, hat doch keinen sonst, würde bestimmt alle Schikanen für Angehörige von Vaterlandsverrätern übergekippt bekommen. Wohnung, Arbeit, alles wäre weg, der Staat würde schon für Sanda sorgen, keine Sorge ...

Außerdem schaut dein fescher Dan dich mit dem Oasch nicht an, sagt Marita und fängt sich dafür zwei Blicke ein, den waidwunden von Sanda, den finsteren von Ellie. Ich bitt dich, Mutti, ist sie denn nicht schon traurig genug. Aber sie soll doch die Wahrheit kennen, die Wahrheit ist gesund und dann macht sie sich erst gar keine falschen Hoffnungen, murmelt Marita stur. Der hurt doch nur mit dem gefärbten Rotflitscherl ausm Block vis-à-vis rum und mit den rassigen Zigeunermadln vom Stadtrand, weiß der Hengst, wie viele blonde Bangerten er schon ins Zigeunerblut gemischt haben mag. Jetzt herst aber auf, Mutti, zischt Ellie, und Sanda zerplatzen die roten Farbbomben auf den Wangen, als sie an ihr Spiegelbild denkt, an dem oberhalb der kratzigen Strickbluse nichts glänzt, weder rassig noch rot, und an das Unterhalb des kratzigen braunen Stoffrocks denkt sie erst gar nicht.

Ich wüsste da jemand, sagt Ellie mit einem zaghaften Lächeln und streicht Sanda über die Schulter. Der ist deutsch, richtig mit deutschem Namen, und seine Mutter ist schon drüben. Du könntest also genauso bald wie Mutti rüber, oder vielleicht sogar noch bälder! Und der Roland ist ein Guter, höflich und harmlos und ... Welcher Roland? Der Fiedler Rolli? Aber der ist doch Verwandtschaft!, traut Sanda sich blass einzuwerfen. Mit dir nicht blutsverwandt, das geht schon, tätschelt Ellie ihr die Besänftigung mit unverändertem Tonfall ins Strickmuster. Höflich und harmlos, ha, genau!, grinst Marita mit rein, na freilich, begnügt sich dann aber mit einer hochgezogenen Augenbraue, als Ellie sie wortlos zum Schweigen bringt, und zündet sich die nächste Zigarette an. Aber alt ist er, und hässlich ist er, klein und hutzelig und dunkel, jammert Sanda, und narrisch ist er auch mit seinen narrischen Gedichten, die keiner versteht, den will ich nicht! Ellie atmet durch und denkt an die Gedichte, die Roland schreibt und die wirklich nur eine zu verstehen scheint. Hanne hat er, trotz oder vielleicht gerade wegen ihrer dreizehn Jahre, die Gedichte gezeigt und dagelassen. Hanne hat sie nur stumm gelesen und immer wieder genickt. Dann hat ihr Vater ihr die Blätter aus der Hand genommen und unter Lachsalven vorzustottern begonnen: So sinnlos ist's, das Denken, solang es in uns kreist, wenn's wenigstens eine Ellipse wär, dass man sich alle halbe Drehung mal dem Kerne näherbeißt. Hoho, dem Kerne näherbeißt, dröhnte Conny, in den Arsch beißt der sich und sonst nirgendshin, und Hanne lachte mit, damit Tata nicht böse wurde, aber insgeheim dachte sie, wieso, der Rolli hat doch recht.

Ich lieb den aber nicht!, heult Sanda weiter, weil sie sich Rollis schwarzen Fusselschnurrbart auf ihren Lippen vorstellt und gleich Herpes davon kriegt. Ach, Liebe, schleudert Marita das Wort schnaubend in den Staub, das braucht's nicht, um von hier nach da zu kommen, außerdem ist es sowieso besser, wenn der Mann dich mehr liebt als du ihn, alles andere endet sowieso nur in einer Katastrophe. Und schon versinkt Marita in ihre schwärzeste Erinnerung, auf deren Etikett *Drago* eingestanzt ist. Du brauchst keine Angst zu haben, sänftelt Ellie weiter auf Sanda ein, ihr müsst nur auf dem Papier heiraten, aber nicht richtig ... wie Mann und Frau leben, verstehst? Und in Deutschland kannst dich dann in ein paar Jahren scheiden lassen und bist noch jung genug, dir auszusuchen, wen du selber willst, blonde, blauäugige, breitschultrige Männer wie Dan gibt's drüben doch wie Sand am Meer, nur deutsch eben. Marita ist wieder aufgetaucht aus ihrem Finstern: Na, Angst brauchst wirklich keine haben, der Rolli wird dich nicht anfassen, dafür hast du obenrum zu viel und untenrum zu wenig. Sie lacht scheppernd wie eine heisere Kröte und hustet, als hätte sie filterlose Fliegen verschluckt, und kann gar nicht mehr aufhören, da nützt selbst der strenge Blick von Ellie nichts.

Und so fädeln sie die Pläne ein, öffentlichkeitswirksam wird erst im engen, dann in immer weiter ausholenden Kreisen gestreut, dass Sanda und Roland bald heiraten. Rolli kommt immer mal wieder vorbei und sitzt ein paar Stunden blass auf dem durchgewetzten alten Sofa vor einem bitteren Kaffee, obwohl ihm ein Stamperl lieber wäre, und wenn er geht, muss ihn Sanda vor der Tür mit einer Umarmung verabschieden, damit die Nachbarn das auch mitbekommen, vor allem der Niculescu von gegenüber, der angeblich beim Elektrizitätswerk arbeitet – sicher doch, halbtags beim Elektrizitätswerk und ganztags bei der Securitate, deswegen haben sie auch nur den halben Tag Strom, aber Tag und Nacht uneingeschränkte Sicherheit durch Überwachung.

Dann darf der Roland überraschend bald zu seiner Mutter nach drüben, sie waren nicht schnell genug. Jetzt wird's komplizierter, aber nicht unmöglich, muss er halt herkommen zum Heiraten und Sanda dann nachholen. Sie schreiben sich Briefe, in die der Roland neben schrägen Versen auch schöne süße Werbewörter einstreut, und auf einmal sieht Sanda ihn neu, so auf Distanz hört alles sich so romantisch an, und eine hübsche Handschrift hat er auch, das gefällt ihr, denn die hat sie auch. Sie schreibt immer rosiger zurück und denkt dabei gar nicht mehr so viel an den Niculescu und seine unter Strom stehenden Kollegen, die die Briefe öffnen werden, sie verliebt sich in geschriebene, geschwungene Wörter und ein Bild vom Roland, aus dessen Rahmen er nur schmerzhaft fallen kann.

Kurz bevor Ellie den Hochzeitstermin beantragen kann, müssen sie und Hanne ihre Holzkiste nach drüben packen und auf Nimmerwiederrückkehr das Land verlassen. Jetzt ruht alles auf Maritas Schultern, aber der Trautermin wird immer wieder von oben verschoben, und dann erwischt Marita den Niculescu dabei, wie er ihr grinsend einen Brief in den Kasten schmeißt, da steht drin, dass auch Marita nach drüben darf und muss, und Sanda ist immer noch nicht unter der Haube.

Nachdem ihre Mütter und Schwestern weg sind, sitzt Sanda in der menschenleeren Wohnung auf dem durchgewetzten Sofa und kann sich nur noch an den immer wärmer werdenden Briefen Richtung Roland festhalten, aber irgendwann klopft der Niculescu an ihre Tür und verkündet ihr erstens, dass die Heiratsbewilligung mit dem Fiedler Roland zurückgenommen wurde und zweitens die Wohnung für Sanda allein viel zu groß sei, die kriegt bald eine strammkommunistische Familie mit den vier Pflichtkindern, und Sanda wird doch bestimmt einsehen, dass sie in einem staatlichen Mädchenheim viel besser aufgehoben sei.

Von drüben aus können weder Ellies noch Maritas Arme sie auffangen und Rolands Schwächlingsärmchen schon gar nicht. Sanda treibt ziellos wie ins Orbit geschossen dahin, bis eine Kollegin ihr einen Deutschen vorstellt, der ist weder blond noch breitschultrig noch wie Dan, aber er ist deutsch und Sanda nicht mehr allein. Plötzlich bekommt sie ganz viel auf einmal, eine Heiratsbewilligung und die Genehmigung, in der Wohnung zu bleiben, und ein Kind.

Als die Wehen einsetzen, stemmt sie die Ballen gegen das rostige Fußende des Kreißbettes und fängt an zu schreien: Ich will das nicht, ich will das alles nicht, aber die Hebamme brüllt sie an, sie soll sich nicht so anstellen, und irgendwoher nimmt sie die Kraft, den Jungen rauszupressen, der ihr einziges Kind bleiben wird, weil das macht sie ganz bestimmt kein zweites Mal mit. Als sie ihrem Mann das Kind am nächsten Tag in den Arm legen will, schüttelt der sich nur, lass mal, das ist Frauensache, und kein Jahr später darf er nach drüben und wird von Ellie mit Eisblicken und einer fast vollständig eingerichteten Wohnung empfangen, weil Sanda und ihr Kind es doch gut haben sollen, wenn sie auch endlich rausdürfen.

Hanne und Ellie stöbern in den Sperrmüllhaufen vor den Kasernen der Amisoldaten die unglaublichsten Spielsachen auf, die Conny für den Jungen repariert, sie schrauben ein Regal an die Kinderzimmerwand, das Hanne mit einem Meter Kinderbücher bestückt, und als Sanda und der Junge endlich kommen, ist der schon viel zu groß, um auf den Arm zu wollen, aber wenigstens noch nicht zu groß für die Spielsachen. Ellie besorgt Sanda als Willkommensgeschenk einen Job, der nur leider nichts mit ihrer hübschen Handschrift zu tun hat, aber die ist eh in einem anderen Leben zurückgeblieben, wie Dan.

Es kneift
Reschitza, Sommer 1954

A Hosn will sie, a Hosn! Ka anständiges Madl trägt so was, sagt Edith. Aber mich schimpft doch eh jeder, ich wär ka anständiges Madl, da kann ich doch genauso gut auch Hosn tragen wie die Männer, trutzt Ellie mit vorgeschobener Unterlippe, und ich will ja nicht irgendeine Hosn, sondern so eine wie in Amerika, a Latzhosn aus blauem Stoff, a *blugi*-Hosn. Es soll noch drei Jahrzehnte dauern, bis sie versteht, dass das von Bluejeans kommt, aber wollen tut sie die Hosn jetzt schon, unbedingt, weil man damit rennen und klettern kann wie die Buam, und keiner kann dir unters Kleid schauen, kannst Unterhosen tragen so löchrig wie von der Maus zerfressen. Und zum Kohlenklauen wär's auch praktischer, wirft sie der Omama Edith als schwerstwiegendes Argument noch hin. *Blugi* – Edith hat keine Ahnung, wovon das Kind da spricht, aber Marita wird's schon rauskriegen, ist schließlich ihre Mutter und treibt sich genug rum mit den Soldaten, dann soll das wenigstens auch mal was Gutes haben. Mit Soldaten?, keift Marita spöttisch, bestimmt nicht! Offiziere sind das, fesche Burschen mit blitzender Uniform, die tragen keine Arbeitsschalopeten aus hartem Stoff wie die Neger aufm Baumwollfeld. Aber dann seufzt sie und zieht trotzdem ihre Strippen, sie haben ja nicht mal das Geld für neue Kinderschuh, geschweige denn *blugi*. Marita hält nichts von Hosn für Madln, aber man muss seinem Kind doch ab und zu eine Verrücktheit erfüllen, wenn man es schon nicht großzieht.

Als Edith zwei Wochen später von Marita einen Stoffballen in den Arm gedrückt bekommt wie seinerzeit das Kind, ist der Stoff schmutziggrün statt blugiblau, aber Ellie freut sich trotzdem, weil sie bald das allererste Madl mit Hosn in der Zweiten Reih sein wird. Außerdem passt die Farbe eh besser zu deinen Augen und Grasflecken wird man darauf auch nicht so sehen, sagt Edith und lächelt. Marita hat den Stoff besorgt, Edith besorgt den Schneider – sie schmiert ihn mit Kohlen und zwei Packl Zigaretten, jede einzeln ihrem unangetrauten Viktor wegstibitzt, wenn er zu betrunken zum Zählen nach Hause wankt.

Der Schneider hat einen Stummel im Mundwinkel und ein speckiges Maßband um den noch speckigeren Hals hängen, und während er die Maße nimmt, leckt er sich ständig über die rissigen Lippen. Ellie erschrickt, als er ihr den Daumen unten zwischen die Schamlippen rammt, muss ja schließlich den Abstand zwischen Brust und Schritt messen, sagt er, muss ja strammsitzen, so a Latzhosn, richtig kneifen muss sie, so, und weil er darüber das Aufschreiben vergisst und ganz sicher sein muss, bohrt er Ellie den Daumenknöchel ein zweites Mal schmerzhaft in den Schoß und grinst dazu von unten, wo er vor ihr kniet, so schmierig, dass sie ihm beinahe auf den fettigen Scheitel speiben muss. Den Abstand zwischen ihren Erbsennippeln misst er auch noch mal, dass der Latz auch dazwischenpasst, sagt der Schneider, und für Ellie hört sich das so an, als würde er dabei mehr an seinen gegenwärtigen Latz unten denken als an ihren zukünftigen oben.

Nächste Woche kommst noch mal zur Anprobe, sagt er zum Abschied. Aber nächste Woche weigert sich Ellie so standhaft hinzugehen, auch auf die Gefahr hin, dass es nix wird mit ihrer Latzhosn, dass Edith hellhörig wird, und am End muss Ellie alles erzählen, das Gesicht in Omamas zwiebelduftige Schürze vergraben, weil sie sich so schämt. Bestimmt sagt die Omama jetzt, sie soll sich nicht so anstellen, was bildet sie sich denn ein, sich so was einzubilden, aber Edith hebt nur Ellies nasses Gesicht aus ihrer Schürze und nickt, wisch dir die Augen, Kind, du musst nit zur Anprobe, ich kümmer mich um die Hosn und um den Schneider auch.

Als die Hosn fertig ist, auch ohne Anprobe, schwitzt Ellie vor Aufregung so schlimm, dass sie kaum reinsteigen kann. Endlich a Hosn, endlich nicht mehr bei jedem Schritt und jedem Windstoß Angst haben! Die Hosn ist perfekt, nur im Schritt kneift's, und Ellie erschrickt, weil sie in der dicken Naht den Schneiderdaumen wiedererkennt. Edith sieht sie verzweifelt am Latz zerren und den Stoff runterzuppeln. Sie geht den Gürtel vom Viktor holen und Ellie wartet ängstlich, was will sie denn jetzt damit, gibt's doch noch Prügel, weil ich kein richtiges, anständiges Madl bin? Aber dann kommt Edith mit dem Gürtel zurück und schneidet zwei Stücke davon ab. Das kannst doch nicht machen, schnappt Ellie nach Luft, ist doch der einzige Gürtel, den der Otata hat. Ach, der muss ihn eh dringend enger schnallen, der mit seiner dicken Wampn, sagt Edith, und sie lachen zusammen, während Ellie sich aus der Hosn schält. Die beiden Lederstücke setzt Edith mit dickem Zwirn als Verlängerung in die Latzhosenträger ein. Jetzt passt die Hosn wie angegossen, der Latz hängt zwar etwas tiefer und der Schritt auch, aber das ist genau gut so, und Ellie läuft damit wochenlang herum und kümmert sich keinen Furz um die Ellie-Pischnellie-Schreie vom Johann, vom Heino und vom Sepp, und als die Hosn endlich gewaschen werden muss, freut sie sich, dass zwar die Kohlenstriemen rausgehen, nicht aber die Grasflecken, die trägt sie stolz wie Tapferkeitsmedaillen.

Als sie eines Mittags die Schuluniform wie immer in die Ecke pfeffern will, um nach der Hosn zu greifen, sitzt Edith fröhlich pfeifend in ihrem Schaukelstuhl und häkelt, und das macht sie sonst so selten wie Weihnachten mit Schnee, fröhlich pfeifen und häkeln und dann auch noch beides gleichzeitig. Der Schneider hat sich beim Holzmachen den Daumen abgehackt, sagt sie in einem Ton, als würde sie sechs Wochen Sonnenschein verkünden. Den linken oder den rechten, fragt Ellie wie aus der Schleuder geschossen. Was macht das schon, sind beide die rechten, sagt Edith. Fein säuberlich am Knöchelgelenk abgetrennt hat's ihn, die Kuppe mitm dreckigen Nagel soll im Sägemehl gelegen sein und der Schneider musste sich den Stummel mit dickem Zwirn selber zamnähen, damit er nicht verblutet. Na, wenigstens das kann er ja, nähen, wenn schon nicht anständig Maß nehmen.

Edith hebt den Kopf und begegnet Ellies fragendem Blick. Ich mach ihm einen Fingerhut für seinen Stummel, Fingerhut und Nadelkissen in einem, ein Unikat, so was kann ein Schneider doch gebrauchen. Sie hält ihr Werk hoch, aus kratziger grüner Wolle hat sie einen winzigen Eierbecher gehäkelt. Da kommt noch a Bandl aus deinen Blugiresten dran, dass er sich das ums Handgelenk binden kann, gefüllt wird's mit Glaswolle und oben stech ich ihm Stecknadeln rein, der wird sich bestimmt freuen, meinst nit?

Zwei Tage später wird Edith, gerade als sie vom Schneider zurückkommt, von der Nachbarin aufgehalten. Hab die Hosn gesehen, die Ihre Enkelin trägt, mei Bua, der Heino, will jetzt auch so was haben. Können'S beim Schneider vielleicht ein gutes Wort für mich einlegen, dass er's billiger macht? Die Müh können Sie sich sparen, Gnädigste, sagt Edith und reckt das Kinn vor, solche Hosn tragen nur anständige Madl und keine Buam, außerdem nimmt der Schneider eh keine Kinder als Kundschaft mehr an.

Es kocht
Reschitza 1972 / Hamburg 2012

Es heißt immer, das Erlebte würden einem seine Spuren ins Gesicht prägen, Falten hineingraben, das einst glatte Kinderantlitz mit dem verknitterten Blattgold oder Blech der Erfahrungen überziehen. Aber könnte es nicht eher im Gegenteil so sein, dass jedes einschneidende Erlebnis und vor allem jeder Neuanfang eine Schicht des Gesichts abträgt? Das Alte schält sich ab wie bei einer trockenen Zwiebel, um die Schicht darunter ans Licht, ans Leben zu lassen. Niemand weiß vorher, wie viele Schichten ihm gegeben sind – ein Mensch ist kein Parkett, von dem man beim Kauf schon erfährt, wie oft es eine krude Abschleifprozedur verträgt. Vielleicht erklärt sich daraus die Angst des Menschen vor Neuem. Denn wer weiß schon, wie oft er es sich leisten kann, sich aus seinem alten Leben herauszuhäuten? Ist darunter noch eine Schicht? Oder nur noch der blanke Schädelknochen, der einem das unwiderrufliche Game over entgegengrient?

Von oben betrachtet sieht Connys Schädel wie ein vom Sturm umgemähtes Flachsfeld nach langer Dürre aus, denkt Ellie und findet in sich nichts anderes als dieses Bild, keine sonstige Regung. Zurückgekommen ist Conny schon öfter nach seinen Eskapaden, hat Ellie wieder bekniet, bisher nie wörtlich, doch diesmal scheuert er sich wirklich die eh schon fadenscheinigen Hosenbeine an den Knien blank, wie er da so vor ihr kniet, die Ausreden noch fadenscheiniger. Fast ein ganzes Jahr war er diesmal weg, anfangs nicht in Trennung, nur in Ehrgeiz, ins große Temeswar hat's ihn gezogen, um den Arzt aus sich zu machen, der immer schon in ihm geschlummert hat. Ellie hat ihn laufen lassen und zuhause alles am Laufen gehalten, ihre Arbeit und vor allem ihr Kind, das gerade erst zu laufen begonnen hatte nach zwei Jahren Gips und Spreizgestell. Kaum lief es aufrecht, flog es über die Holzklötze und fing sich einen Gipsstiefel am rechten Schienbein ein, was den aufrechten Gang um weitere vier Wochen verzögerte, aber dann, aber dann! konnte das Kind nach Jahren endlich laufen. Es lief so viel, als wollte es all die verlorene Zeit einholen, und Ellie lief mit polsternden Armen hinterher. All das hat sie schon fast ein Jahr allein für sich gehabt, die Arbeit und das Glück. All das hat Conny verpasst, weil er in Temeswar war, im OP und im Seziersaal. Ellie hat ihm Briefe geschrieben und diese in Kisten mit hausgemachtem Essen versenkt, die sie ihm schickte. Auch wenn er sagte, dass das viele Blut ihm den Appetit verderbe, im OP das pulsierende, im Seziersaal das gestockte, aß er doch alles schneller leer, als Ellie nachkochen konnte. Und Ellie träumte von der Zeit, wenn er zurück wäre, Arzt oder nicht, aber in jedem Fall Hannes Vater, die andere große Hand über den kleinen Kinderhänden, der Partner, um das Kind beim Laufen hochfliegen zu lassen.

Nach ein paar Monaten flog ihr die Kunde zu, Conny müsste das viele Essen und das viele Blut nicht mehr allein verdauen, eine Rosie würde ihm dabei zur Seite stehen, und Ellie glaubte das nicht, bis er einmal nach Hause kam und statt Hannes Hand die von Ellie nahm und ernstbleich sagte: Es stimmt, Ellie, da ist jemand, sie ist nicht so schön wie du und nicht so schlau wie du, aber sie wird eine Frau Dokter sein wie du niemals, und sie wird mir gesunde Kinder machen. Es tut mir leid, ich bin nach all den Jahren mit

Hannes Gebrechen ein gebrochener Mann, ich ertrage die ewige Krankheit nicht mehr. Unser Kind ist gesund, schau es dir doch an, wie es läuft, ohne auch nur die Spur zu humpeln, schrie Ellie. Aber Conny schüttelte nur den Kopf und ging. Geh doch, geh zu deiner Rosie, du ... du ...! Statt leerer Wörter schmiss sie ihm einen vollen Kochtopf nach. Aber eins sollst du wissen, so gutes gselchtes Kraut wie bei mir wirst du bei der nie kriegen!

Und dann war er weg und Ellies Kummer blieb, bis auch der irgendwann weg war, weil der Kummer nie endlos irgendwo bleiben kann, wo ein Kinderlachen ihn täglich vertreibt, und Ellie war sich selbst genug und zufrieden, die kleine Hanne lief und flog und wuchs unter ihren Augen und fragte immer seltener, wann Tata nach Hause käme.

Und jetzt ist er wieder da und kniet vor Ellie mit seinem flachsblonden Haar und heult zu ihr hoch, dass alles so ein Fehler war, sie ist doch seine einzige große Liebe und er kann ohne sie nicht sein und nichts werden, weder Arzt noch sonst was. Kann sie nicht kochen oder was?, fragt Ellie ungerührt und überlegt, dass sie heute nicht viel Essen im Haus hat, nur genug, dass Hanne und sie satt werden, was soll sie ihm denn geben, wenn er bleibt. Weder kochen noch sonst was kann sie, jammert er, ihr reicher Vater will mich nicht, weil ich vom Dorf komm, und hässlich ist sie eh wie die Nacht und dick wie ein Pfannkuchen, und gesunde Kinder würde sie mir auch nicht machen, mit dem Herzfehler, ich wusste anfangs nichts davon. Verhext hat sie mich, die fette Kuh, aber jetzt bin ich aufgewacht und weiß alles wieder, will kein Arzt mehr sein, ich kann doch nicht mal Blut sehen. Nichts will ich mehr sein als dein Mann und Hannes Tata, wir haben so ein schönes, schlaues Kind, mit nicht mal drei Jahren hat sie uns schon die Zeitung vorgelesen, weißt noch, wie sie da mit ihrem Gips auf dem Holzkarren hockte, den ich ihr gebaut hab, weißt noch.

Ellie schaut zu Hanne rüber, die auf dem Boden sitzt und mit den Holzklötzen spielt – wo soll sie auch hin, sie haben nur das eine Zimmer – und so tut, als würde sie nichts hören, und auf einmal dreht sie sich zu Ellie um und sagt, dann könnt ihr mich wieder beide an den Händen fliegen lassen, gell, dann dreht sie sich wieder weg und stapelt weiter.

Ellie lässt im Abwärtsgang des Seufzers die Schultern fallen und weicht Connys blauem Blick aus. Ein Kind braucht einen Vater, sagt sie, dann steh jetzt auf und bleib von mir aus, nicht für mich, nur fürs Kind mach ich das, das sollst wissen. Und dann steht sie auf und macht das Essen warm, hoffentlich reicht es für drei.

Vier Jahrzehnte später hat auch Hanne zum ersten Mal im Leben einen knienden Mann vor sich, beim Heiratsantrag hat er das nicht gemacht und auch sonst nicht, aber jetzt scheuert Günther sich die Jeans am Parkett blank, nur der Scheitel, unter dem die süßen Worte wachsen, ist schütterschwarz statt flachsblond. Ein Fehler war das, der größte meines Lebens, sagt er, du bist doch meine einzige wahre Liebe, es tut mir so leid, was ich dir angetan hab, all die Lügen, all das Hintenrum all die Jahre, das hast du nicht verdient, bitte darf ich wieder nach Hause kommen? Du und Luis, ihr seid doch mein Zuhause! Und was ist mit Bea?, fragt Hanne und fühlt in sich nichts als dunkle Leere. War die nicht deine Jugend und Freiheit, die du wiederhaben wolltest nach all den Jahren voller Krankheit und Schwernis? Ach was Freiheit, ein Fehler war sie, eine Fata Morgana, ein Flittchen mit einem fatalen Hang zum Fusel, nicht so schön wie du und erst recht nicht so klug, und mit den ewigen Blasenentzündungen nicht mal fürs Bett zu gebrauchen. Ich bin ein dummer alter Gnom, bitte lass mich wieder heimkommen, denk an unser wunderbares Kind, weißt noch, wie Luis dasaß auf seinem Plastikthron und uns schon mit drei Jahren die Leviten gelesen hat, weil wir gestritten haben. Wie konnten wir nur so dumm sein, mein Engel, wir dürfen das alles nicht hinschmeißen, ein Kind braucht auch einen Vater, denk an Luis, wir haben ihm doch zusammen das Leben gerettet, weißt noch, das hat uns doch für immer zusammengeschweißt.

Hanne denkt an Luis, der nicht da ist, sondern für ein paar Stunden bei Opa, der ihn jahrelang mit dem Kinderwagen herumkutschiert hat wie einst seine gipserne Tochter mit dem Holzkarren. Hanne stellt sich vor, wie sie Günther die Hände ums Gesicht legt und die Tränen abwischt, und wie sie rüberläuft und Luis nach Hause holt und seinen größten Wunsch unter der Sonne erfüllt: Papa ist wieder da, und er bleibt bei uns. Wie es strahlen würde, das Kind, und alles wieder gut wäre, auch wenn Luis schon viel zu groß ist, um von den Eltern beim Laufen hochgeworfen zu werden, aber es gäbe kein größeres Glück für ihn, für ihn muss sie die Entscheidung treffen, außerdem ist es so schwer allein, so schwer. Ich mach nichts anderes als an Luis zu denken, sagt sie leise, alles, was ich tu, tu ich für ihn, das solltest du wissen. Sie wendet sich ab. Und jetzt geh. Luis braucht einen Vater, von mir aus, und Gnade dir Gott, wenn du ihm den nicht gibst, aber jetzt hau endlich ab, geh zu deiner Bea oder sonst wem, ich will Luis holen und für drei ist hier nicht genug Platz.

Es strahlt
Bukarest / Augsburg / Hamburg 1981–2011

Deutschen Boden betritt Hanne mit deutschen Schuhen – den weinroten, die Tata geschickt hat, den einzigen, in denen Hannes breite Schwimmerfüße Platz hatten, jetzt drücken sie zwar längst, aber andere hat sie nicht, und andere wären auch unmöglich für den ersten Schritt über die Schwelle der deutschen Botschaft in Bukarest. Dass das schmiedeeiserne Tor von Kameras flankiert wird und nicht von Menschenhand aufgeht, erinnert Hanne an die wenigen Sciencefiction-Bücher, die sie bisher lesen konnte, das strahlend weiße Burggebäude selbst hingegen eher an die Festung, die sie sich bei der Lektüre des zweiten *Kirschwinkler*-Bandes über zurechtgedacht hat. Endlich versteht Hanne, warum es Empfangshalle heißt, alles hallt hier in diesem ersten Raum, in dem sich das auf Hochglanz polierte Fischgrätparkett und die Stuckdecke mit jedem Schritt weiter voneinander zu entfernen scheinen. Es ist, als stünden sie mit einem Fuß schon im gelobten Land, Hanne wird ganz stumm davon und vom unerhörten Gedanken: Was, wenn wir einfach hier bleiben würden? Was sie sich kaum zu denken traut, setzen Jahre später Tausende Andere in Prag in die Tat um, Hanne und Ellie werden es gemeinsam im Fernsehen verfolgen und einander wortlos das Weißt-du-noch mit den Augen funken.

Hunderte von Kilometern sind sie hierher gereist, für die halbe Stunde, die sie dem Botschafter gegenübersitzen und Ellie irgendwelche Papiere unterschreibt. Es gibt deutschen Kaffee und am Untertellerrand einen Keks, wie Hanne ihn noch nie gesehen hat. Sie wagt nicht, ihn zu essen, aus Angst vor dem, was ihr allergischer Körper aus den unbekannten Substanzen köcheln könnte. Atemlos lauscht sie dem Zungenschlag des Mannes mit dem haselnussbraunen Jackett, der sie unter seinem ebensofarbigen Schnurrbart hindurch warm anlächelt und sich freut, wie gut sie Deutsch kann. Hannes erster echte Deutsche von drüben, er sieht so erstaunlich normal und gleichzeitig so fremd aus. Wenn auch nicht halb so fremd wie der betongraue Moloch Bukarest, in dem sich Ceaușescu eingemauert hat, den man je nach Lesart als Bauerntrampel oder Bauernopfer sehen kann, der Mann jedenfalls, der Hanne und Ellie wie viele andere Volksdeutsche für hartes Devisengeld verkauft, aber das erfahren sie erst viel später.

Ich werd Deutschland nix schuldig bleiben, niemandem werd ich je was schuldig bleiben, sagt Ellie, nachdem die schwere Eisentür hinter ihnen deutschleise ins Schloss fällt und sie ins rumänischlaute Straßengewirr entlässt, das langersehnte Papier sicher zwischen die Doppellagen Innenfutter ihrer Handtasche geklemmt. Sie wird das Versprechen nicht ganz halten können. Kurz vor der Ausreise wird sie sich Geld leihen müssen, weil es sonst nicht zum Essen reicht und für den Einbahnflug erst recht nicht, die Herausgabe der Freiheit lassen die sich hier teuer bezahlen. Dafür wird sie den ersten Ehestreit auf deutschem Boden ernten, weil Conny das nicht gefällt, dass sie mit Schulden anreist, aber was weiß der schon, wie sie die zwei Jahre strampeln musste, um das Kind durchzukriegen und sich selbst die unwichtigste Unterschrift der unwichtigsten Hinhaltikantin zu erkaufen, keine Ahnung hat der, was nach seiner Donauquerung hier los war, außerdem wird sie jeden Leu und Ban allein zurückzahlen, in Mark und Pfennig.

Für die Reise nach Bukarest hat Ellie viel Gesticktes verkauft. Das Auto ist auch schon lange weg, macht nix, es stand sowieso wie eine unbemannte froschgrüne Raumkapsel im Garten und ließ sich vom aufschießenden Kraut umranken. Selbst aus der Ferne hat Conny Ellie in Briefen angewiesen, wie damit zu verfahren sei – Ersatzkeilriemen liegt im Kofferraum, ein paar kostbare Scheinwerferbirnchen im Handschuhfach, und bevor du das Auto verkaufst, entsorgst du die Batteriesäure aus der Mauernische im Bad, aber pass auf, das Zeug brennt sich durch Stoff und Haut. Ellie liest die Briefe und überlegt, ob er sie wirklich für so dämlich hält oder ihr etwas zwischen den Zeilen mitteilen will, weil es so viel Unschreibbares gibt, und manchmal kommt sie zu keiner Antwort. Sind ja gut gemeint, seine Anweisungen, nur dass hier im Ostlerleben nichts mehr so ist, wie er es kannte. Von seinem Wunschpreis fürs Auto war gerade mal die Hälfte zu kriegen, aber auch das gehört zu den Dingen, die man in Briefen nicht erklären kann. Auf dem neuen Posten, den man Ellie zugewiesen hat, verdient sie nur einen Bruchteil vom früheren schönen Rotkreuzgeld, und mit entzogenem Parteibuch darf man in bestimmten Läden auch nicht mehr einkaufen, so ist das eben mit Vaterlandsverrätern.

Sie übernachten in einem kleinen sauberen Hotel namens Veneţia, legen sich wegen der Hitze nackt unter die knisternden Laken, im dritten Stock kann sie außer der Statue von Mihail Kogălniceanu, die vor dem Haus steht, ja keiner sehen. Wenn du willst, können wir nachher die Adresse von Constantin Chiriţă suchen und mal klingeln, sagt Ellie, was Hanne noch entsetzter abwehrt als Ellies alljährliche Vorschläge, Hanne könnte sich doch mit anderen Kindern am Meer (fremden! fremden Kindern!) anfreunden und spielen. Den Autor der *Kirschwinkler* einfach so aufsuchen und bei ihm klingeln? Undenkbar, gleichgültig wie gern sie ihn einiges fragen würde.

Am Abend gehen sie zu einem Restaurant, das nur ausländischen Gästen vorbehalten ist. Ein stahlkantig blitzender Türsteher erkennt Ellies Herbstmantel als Teil der kommunistischen Produktion und reckt abwehrend den Arm nach vorn, geschlossene Gesellschaft, Genossin. Dann stutzt er beim Anblick von Hannes deutschen Schuhen, restlos überzeugt ist er aber erst, als Ellie in ihrer Handtasche am Botschaftspapier vorbei nach dem schmalen Bündel D-Mark kramt, das Gitte ihr beim letzten Besuch dagelassen hat. Der Mann erkennt das fremdländische Rascheln sofort und weist ihnen mit steinernen Fingern den Weg hinein, bitte, sehr gerne, gnädige Dame.

Im Restaurant ist es so zugig klimatisiert, dass Hanne in ihrer dünnen Bluse fröstelt. An das Hauptgericht kann sie sich später nicht mehr erinnern, so gutes Essen wie bei Mama gibt es sowieso nirgends auf der Welt, aber zum Dessert gibt's Obstsalat aus frischen Früchten, die Hanne noch nie gesehen hat, geschweige denn gegessen. Dieses Ding namens Papaya ist längst nicht so lecker wie die dicken weißen Maulbeeren, die Hanne am liebsten direkt vom Baum isst, und sie kriegt es nur mit einer Mütze süßer Schlagsahne runter. Und bei den Litschis bekommt Ellie einen Lachanfall, wie die glitschigen Klöten beim Katerkastrieren, flüstert sie, weil sie einmal zugeschaut hat, wie der Tierfeldscher das aufm Land machte, dem hatte sie Narkosemittel besorgt, damit er das bei ihrem Kater nicht so bei lebendigem Leib macht wie bei den ganzen Ferkeln, die später nicht auf die Sau sollen. Hanne findet Ellies Ausbruch erst peinlich, dann muss sie mitlachen über die Glitschis und prustet dabei fast die eigentliche Sensation des Abends durch die Nase raus - das Mineralwasser, das zum Essen serviert wird, eine Flasche so teuer wie eine Wochenmiete in der Provinz. Dieses feinperlige Britzelnass wird von nun an und lebenslang Hannes Lieblingsgetränk bleiben.

Ellie bleibt Deutschland nix schuldig. Ihren Beruf als medizinische Assistentin, mit drei Jahren Abendschule und drei Jahren Studium erschuftet, gibt es in Deutschland so nicht, da bleibt nur Krankenschwester, dabei kann sie kaum einen Beruf so wenig aushalten. Für den gleichen Job zahlt das gleiche Krankenhaus ihrem Mann nicht das gleiche Geld, sondern einen Batzen mehr, aber Ellie bindet sich die Nachtschichten an die Seele, weil es da etwas mehr Geld gibt und etwas weniger Leute, die sich über ihre komische Aussprache lustig machen können. Nur leider muss sie nachts mehr Kinne hochbinden, gestorben wird immer, aber nachts am meisten, und sie versucht so vielen mit letztem Atem nach ihr greifenden Greisenhänden standzuhalten, wie sie kann, es hat doch keiner verdient, allein zu sterben. So manches Mal läuft sie frühmorgens, wenn der Nebel die Sonne hebt, die paar hundert Meter unter Tränen nach Haus, das geschraubte Schienbein tut weh und die letzten Worte einer Achtzigjährigen heut Nacht noch mehr: Ach wissen'S, das Leben ist ein einziger Kampf, den am Ende jeder verliert.

Nach mehreren Jahren wechselt sie die Station und die Schicht, Strahlentherapie und Tageslicht, das klingt doch schön positiv, aber da liegen Frauen, denen werden radioaktive Stäbe in den krebsbefallenen Schoß geschoben, die sie zu Unberührbaren machen. Jede Krankenschwester darf nur eine bestimmte Zeit in solche Zimmer, da liegen sie dann, die Verstrahlten, strahlen einsam vor sich hin und träumen von einer nicht mehr strahlenden Zukunft, manch eine bekommt die sogar. Manchmal lächelt Ellie ihren jungen Kolleginnen zu, zwanzig, zweiundzwanzig sind die Madl und haben noch ihren ganzen Kinderwunsch vor sich, und sie klippst ihr Dosimeter vom Kittel ab und geht zu den weinenden Patientinnen rein, damit es die Jungen seltener tun müssen.

Pünktlich zum Rentenbeginn erfährt Ellie, woran sie höchstwahrscheinlich sterben wird, an irgendwas muss man ja, aber Hanne wird davon nichts erfahren, der hat sie doch versprochen, 127 plus zu werden. Ins Spital wird sie sich jedenfalls nicht stecken lassen, kein Arzt wird sie in die Finger kriegen. Noch über zehn Jahre hält sie durch, überlebt um Haaresbreite Hannes Wegzug aus Liebe, zieht ihr dann aus noch mehr Liebe hinterher, trägt das Enkelkind unermüdlich auf den knotigen Händen, im Arm und im Herzen, bis über die Einschulung hinaus, das war ihr wichtig. Den Siebzigsten feiert Ellie in einem feinen Restaurant, das hat sie sich trotz Schneefall nicht nehmen lassen. Auf dem vorletzten Foto, das Luis mit Oma zeigt, legen sie die Köpfe aneinander wie siamesische Zwillinge und schneiden der Kamera bekloppte Grimassen, in denen Hanne sich später selbst als Kind wiedererkennt.

Das war Omas letzter Geburtstag, sagt Luis plötzlich leise, als sie vollgefuttert wieder im Bett liegen, und Hannes aufgescheuchtes Herz versucht wegzulaufen, die ganze Nacht. Aus Angst knipst sie am nächsten Tag, es ist der Heilige Abend, das allerletzte Foto in tausend Varianten, aber alle Bildbeschwörung hilft nichts. Luis behält recht, Ellie bleibt nicht mal mehr ein halbes Jahr. Noch als Teenager wird Luis sich mit aller Kraft wehren, wenn auch nur das kaputteste Spielzeug, das Oma ihm geschenkt hat, endlich ausgemistet werden soll. Das ist von Oma, das bleibt. Sie bleibt, sie hat's doch versprochen, 127 plus.

Es rollt
Bukarest, Frühjahr 2019

Das Café, in dem Hanne den Nachmittag verbringt, ist bis auf zwei hyperaktive Hipsterinnen menschenleer, und der Milchkaffee kostet doppelt so viel wie ein ganzes Mittagessen in einem der vielen winzigen Eckläden, in denen traditionelle rumänische *ciorbe* verkauft werden, heißsaure Suppen, wie Hanne sie seit ihrer Kindheit nicht mehr gegessen hat. Hanne wendet eins der Bücher, die zum Lesen ausliegen, eine Neuerscheinung. Sie schreit von einer Zeit, in der Hanne in diesem Land, wenn auch nicht in dieser Stadt, Kind war. Von nächtlichem Schlangestehen vor der verriegelten Metzgereitür, weil jemand einen Drei-Wort-Satz durchs Viertel gefächelt hatte – Morgen kommt Fleisch –, und von mattgrauem Kinderalltag, der nur von ein paar Stück Kollektivspielzeug gebuntet wurde, kleinen steifen Püppchen und einfarbigen Cowboys, denen man den scharfen Grat entlang der Reiter-O-Beine erst an den Betonplatten vorm Wohnblock wegwetzen musste, um sich nicht dran aufzukratzen.

Ein Rollstuhl schiebt sich von rechts in den Ausschnitt der hausbreiten Fensterscheibe, eine alte Frau kauert darin, so zusammengefallen, dass ihr Kopf kaum über die Kante der Rückenlehne ragt, das Gesicht wie aus prähistorischem Granitblätterteig. Trotz über zwanzig Grad draußen trägt sie sichtlich kratzige fingerlose Handschuhe, aus denen krüppelige Kuppen hervorstechen, und sie schiebt sich im Rollstuhl so zeitlupenartig voran, dass Hanne von einer Welle Zusehschmerz überspült wird und genug Zeit hat, im Kopf eine Brücke zu schlagen, von dieser alten Frau zu einem alten Mann fünfunddreißig Jahre zuvor.

1984, zwei Jahre nach ihrer Ausreise nach Deutschland, waren Hanne und Ellie erstmals wieder im Land ihrer Geburt. Hanne war sechzehn und entsetzt von all dem Elend, das sie die letzten zwei Jahre erfolgreich hinter den eisernen Vorhang zurückgedrängt hatte und das ihr jetzt gerade deswegen noch elender erschien, die mageren Humpelhunde an jeder zweiten Straßenecke, die eingesunkenen Gestalten undefinierbaren Geschlechts im gerupften Park zwischen den Wohnblocks. Ellie fiel sofort auf mit ihrem rotbraunen Mantel, dem guten Stück aus der Caritasstube, das der deutschen Mode mindestens fünfzehn Jahre hinterherlief, aber hier der letzte Schrei war. Doch hier in dieser verhuschtleisen Stadt schrie keiner, auch nicht der krumme Obdachlose, der Ellie mit glasigem Blick und ausgestreckter Knorrhand entgegenwankte. Hanne sah, wie Mama den Rücken hochseufzte, dass ihr Gesicht nach unten kippte, dann kramte sie in ihrer Tasche und streckte dem Mann einen Schein hin. Pass aber auf, sagte sie und übernahm die verstohlenen Seitenblicke für ihn, lass dir den nicht stehlen, das sind zehn Mark und nicht zehn Lei, verstehst? Für zehn Lei hätte er sich nicht mal einen Kurzen kaufen können, zehn Mark versprachen eine lange Zeit ohne Hunger. Hast du mich verstanden, sagte Ellie nochmal, und dann hob die Verständnisdämmerung seinen Kopf an, das Gesicht verzog sich zu einem donaubreiten Lächeln, und dann nickte er und steckte das Geld so schnell weg, dass Hanne ihm nicht folgen konnte, raunte sein *Sărumâna*, Küss-die-Hand, das er auch in die Tat umgesetzt hätte,

hätte Ellie ihm nicht die Hand entzogen. Dann schlurfte er, Seligkeit hinter dem Bart verbergend, in die Schatten davon.

Hannes Kopf hat die alte Geschichte fertig abgespult, die alte Frau vor dem Café ihren Rollstuhl nur bis zur Hälfte des Fensters. Hanne schämt sich feuerrot für sich und die Vielen, die achtlos an der Frau vorbeihasten, obwohl die sie mit leisem Wort um ein paar Münzen anfleht, Spitzbärtler mit Anzügen, die auch in Deutschland keiner Mode hinterherlaufen würden, spitznägelige Dämchen mit schlingernden Handtäschchen. Hanne schnappt sich einen Schein aus ihrer Tasche, zwingt die Glastür auf, überholt den Rollstuhl und drückt der Frau das Geld in die knotigen Finger, deren aufwachende Augen sagen, dass sie so einen Schein nicht häufig sehen, ihre Stimme rostet ihr *Sărumâna* in die Frühlingsluft.

Zurück im Café ärgert sie sich, dass sie nicht einen größeren Schein aus der Tasche gefingert hat, und nippt an ihrer kalten Tasse. Da strömt eine Blondgefärbte über den Bürgersteig, nichts unterscheidet sie von allen anderen kalten Fischen, die zuvor über die Alte hinweggeschwommen sind, nichts außer der Bäckertüte und der Wasserflasche, die sie der Frau nun an die Brust drückt, bevor sie mit der Selbstverständlichkeit fließenden Wassers weitertreibt. Die Alte versteht die Welt nicht mehr, angesichts gleich zweier Wohltaten hintereinander, und vergisst minutenlang, den Rollstuhl weiterzuschieben. Hanne lächelt und liest weiter in dem Buch, das eine andere als sie über die Zeit geschrieben hat, in der sie noch jung und die Welt längst nicht mehr und noch lange nicht wieder in Ordnung war.

Es färbt
Reschitza, 1977 / 1982

Mit sich allein sein kann Hanne sehr gut. Sie mag den Schlüssel, der ihr an einer Schnur um den Hals hängt und sich an ihrem Brustkorb aufwärmt, und versteht beim besten Willen nicht, wenn jemand sie als armes Schlüsselkind bemitleidet. Sie mag es, nach der Schule in die stille Wohnung zu kommen, sich kalte Kleinigkeiten auf einen Teller zu drapieren, Brot, Käse, Tomaten, saure Gurken, auch mal eine Scheibe Braten von gestern, denn der Gasherd ist tabu – zu viel Angst hat Mama vor dem Ding mit den Flammkronen, der seinen flaschigen Dickbauch unter einem geblümten Gardinenrock versteckt. Hanne mag es, in die Stille zu hören oder ihr mit leisen Katzengesprächen zu antworten, auf den hohen Eckschrank zu klettern, wo ein rundes, vom jahrelangen Schneidersitzen ausgehöhltes Kissen und immer neue Bücher warten, und dort zu verharren, bis es zum Lesen zu dunkel und zum Fürchten noch zu hell ist, aber da ist Mama dann meistens schon wieder da und bringt das Licht mit und die Farben.

Mit Tata allein sein kann Hanne auch, aber nicht so gut und nicht so gern, weil das heißt, ohne Mama zu sein. Als sie in Mathe vom binären System hört, 1 oder 0, denkt sie sofort, genau so ist das mit Vätern, entweder sie sind da oder sie sind weg, ganz oder gar nicht, was anderes gibt's nicht. Bei Mama gibt's eigentlich immer nur, sie ist da, sie ist immer da, auch wenn sie arbeiten muss, ist sie da, eine ewige Eins, und deswegen ist es undenkbar, wenn sie tatsächlich richtig weg muss.

Das erste Mal richtig weg muss sie, weil die Partei sagt, dass sie muss. Mama muss nach Bukarest zu wichtigen Sitzungen, da ist Hanne neun und begreift alles erst, nachdem Mama von dem Zug, zu dem sie sie gebracht haben, verschleppt wurde und Hanne mit Tata zurück in die Wohnung kommt und keine Luft mehr kriegt vom Weinen. Da nützt es wenig, dass Mama versprochen hat, in Bukarest nach dem Chamäleon zu suchen, das Hanne sich schon lange wünscht, dieses komische bunte Teil, das Tibi als Kuscheltier hat. Sie dachte erst, das sei ein Fabelwesen wie die Drachen aus dem dicken Märchenbuch, aber dann hat sie sich schlau gemacht, Chamäleons gibt's wirklich, und sie können sich so einfärben, wie ihnen der Sinn steht, wie Zauberei. Seitdem will sie so ein Stofftier haben. Dem immer neue bunte Kleider auf den Leib zu schneidern wird bestimmt noch viel schöner sein als bei den Papierpuppen, aber Tibi will sein Chamäleon nicht hergeben und nicht eintauschen, dabei hat Hanne ihm sogar ihre kostbarsten Fossilien dafür geboten. In Bukarest gibt's so was vielleicht, sagt Mama leise, bevor sie ihren Koffer packt, ich werd danach suchen, überall werd ich suchen.

Alle Tage, die Hanne mit Tata allein ist, passiert nichts, nichts Gutes und nichts Schlechtes, oder von beidem so gleich viel, dass es sich in ihrer Erinnerung gegenseitig auslöscht. Erst im Rückblick weicht der Weißnebel langsam, als Hanne sich wieder entsinnt, dass doch so einiges Platz hatte in diesen Tagen ohne Mama. Einmal ist Tatas Freund Vasile da, Tibis Vater, sie trinken Bier, und Nene Vasile streicht Hanne mitfühlend über den hängenden Kopf, weil sie wegen Mama so traurig ist, aber das hilft ihr nicht. Tatas Schulter ist nicht die richtige, wenn Hanne einschlafen soll, Tatas Bohneneintopf nicht der richtige, wenn sie Hunger hat, dabei hat

Mama den sogar vorgekocht und Tata ihn nur auf dem Gasherd aufgewärmt. Nur die Pfannkuchen sind die richtigen, weil sie schon immer Tatas waren, auch wenn er Hanne, da war sie kaum vier Jahre alt, mal blöd reingelegt hat damit. Am offenen Wohnzimmerfenster sollte sie warten, dass sie reingeflogen kommen, wenn Tata sie mit der Pfanne hochschleudert in der Küche, deren Fenster um die Ecke liegt, dabei wollte er Hanne nur vom heißen Herd weghaben, vom spritzenden Fett. Ein Leben lang wird er die Anekdote so erzählen, dass Hanne stumm und endlos gewartet hat. Tata hatte den Pfannkuchenstapel schon turmhoch gebaut, da fiel ihm das abwesende Kind ein. Er schaute ins Wohnzimmer, und da wartete Hanne immer noch auf den Pfannkuchenanflug, den leeren Teller in der Hand. Und Hanne lässt ihm seine Anekdote und die Lacher dazu, es reicht, wenn sie weiß, dass es so nicht war, wie so vieles, was er anders erinnert als sie.

Tata spaziert mit Hanne durch die Stadt, sie schwatzen Rosenbesitzern schräg mit dem Taschenmesser abgeratschte, augentragende Zweiglein ab, die sie an die eigenen Rosenstöcke pfropfen, auf dass im nächsten Jahr hoffentlich noch mehr Farben am selben Stamm glühen. Auf den Rosenbeutezügen fegen sie auch die Straßen mit den Augen ab, ganz unauffällig, wie Tata es ihr beigebracht hat. Irgendwas Tolles findet sich in den Rinnsteinen links und rechts immer, was man gebrauchen kann, Schrauben, Muttern, die im Rumänischen nichts mit Müttern gemeinsam haben, v-förmige Schleudermunition aus buntem Kabeldraht und manchmal sogar eine Münze, die man über Monate im leeren Gurkenglas sammeln kann, bis es für ein Eis reicht.

Mit Beutezügen und Pfannkuchen und wenig Schlaf steht Hanne die Tage ohne Mama durch, und dann ist sie wieder da und Hanne kann es kaum erwarten, dass sie das Chamäleon aus dem Koffer holt. Sie zweifelt nicht daran, dass es viel schöner sein wird als Tibis. Doch aus irgendeinem Grund druckst Mama ewig herum, und als es nicht mehr anders geht, sagt sie: Es tut mir leid, mein Goldkind, aber anscheinend können sich Chamäleons noch besser tarnen, als ich dachte. In der ganzen Stadt hab ich gesucht und überall gefragt, und das hier ist das Einzige, was ich finden konnte. *Das hier* ist ein Chamäleon mit aufgerolltem Schwanz und ohne jede Farbe, ein weißer Rohling vom Besuch in der parteigenehmen Porzellanfabrik. Aber du kannst es bemalen, wie du willst, und es immer wieder abwaschen und neu einfärben, das ist doch viel besser als Klamotten schneidern, sagt Mama hilflos, und Hanne nickt nur stumm und stellt das blöde zerbrechliche Ding irgendwo ab.

Und doch wird dieses Ding eins der wenigen sein, die Jahre später in die Ausreisekiste wandern, in die grob vernagelte Holzkiste, in die keine persönlichen Papiere dürfen, nur ein bisschen Hausrat, Erinnerungsstücke und Bücher. Wochen vor Hannes und Ellies Ausreise wird sie unter gestrengen Partei- und Zollaugen auf ihren Schneckentempoweg gebracht, und Wochen nach Hannes und Ellies Ankunft im Westen wird sie erst im neuen Leben eintreffen, ein surrealer Nachklapp aus dem alten.

Das Porzellanchamäleon wird auf Mamas Nachttisch im Krankenhaus stehen, nachdem sie bei Glatteis vor dem Hochhaus gestürzt ist, kaum dass sie eingezogen waren, einen Tag vor Silvester. Mit zertrümmertem Bein musste sie daliegen, weil es noch dunkel war, als sie zum Frühdienst ging, und der Mann, der als Einziger auch so früh unterwegs war und ihre Hilferufe hörte, lieber schnell seinen Hund wegzerrte, statt die Rettung zu rufen. Ellie schleppte sich unter Schmerzen zur Klingeltafel des Hochhauses und bimmelte Hanne und Tata aus dem Schlaf, und später saß Hanne auf dem Krankenhausflur und klemmte sich

Augen und Ohren mit den angewinkelten Armen zu, weil Ellies Bein da drin untersucht und für die OP vorbereitet wurde, und das tat hörbar weh. Nach der OP war Mamas linkes Bein um ein halbes Kilo Metall schwerer, das sie nie wieder rausmachen lassen würde, und Hanne stand am ersten deutschen Silvester allein mit Tata auf dem Balkon im sechsten Hochhausstock und starrte auf das Feuerwerk, das den Maiskolben, den Augsburger Hotelturm, mit allen heißen Farben einsprühte, während der Pfannkuchenturm in der Küche sich kaltwartete.

Immer wieder wird Hanne überlegen, ob sie das Chamäleon anmalen soll, aber jedes Mal, wenn sie es in Gedanken mit einer Farbe überzieht, passt die nicht. Also sitzt es porzellanweiß auf einem Regal, lange Jahre lang, und dann kurz auf dem Nachttisch neben Ellies Sterbebett, als Mama richtig wegmuss, diesmal endgültig. Und dann steht es wieder lang in einer weißen Vitrine neben der kleinen Marienstatue, die schon Hannes Urgroßmutter schmutziggrau gestrichen hat, wenn sie die Heilige-Maria-Mutter-Gottes um etwas Lebenswichtiges anflehte, ganz selten, nur wenn es unbedingt sein musste. Der Maria streicht Hanne auch übers Gesicht, bevor sie mit Luis ins Krankenhaus fährt, damit er Metall in den gebrochenen linken Arm bekommt. Dann packt sie das blöde weiße Porzellantier aus Bukarest in die Tasche und rubbelt es auf dem Krankenhausflur schweißnass, bis Luis unter dem weißen Laken wieder herauslächeln kann: Hey Mama, alles gut.

Es fragt
Reschitza, Herbst 1981

Allabendlich nimmt die Angst Hanne bei der Hand, führt sie zum Bett und sagt: Leg dich ruhig hin, ich warte hier auf dich, in der Früh bin ich immer noch da. Und tatsächlich, sie ist immer das Erste, was Hanne spürt, wenn sie morgens die Augen aufschlägt. Die Frage ist nur, in welcher Gestalt, denn launisch ist sie, die Angst, manchmal schlummert sie wie Franzi damals bei Hanne unter der Bettdecke und lässt sich weich und im Schnabeltassentempo herausziehen, manchmal boxt sie Hanne aber auch gleich in den Magen und lacht wie über einen guten Witz. Außerdem wechselt sie ihre Stimme ständig und ihren Geruch und ihre Farbe wie ein Chamäleon. Letzte Woche war die Angst gelb und roch nach Briefkuvertkleber, als ein Brief von Tata kam, mit gut halb aufgerissener und schlecht halb wieder zugepappter Klappe, und dazu den vertrauten gelben Strichen drauf, dem Zeichen, dass auch dieser Brief, wie alle anderen, durchleuchtet worden war, geöffnet und gelesen. Es wird noch über ein Jahr dauern, bis Hanne herausfindet, dass die Angst manchmal dumm macht, dass die gelben Striche nur ein Code der Deutschen Bundespost sind, ein Zeichen allein für die Sortiermaschine. Es ist das erste Mal, dass Hanne ihrerseits ihrer Mitbewohnerin Angst ins Gesicht lachen kann, und von da an wird jede Verschwörungstheorie es sehr viel schwerer haben, sich an Hanne zu heften.

Heute ist die Angst weiß wie Brinzakäs und schmeckt genauso, ohne einen Kanten Brot und Tomaten trockenbröckelig und unerträglich salzig, denn Hanne sieht im Hinterzimmer ihrer Erinnerung den Vater, wie er in einer Hand das Dreierlei balanciert, Brot, Brinza, Tomate, während er Hanne mit der anderen die Welt vom Berg herunter erklärt. Eine der unverblassbaren guten Erinnerungen, wie das Vatertochtergespann allsonntags den Berg hinter den Blöcken hochkraxelte, während Mama zuhause blieb und Püree stampfte. Ein Feuersalamander war mal so nett, sich an einer Quelle auf Hannes Hand setzen zu lassen, und Tata diagnostizierte ihr wortreich Pflanzen und Käfer und streunende, um sie kreisende Hunde, die auch auf Rumänisch angeblich nur den Letzten beißen, sodass Hanne immer vorneweg laufen musste. Und irgendwo oben auf einem Mooskissen packten sie dann ihr Bündel aus, das blondweißrote Trio, das hier oben dreimal so gut schmeckte wie zuhause, und tranken Wasser aus der alten Feldflasche oder noch besser aus der Salamanderquelle, und die Welt war für zwei Stunden makellos.

Das alles wird nie wieder stattfinden, aber vielleicht gibt es ja in Deutschland auch irgendwo einen Berg oder Hügel oder wenigstens einen Maulwurfshaufen, egal, irgendwo würde sich schon was Kreuchfleuchendes finden, was Tata ihr erklären könnte, sie schenkt ihm dann die deutschen Wörter dafür, und alles wird wieder makellos, und dafür muss sie heute mit Mama zu dieser Kommission.

Feiner Nieselregen stichelt herunter. Du musst nur sagen, was ich dir gesagt hab, bläut Mama auf dem Weg und überpinselt sich die blaugebissenen Lippen mit dem letzten rausgekratzten Lippenstiftrest. Du hast nichts davon gewusst, dass dein Vater flüchten wollte, das stimmt ja auch, und du willst einfach nur wieder zu ihm, fertig, mehr brauchst nicht sagen. Hanne traut sich nicht einzuwerfen, dass sie das nicht kann oder die Angst ihr bleich und käsegleich die Kehle zuschnürt, aber Ellie liest es in ihren Augen und nickt, doch doch, du bist stark, du kannst.

Sie kann dann auch, obwohl einer der drei grauen Männer am langen Tisch mit den Metallecken der Genosse Niculescu ist, der Nachbar von Mamami. Sonst ist er immer so nett im Treppenhaus, jetzt knurrt er nur einsilbige Wörter, ohne Mama anzusehen. Nein!, sagt Hanne, sie hat nichts davon gewusst, und Ja!, sagt Hanne, sie will zu ihrem Vater, sonst nichts, und noch mal Ja!, unbedingt, auf jeden Fall. Danach muss Hanne sich auf einen Stuhl nach hinten setzen und den Mund halten, und Ellie wird befragt. Auch die weiß, an welchen Stellen das Neinteil und das Jateil ins Puzzle passen müssen, damit es was wird, und wann empörtes Kopfschütteln hinzukommen muss, auf die Frage nach der Scheidung vom Vaterlandsverräter nämlich.

Ellie hat ihre eigene Angst, braun und giftbitter wie die Kröten, die sie schlucken musste, bis sie endlich diesen Kommissionstermin bekommen hat. Dass der Niculescu dabei ist, macht ihr hingegen keine Angst und wundert sie auch nicht, überhaupt wundert sie viel weniger, als die grauen Genossen vielleicht gehofft haben. Sehr vorbildlich, wie loyal Sie zu Ihrem Mann halten, obwohl er nicht nur sein Vaterland, sondern auch Sie und Ihr Kind so schmählich im Stich gelassen hat, lässt einer der beiden anderen Kommissionsheinis seinem in die Breite gezogenen Mund entweichen. Aber wie will er die Familie dort ernähren, er kann doch nicht mal Deutsch, hat man uns zugetragen, nicht wahr? Ich hab's auch hier nie nötig gehabt, mich von meinem Mann aushalten zu lassen. Kommunistische Frauen sind gleichberechtigt und stehen voll im Arbeitsleben, nicht wahr?, gibt Ellie lächelnd zurück. Jaja, ganz recht, aber wir haben doch eine Sorgfaltspflicht für Sie und das Kind, wir können Sie unmöglich ausreisen lassen, ohne sicher zu sein, dass Ihr Mann Sie ernähren kann. Da müssten Sie schon eine Bescheinigung von seinem kapitalistischen Arbeitgeber bringen und beim nächsten Kommissionstermin vorlegen ...

Seit ihren Aschenbahnzeiten ist Ellie es gewohnt, anderen davonzulaufen, und auch jetzt ist sie denen hier einen Schritt voraus. Sie hatte einen Tipp unter der Hand bekommen und von Conny eine Bescheinigung längst eingefordert. Gitte hat die beim letzten Besuch mitgebracht, per Post wäre sie doch nie angekommen, gespickt mit Connys Empörung, dass er sowas beschaffen muss, wo er doch in Deutschland nur geduldet ist wegen seiner volksdeutschen Frau, aber nicht arbeiten darf, und jetzt soll er auch noch so einen Wisch besorgen. Bei einem Zeitungsverlag ist er offenbar untergekommen, las Ellie mit stirnrunzelndem Erstaunen, was macht er denn da, Druckmaschinen reparieren vielleicht, geschickt ist er ja. Aber nein, sagte Gitte, er trägt einmal die Woche Zeitungen aus, frühmorgens um vier, aber über den Verdienst hat der Arbeitgeber nichts reingeschrieben, zum Glück, und so sollen sich die Herren von der Kommission doch denken, was sie wollen. Ellie hat die Bescheinigung jedenfalls schon dabei, sogar für viel Geld übersetzen und beglaubigen lassen, hier bitteschön. Die zwei Genossen, die sie nicht kennt, starren in argwöhnischer Verwunderung den Niculescu an. Ach wie herrlich, jetzt denken die bestimmt, der hat mir das gesteckt, sagt sich Ellie und senkt den Blick, damit ihr die Belustigung nicht aus den Augen funkt. Ich habe auch noch was anderes mitgebracht, als kleine Geste der Dankbarkeit, weil Sie uns heute anhören, sagt Ellie und öffnet die Tasche. Der Mittelmann weitet erst die Pupillen, dann die Nüstern, dann bläht er sich in Gänze auf wie ein Ganter, auch die Stimme schwillt. Wollen Sie uns etwa bestechen, Genossin, Sie wissen doch, dass es im Kommunismus keine Korruption gibt! Wie können Sie es wagen, ich könnte Sie jetzt auf der Stelle verhaften lassen, und was soll dann aus Ihrem Kind werden, Sie verantwortungslose Mutter, Sie! Dann scheucht seine stark behaarte Männerhand Hanne nach draußen. Sie will nicht gehen, aber sie muss, und wenn sie schon Mama nicht mitnehmen kann, nimmt sie wenigstens die Angst mit hinaus, damit die nicht Mama behelligt.

Draußen auf dem kahlen Korridor ist kein Stuhl. Hanne lehnt sich mit Galopperherz an die graue Wand und stemmt sich gleich wieder weg, um die weiße Bluse weiß zu behalten, und senkt den Blick zu der schon leicht abgeliebten braunen Cordhose, an der sie sich schon so oft die klammen Hände abgerieben hat. Währenddessen wird es drin immer lauter, jedenfalls die Männerstimmen, aber sie bleiben immer achtsam unter der Verstehgrenze. Was machen die jetzt mit Mama, schreit es in Hanne, wird sie jetzt wirklich verhaftet? Was soll dann aus mir werden? Muss ich dann zu Karlie ins Waisenhaus? Ellies Stimme ist gar nicht zu hören, die Angst an Hannes Seite klettert aber erst zum Gipfel hoch, als alles ganz leise wird.

Es dauert gefühlt zehn Zahnarztwartezimmer-Stunden, bis Ellie endlich wieder rauskommt. Ihr Gesicht hebt sich kaum von der grauen Wandfarbe ab, aber sie atmet, zwei drei Züge schnellen ganz hoch und sacken tief ab, dann verflacht sich ihr Atem zum Normal. Ihre krötige Angst hätte sie fast zum Schreien gebracht, als Hanne weggeschickt wurde. Was machen die da draußen mit dem Kind, wieso kann sie nicht hier bleiben?, aber sie hat sich jeden Ton verkniffen genau wie bei Hannes Geburt damals. Nie soll einer merken, wie es in ihr aussieht, sie ist stark. Da bist du ja, Gott sei Dank, sagt sie. Sikstes, war doch gar nicht so schlimm, jetzt müssmer nur noch auf die Papiere warten. Hanne lässt die zerschrumpfte Angst los und greift nach Mamas Hand. Stell dir vor, die haben mir gedroht, dass sie mich auch in Deutschland jederzeit finden können, wenn ich die Gosch verkehrt aufmach, raunt Ellie, als sie weit genug vom grauen Klotz entfernt sind, aber dann schlenkert sie die blaue Tasche vor und zruck, in der vorhin drei kostbare Stickdecken und drei Stangen Kentzigaretten und drei Pfund Kaffee waren, vom guten, Jakobs Krönung, und in der jetzt nichts mehr ist, nur Luft, aber die ist für die Lunge eh besser als Kent.

Es spuckt
Hamburg, 2009–2011

Komm zurück, sofort, bitte, Luis geht es schlecht. Der Anruf erreicht Hanne auf halbem Weg zum Lokal, in dem sie sich mit einer Freundin verabredet hat. Es ist der vielleicht vierte, fünfte Freigang, den Hanne sich seit Luis' Geburt gönnt, und Luis ist über fünf und Hanne über vierzig, aber noch nicht über den Berg, der ihr die klare Sicht auf die Wahrheit verbaut. Immer wieder sagt Günther, sie solle sich doch auch mal verabreden, sie müsse mal raus, sie wäre immer so gereizt und kriege zuhause nichts mehr auf die Reihe und beruflich doch schon gar nicht, und sie müsste sich doch auch mal wieder herrichten, so wie sie sich gehen lässt gerade, das geht gar nicht. Mit Blick in den Spiegel muss Hanne ihm recht geben, das Knallerot ist aus den Haaren längst ausgeblutet und der Pullover … ach reden wir nicht davon. Aber wie könnte sie Geld für Friseur oder Klamotten ausgeben, wo sie doch hier kaum was beiträgt. Das bisschen Honorar, das sie neben der Kinderbetreuung erwirtschaftet, fällt kaum ins Gewicht, und trotz Günthers ordentlichem Gehalt müssen sie ein ums andere Mal dem Insolvenzverwalter von der Schippe springen. Wenigstens hat Hanne es beim letzten Mal, im letzten Tal geschafft, die Goldmünze zu verkaufen, die Medaille, die Mama ihr geschenkt hat, weil sie als Kind nie eine gekriegt hat auf dem Schwimmtreppchen. Nie hatte der Kommunismus genug Metall übrig, es reichte immer nur für Papier, für den Stapel Urkunden, die Hanne als eins der wenigen Souvenirs aus ihrer Kindheit in der Ausreisekiste mit nach Deutschland retten konnte.

Vor einigen Monaten hat Hanne es mit einem Hamburger Schwimmverein probiert. Davon träumte sie schon lange, wieder wettkampfschwimmen zu können, aber dann war die wöchentliche Anreise quer durch die Stadt zu beschwerlich und die Leute dort kannten sich seit ewig, und überhaupt war sie schon zu lange aus der Übung und keuchte spätestens nach fünfzig Metern Schmetterling so, dass sie beinahe ins Wasser gekotzt hätte. Das alles war's echt nicht wert, dass sie Luis die Mama vorenthält, und sei es auch nur für einen Abend. Er maulte jedes Mal, wenn sie ging, das schnürte ihr den Atem ein, der ihr dann beim Schwimmen fehlte. Einmal musste sie beruflich weg, tatsächlich sogar über Nacht, eine der seltenen Gelegenheiten auf einen Buchvertrag wahrnehmen, da war Luis noch zu klein zum Laufen. Am liebsten hätte sie das Flugzeug auf halber Strecke gestoppt und wäre umgekehrt, und dann ist aus dem Vertrag nicht mal was geworden. Aber vielleicht könnte sie eines Tages wenigstens eine Geschichte aus Günthers Erzählung stricken, wie er den heulenden Luis die ganze Nacht herumtragen musste, nicht mal stehen bleiben durfte er, nicht mal an die Wand lehnen, die ganze Nacht den Flur rauf und wieder runter, das war mörderisch.

Anders als das Flugzeug damals kann sie das Auto heute auf halber Strecke anhalten und umkehren. Da muss die Freundin, die schon im Lokal wartet, leider auch mit der kurzfristigen Absage klarkommen, aber die versteht das schon, sie ist selbst Mutter. Als Hanne in die Wohnung stürzt, sitzt Luis blass auf der Bettkante und Günthers Gesicht ist immer noch ekelverzerrt nach dem Wegwischen der Spuckschicht auf dem Teppich. Hanne nimmt Luis mit in ihr Bett, packt sich einen Becher Tee und eine Kindervomex für den Notfall auf den Nachttisch, löscht das Licht und fängt an zu singen. Luis' Lied für alle bösen Fälle ist ein anderes als die, die Ellie Hanne vorgesungen hat. Nix von Reschitzarer Madln, die sich die Haare mit der Heugabel eindrehen, oder von Wanzen, die da drom aufm Bergl auf der Klosettbrille so lustig Ballett tanzen, dass Hanne sich jedes Mal gesund lachen musste. Luis' Lied ist ein englisches, das vom Verlust einer geliebten Frau handelt. Er versteht den Text nicht, aber den Refrain kann man endlos im Herzschlagtakt summen. Hanne zählt die Strophen bis zum Einschlafen nicht mit, und am nächsten Morgen erinnern nur noch ein saurer Fleck auf dem Teppich und ein bitterer Geschmack auf ihrer Zunge an den schlimmen Abend.

Monate später fängt Günther an, seinen Rat selbst in die Tat umzusetzen und endlich auch mal was für sich zu tun. Es gibt Badminton-Freitage mit einem Kollegen, berufliche Biertreffen zur Unterzeichnung wichtiger Verträge, zweimal die Woche Training in einem Kampfsportverein, in dem auch seine Jugendfreundin Bea zufällig gerade angefangen hat. Es gibt einen Abend, in der er die elende Enge nicht mehr aushält, ziellos mit dem Auto flüchtet und auch Stunden später nicht erreichbar ist, als Hanne ihn anruft, weil Luis vierzig Fieber hat und sie überlegt, ihn in die Kinderklinik zu fahren. Er sei im Stadtpark eingeschlafen und habe das Handy nicht gehört, sagt Günther, er sei eben einfach am Ende. Multimorbide, sagt die Osteopathin, weil Kind und Frau und Job ihm alle Kraft aus dem Leib saugen. Am nächsten Tag findet Hanne einen Kontoauszug von Bea unter dem Beifahrersitz. Na und, er wolle einer alten Freundin aus der Klemme helfen, so ist er eben, dafür hat sie ihn doch mal geliebt, oder nicht. Es gibt Discoabende mit Achtzigermucke und Freunden aus längst versunkenen Teenietagen, auf die er Hanne auf gar keinen Fall mitnehmen kann, wer sollte dann auf Luis aufpassen? Und überhaupt will er das allein genießen, ist das denn zu viel verlangt nach all den Jahren, in denen er nur für die Familie da war. Hanne schenkt ihm den Alleinabend zum bevorstehenden Hochzeitstag, und als er zurückkommt, glüht er vor Glück und Vorwürfen an Hanne, sie würde ihm mit ihrem strähnigen Heulgesicht die ganze Freude vermiesen. Aber dann kippt er wie ein Teich voller Entengrütze, in die einer Chemiegift geschüttet hat, reißt Hanne an sich und beteuert, sie hätte recht gehabt, mit ihr zusammen wäre es viel schöner gewesen. Nächstes Mal kommst du auf jeden Fall mit, mein Engel. Auf Facebook tauchen Hundertschaften Discobilder auf, auch Bea ist zu sehen, die Taille von Günthers Händen umfangen, kein Ehering blitzt am Finger, dafür die Funken in seinem lachenden Gesicht, das sich von hinten über Beas Schulter schiebt. Von allen Seiten regnet es Herzen und weinende Smileys, weil es die letzte Discoparty dieser Art war, es gibt kein nächstes Mal, die Halle wird abgerissen.

Wie blöd kann man sein, hat Hanne ihrer Mutter hingeschleudert, wenn die mal wieder auf die Fäuste ihres Mannes keine Trennung folgen ließ, weil selbst das altbekannte, stinkende Elend leichter zu ertragen ist als das Alleinsein. Wie blöd kann man sein, hast du denn gar keinen Stolz? Jetzt wirft Mamas Grabstein das Echo der fünf Wörter zurück – wie blöd kann man sein. Und es ist zum Kotzen, wie recht sie hat.

Es glückt
Augsburg, 1982

Herr Dr. Glück wird nie alt. Als er Hanne in seine Klasse führt, sie vorstellt und ihr ihren Platz zeigt, den einzig freien, sieht er aus wie mindestens Mitte fünfzig, sein genaues Alter kennt keiner, und das bleibt auch all die Jahre so. Der Inbegriff dessen, was Luis' Generation einen Nerd nennen wird, heißt hier einfach angestaubt – schlohweißes Haar, Pepita Tweedjackett mit Ellbogenflicken und Taschen, die zum Versenken und Herausziehen unzähliger Zettel taugen. Denn Dr. Glück notiert ständig irgendwas in seiner lupenreinen, lupenkleinen Krakelschrift. Querverweise von einer seiner geliebten ausgestorbenen Sprachen – Latein, Altgriechisch, Sanskrit – in eine seiner geliebten und bestimmt bald aussterbenden Wissenschaften – Numismatik, Philatelie, Anthropologie – und zurück. Wer zum Henker interessiert sich noch für so was? Alle Mädchen schütteln sich, nur Hanne hebt innerlich den Finger zu einem *Ich*, aber äußerlich hält sie den Mund, fürs Lautsein ist die Zeit noch nicht gekommen. Die Trauer darüber, dass sie ihre Fossiliensammlung, ihre Olympia-Briefmarken und ihre Bücher über seltene Schmetterlinge zurücklassen musste, ist noch zu frisch, noch kann sie nicht darüber reden.

Zum stummen Hadern gibt's auch sonst so einigen Grund. Nie hätte sie damit gerechnet, auf einer reinen Mädchenschule zu landen, aber in der ganzen Stadt hatte es nur ein einziges gemischtes

Gymnasium gegeben, und da wäre sie im Jahrgang das einzige Mädchen gewesen. Das hätte ihr nichts ausgemacht, der Schule aber sehr wohl. Sie hätten für Hanne extra eine Mädchenumkleide einrichten müssen, dabei durfte die außer Schwimmen sowieso kaum was machen in Sport, und im Schwimmbad wird's ja wohl Frauenumkleiden geben – aber nein, so ist das halt mit Gründen, die in Wahrheit Ausreden sind, die wollten sie nicht, basta.

Und dann wird sie auch noch ein Jahr zurückgestuft, obwohl sie doch in allen Fächern Klassenbeste war. Nur ausgerechnet Latein kann sie nicht, ausgerechnet im romanischsten aller Römerländer hat sie Latein erst ein paar Alibimonate lang gehabt, während die Katholenkinder es hier seit der fünften Klasse sechs Stunden pro Woche pauken. Ihren ersten deutschen Sommer lang hätte Hanne sich einen Intensivkurs antun müssen, um vielleicht doch noch in den zustehenden Jahrgang zu kommen, aber Ellie hat entschieden, dass das Kind Ferien haben soll, und Hanne war's recht. Und so ist sie hier gelandet, in dieser Mädchensuhle, in der schon der dritte Empfangssatz lautet: Wieso trägst du so komische Klamotten? Hanne war so stolz auf ihre neuen Blusen mit spitzem Kragen und bunten Streifen, die gab's bei der Caritas umsonst (umsonst!). In ihrer Nichtmehrheimat wäre sie damit der Überflieger gewesen, hier in der Nochlangenichttheimat bezahlt sie nun doch für die Blusen, nur nicht mit Geld. Voll Siebz'ger, voll out!

In Deutschland ist Außen oft wichtiger als Innen und Herkunft wichtiger als Zukunft, lernt Hanne schnell. Es ist ihr zweiter Schulanfang, und wie in der ersten Klasse heißt ihr Verhängnis wieder: Kuh! Nein, diesmal nicht die, sondern das Q, das sie wie gewohnt *kweh* ausspricht, als sie in Mathe mit p, q, r-Variablen jonglieren, und das Lachen der anderen schallert wie schlecht gezielte Ohrfeigen über ihren Kopf hinweg. Überhaupt, Mathe, die erste Note eine 5, weil Hanne den Satz des Pythagoras anwendet, um die Aufgabe zu lösen, den haben die hier aber noch nicht gehabt, also Themaverfehlung. Und Hanne notiert sich einen weiteren Stichpunkt auf ihrer Liste mit deutschen Prioritäten: In Deutschland ist das Erreichen des richtigen Ziels weniger wichtig als die Frage, ob man auf dem vorgeschriebenen Weg hingekommen ist, egal wie plattgelatscht er sein mag.

Ihr inwendiges Sprachchamäleon eilt ihr zu Hilfe. In ein paar Wochen hat Hanne den Mixdialekt aus Bayrisch und Schwäbisch halbwegs drauf, trotzdem wird sie auf Jahre hinaus die Neue, die Andersrumige bleiben. Die ersten Monate redet sie von *drüben*, wenn sie von ihren ersten vierzehn Jahren spricht, bis jemand sagt, du tust ja so, als hättest du damit nix zu tun, steh doch dazu, dass du nicht von hier bist. Von da an sagt sie *bei uns*, wenn sie von ihren ersten vierzehn Jahren spricht, bis jemand platzt, bei uns, bei uns, wieso bist du dann nicht drüben geblieben, wenn du dich immer noch dort zuhause fühlst? Von da an spricht Hanne kaum noch von ihren ersten vierzehn Jahren.

In Latein kassiert sie in der ersten Arbeit eine 6, weil sie zwar einen Haufen Vokabeln aus dem Rumänischen erkennt, aber kaum eine flektierte Form übersetzen kann und erst recht keinen ganzen Satz. Dr. Glück besorgt ihr eine ältere Schülerin zur Nachhilfe. Ellie schabt die sechs Mark Stundenlohn vom Aussiedlergeld ab, Hanne schluckt zweimal die Woche die Nachhilfskröte, knirscht sich durch die lateinische Grammatik und schreibt in der nächsten Schulaufgabe eine 2. Dr. Glück, das personifizierte *nomen est omen*, reicht ihr die Arbeit mit einem Gesicht, dass Hannes Banknachbarin den Mund gar nicht mehr zukriegt, boah, der kann ja richtig lächeln. Denn eigentlich zuckt es höchstens mal um Dr. Glücks Mundwinkel, wenn er die Klasse mit philologischen Rätseln reinlegen kann – wir machen zwar Latein, Mädle, aber a bissle Griechisch kann net schaden. Was heißt das wohl? Ebde men hoi, ebde men ni hoi, ebde men gras. Bei Hanne fällt der Groschen erst, als er sich bekreuzigt und dann die Sense schwingt, genau, Mädle, Äbte mähen nie Heu, Äbte mähen Gras, und dann verfällt er nach einem in den Tweedkragen gepressten Kichern seelenruhig wieder in einen seiner ellenlangen Monologe über die Schönheit der AcI-Satzkonstruktion oder eine Eselsbrücke, mit deren Hilfe man sich eine endlose Abfolge römischer Kaiser einprägen kann. Alles immer noch besser als die lahmen Witze des Mathelehrers, was ist sieben mal sieben, genau, feiner Sand, hoho.

Im nächsten Schuljahr gibt Hanne selber Nachhilfe, in Englisch, Deutsch und kurzzeitig sogar in Chemie. Sie fährt zu den Schülern nach Hause, eine Busstunde quer durch die Stadt, und wundert sich, warum die Eltern so komisch grinsen, wenn sie ihre sechs Mark Stundenlohn nennt. Irgendwann trifft sie ihre frühere Nachhilfelehrerin wieder. So kurz wie dich hatte ich noch nie jemanden, lacht die, hätte Dr. Glück nicht die vier Mark zum vollen Stundenzehner draufgepackt, hätte sich das für mich echt nicht gelohnt mit dir.

Von da an macht Hanne die Nachhilfe nur noch in der Schule, nimmt acht Mark die Stunde. Und als kurz vor der Zwölften der Lateinleistungskurs bei Dr. Glück zu platzen droht, weil die Liste um einen Namen zu kurz ist, trägt sie ihren ein und spiegelt Dr. Glücks Lächeln wider, als er zur allerersten Kursstunde reinkommt. Er ist es auch, der für Hanne ständig Zettel aus der Jackentasche schaufelt. Da stehen Titel und ISBN von Fachbüchern drauf, über Fossilien und Übersetzungstechniken und Leute, die vom Schreiben leben können, und Hanne kauft sich die Bücher vom Nachhilfegeld.

Herr Dr. Glück wird nie alt. Hannes Abitur ist neunhundert Kilometer und über fünfzehn Jahre her, da mailt ihr ihre damalige

Mitschülerin Ute, die Hannes beide Brautsträuße gefangen, aber selber nie geheiratet hat, seine Todesanzeige. Erst da wird Hanne klar, wie jung er damals gewesen sein muss. Herr Dr. Glück konnte sein schlohweißes Haar nie einholen, ja nicht mal das halbe Jahrhundert vollmachen, und Hanne denkt unter Tränen, wir haben uns alle geirrt, Mädle, sieben mal sieben ist ganz feine Asche, kein feiner Sand.

Es schlägt
Reschitza, 1975

Wir streiten uns nicht, wir spielen nur streiten, sagt Ellie und schüttelt Hannes ärmelzupfende Finger ab, aber Hanne ist inzwischen so alt, dass sie das nicht mehr glaubt. Mitspielen will sie trotzdem noch, und das geht am besten, indem sie ihre Eltern zum Lachen bringt, weil lachende Eltern können sich nicht streiten, mit dem Mund nicht und schon gar nicht mit den Händen.

Weißt du noch, sagt Hanne, wie du im Kino immer auf den wunderbaren Fred Astaire gewartet hast, der nie kam? Das ist eine ihrer Lieblingsgeschichten aus Mamas Jugend. Ellie lächelt. Alle schwärmten so von ihm, und ja, da war schon einer, der wunderbar tanzen konnte mit dieser herrlichen Ginger Rogers. Deine Mamami sieht ihr übrigens ähnlich, nur noch schöner ist sie, genau wie du mal sein wirst. Sie streicht Hanne liebevoll die Strähnen aus der Stirn, weil die Haarklammer mal wieder rausgerutscht ist. Den halben Film hab ich gewartet und gewartet und irgendwann meine Freundin Cici gefragt, wann er denn endlich kommt, der schöne Fred Astaire, und die hat mich ausgelacht, da ist er doch schon die ganze Zeit, du dumme Gans. Na ja, tanzen konnte er wirklich, aber goarschtig war der, schiech wie die Nacht, kaum Haar und dann so a Spitzmausgsicht, oh war ich enttäuscht. Das Geld fürs Mozi hatte ich mir monatelang zamgspart, und dann war's rausgschmissen für nix. Da gibt's wirklich schönere Männer,

Ellie grinst Conny herausfordernd an, mit blauen Augen und blonden Haaren ... Der Paul Newman zum Beispiel, das ist ein schöner Mann. Aha, sagt Conny nur, lässt die blauen Augen blitzen und fährt sich durchs blonde Haar, dann dreht er sich weg – und Hanne atmet aus.

Hanne weiß nicht mehr viel über ihre Urgroßmutter, nur dass sie in der Hochzeitsnacht aus dem Fenster gestiegen ist und einmal losgeschimpft hat, wer dem verschmierten Kind auf dem Nachttöpfl Schokolade gegeben hat, dabei war das gar keine Schokolade. Aber ein Satz hallt auch drei Jahre nach ihrem Tod noch in allen Töchterköpfen nach: Am End ruckelt sich alles wieder zurecht.

Vielleicht ist es ja auch die Omama selber, die ein paar Wochen später alles zurechtruckelt, die Hanne im Schreibwarenladen die Postkarten sehen lässt, Postkarten von echten Hollywoodstars – wann hat's das hier schon mal gegeben? –, und dann ist da auch noch der Paul Newman drunter. Hanne erschreckt die Heftverkäuferin mit einem spitzen Aufschrei, sogar die nötigen drei Lei hat sie noch, und so wandert der Paul in Hannes Ranzen, Geschenk für Mamas Geburtstag in vier Wochen. Nie weiß Hanne, was sie der Mama schenken soll. Ich hab doch dich, also hab ich alles, was ich brauch, sagt die immer, aber diesmal, diesmal hat Hanne den Paul Newman. Das Geschenk ist nicht zu schlagen.

Mama freut sich auch drüber, wenn auch nicht ganz so, wie Hanne gehofft hat, aber Mama kann ihre Freude nie so richtig zeigen, außerdem ist morgen Weihnachten und Mama hat viel zu tun. Immerhin steckt sie den Paul in die vorderste Reihe des Hauses, zwischen die zwei Vitrinenscheiben, da wo die in der Mitte überlappen, direkt neben das Heiligenheftchen von Omamas Beerdigung und das Oblatenbild mit dem Tigerkätzchen, das Hanne der Verwandtschaft in Fuchsental gestohlen hat. So schlimm und schnell hat das schlechte Gewissen gedrückt, dass Hanne damals der Mama alles gebeichtet hat. Zusammen sind sie zu Tante Resi gegangen und haben das Verbrechen gestanden, aber Tante Resi hatte so viele Oblaten, dass ihr das eine Bildchen gar nicht fehlte, und Hanne durfte es behalten.

Von da, zwischen den zwei Glasscheiben hervor, schaut der Paul mit seinen blauen Augen ein paar Wochen in ihrer aller Leben rein, bis er irgendwann weg ist. Deinem Tata hat der Paul partout nicht gepasst, sagt Mama und schüttelt den Kopf so stark, dass die Augen sich verdrehen, oder vielleicht hat sie auch die Augen so stark verdreht, dass sie den Kopf mit rumgerissen haben.

Jedenfalls ist der Paul nicht schuld dran, dass Hanne bald wieder aus dem Schlaf geschrien wird. Manchmal schaffen es ihre Eltern, eine Weile mit Schalldämpfer zu schreien, dann kann sie das überschlafen. Aber meistens schrauben sie irgendwann den Schalldämpfer ab und die Stimme hoch, dann geht das nicht mehr. Das Schreien hört nicht auf, egal wie viele Kissen sie sich über die Ohren zieht. Es hört auch nicht auf, als sie hingeht und Mama und Tata zum Lachen bringen will. Eifersüchtig isser, dein Vater, pfaucht Ellie nur, eifersüchtig und bleed wie der Teifi, und Tata wird immer röter. Ja, bläh di ruhig auf, lacht Ellie, vielleicht platzt dir dann die Schlagader, dass du tot umfällst, dann bin i di los, du wiediger Hund. Er klatscht ihr eine fleischige Watschn, mit der Linken, das ist seine starke Hand, auch wenn er mit Gewalt zum Rechtshänder umerzogen wurde. Ich werd dir schon zeigen, wer der Herr im Haus ist, du Curva, dann dreht er ab und verschwindet im kleinen Zimmer. Sekunden später tobt er schon drüben, etwas zischt durch die Luft, und Ellie schreit, Kind, hilf mir die Tür zuzuhalten, aber selbst zusammen haben sie keine Macht gegen seine Linke, mit der reißt er die Tür auf, während die Rechte den geholten Gürtel schwingt, jetzt kriegst, was du verdienst, du Hex. Das Gefühl, die Tür nicht geschlossen halten zu können, wird in Hanne ein Leben lang immer wieder auferstehen, jedes Mal, wenn sie etwas Grauenhaftes nicht verhindern kann, was ihr den Boden unter den Füßen wegzieht, den letzten Atemzug ihrer Mutter zum Beispiel, oder die Stimme eines Lehrers nach dem Telefonschrillen, Ihr Sohn hatte einen Unfall, bitte kommen Sie schnell.

Was glaubst du eigentlich, wer du bist, du Niemand, schießt Mamas Stimme jetzt in Connys rotglühendes Gesicht, dann schlag mi halt, wennst mit Wörtern nicht mehr weiterkommst, aber mein Kind lässt in Ruh, verstanden. Ellie schiebt sich vor und Hanne mit einer Hand nach hinten, dass die Gürtelhiebe sie nicht treffen können, und fängt die alle ein mit unbeugsam vorgerecktem Kinn und den paar Schmerzensschreien, die sie nicht unterdrücken kann.

Es ist so schlimm in dieser Nacht, so schlimm war's noch nie. Hanne weiß sich nicht anders zu helfen, als das ungeschriebene Gesetz zu brechen, das da heißt, was hier passiert, geht keinen was an, was sollen denn die Nachbarn denken? Das ist Hanne jetzt so wurscht wie sonst was, sie rennt zum Nachbarn und fängt an zu hämmern, Hilfe, Hilfe, er bringt meine Mama um. Es dauert viele Gürtelhiebe, bis der Nachbar endlich aufmacht, ein schlafzerzaustes Männchen mit gestreiftem, korrekt zugeknöpftem Pyjama, den Hanne nur mit Mühe in ihre Wohnung locken kann, und da steht er dann hilflos vor Tata, der inzwischen die schlagmüden Arme gesenkt hat, schlaff wie eine tote Schlange liegt der Gürtel um seine nackten Füße am Boden. Jetzt seid doch vernünftig, gute Leute, ihr macht dem Kind Angst, piepst der Nachbar mit so spindeldürrem Stimmchen, dass Ellie unter den Striemen lachen muss, und Tata knurrt, mischen Sie sich nicht ein, ich weiß schon, was ich tu. Schon gut, schon gut, wehrt das Nachbarsmännchen ab und verschwindet wieder so schnell, dass Hanne nur sein schlackernder Pyjamahosenboden in Erinnerung bleibt. War das alles, heult sie innerlich, war das alle Hilfe, du Ziegenzwerg.

Aber als sie sich umdreht, ist Tata verschwunden, vielleicht durchs Fenster in die Nacht hinaus, und Mama kauert auf dem Klappsofa und weint. Hanne setzt sich rittlings auf ihren Schoß, wie sie das immer macht, nur vorsichtiger, und wischt Ellie die Tränen aus dem Gesicht. Komm Mama, gehmer, wir verlassen ihn. Aber wo sollmer denn hin, Kind, du brauchst doch einen Vater, und ich hab sonst niemanden auf der Welt. Mich hast du doch, mich, also hast du alles, was du brauchst, sagt Hanne. Ellie hebt den Kopf und ihre grünen Augen funkeln bitterernstblau. Eins musst mir versprechen, Kind, nie, nie sollst so bleed sein wie ich und dich von einem Mann so behandeln lassen, so schön kann kein Mann sein, dass er das mit dir machen darf, versprich mir das.

Es schnitzt
Reschitza, 1968–2019

Das mit dem Schneiden, das ist so eine Sache, ein gelebtes Paradoxon in Ellies und Hannes Leben, denn statt ihn zu kappen, wie man's vom Schneiden doch erwarten würde, knüpft es den roten Faden ein ums andere Mal weiter aneinander, selbst die daumenlangen Stücke, selbst die dünnen, ausgefaserten. Wie eine Schleppe ziehen sie den Faden hinter sich her, eine Schleppe, die Ellie nie sieht, weil sie immer nur nach vorn schaut, und Hanne auch erst, als sie einen Blick zurück riskiert, um nach den Fußspuren zu sehen. Ein ganzes Spinnennetz von kreuzundqueren Abdrücken hat sie erwartet, aber die meiste Zeit zieht sich nur ein einzelnes Paar über die Erde, watschelig wie von einer Schwangeren, was nicht verwundert, da eine Mutter ihr Kind trägt, auch wenn es längst geschlüpft ist, bis es eben auf eigenen Füßen nicht nur stehen, sondern auch laufen kann. Den Übergang von Ellies zu ihren eigenen Abdrücken – schließlich haben sie dieselbe Schuhgröße – erkennt Hanne nur an der spurlosen Lücke, wo Ellie stehen bleiben musste und Hanne samt Luis auf dem Arm nach vorn geschubst hat.

Nicht schneiden!, hat Ellie geschrien, als der Arzt die Schere zwischen ihren Beinen versenkte, ich krieg es auch so raus! Selber reißen als von fremder Hand geschnitten werden war ihr lieber, zumal ihr gerade eingefallen war, an wen der Arzt sie erinnerte – an den Schneider von damals. Ja, sie bekam Hanne auch so raus, Hanne die Andersrumige, die sich der Welt gleich von ihrer wurschtigschönsten Seite zeigte, mit dem Hintern voraus. Die Schere konnte Ellie verhindern, nicht aber, dass der Arzt an Hannes Beinen riss wie ein Irrer. Jahre später kam er auch wirklich ins Irrenhaus, das hätte Ellie ihnen da schon sagen können, dass er dahin gehörte, aber wer hört schon auf eine Mutter, die Hilfe verweigert und alles allein machen will.

Kaum ist Hanne geschlüpft, reißt Ellie den Kopf hoch und lächelt, weil es ein Mädchen ist, so schön und so traurig ist das, und dann prägt sie sich blitzschnell die Stupsnase und die stummschmollig aufeinander gepressten Lippen ein, damit ihr das Kind, das sie von ihr wegzerren, ja nicht verwechselt wird. Und so findet sie Hanne später auch gleich wieder, immer der Nase nach, als sie im Säuglingszimmer unauffindbar ist. *Ana* steht da am Glaskästchen, weil die Idioten den Namen Hanne nicht kennen, aber Hannes Nase lügt nicht und ihr Schmollen erst recht nicht.

Hanne ihrerseits wird nach dem Schnitt rufen, dem Kaiserschnitt, als Luis noch kein halbes Jahr in ihr gereift ist. Sie wird keine natürliche Geburt haben, das weiß sie, egal was ihr die weißen Allmächtigen an schlechtem Gewissen an den Kopf schmeißen. Von wegen: Das sind Sie Ihrem Kind schuldig, und: Schon wieder eine, die ihre Vagina nicht ausleiern will. Alles Schwachsinn, denkt Hanne, es wird keine normale Geburt geben können und basta, und dann kann man den Schnitt doch auch gleich in Ruhe planen.

Luis unterschreitet den festgelegten Termin um mehrere Wochen. Er muss in Hast herausgeschnitten werden, weil Hannes Mutterkuchen den Ausgang verlegt und Blut, das viele Blut, Mutter und Kind nur Minuten zum allerersten Abschied lässt, bevor es das allererste Wiedersehen geben kann. Der Arzt mit dem Spruch von der ausgeleierten Vagina entschuldigt sich und verspricht, in Zukunft mehr auf komische Mutterahnungen zu hören. Guter Mann, der braucht schon mal nicht ins Irrenhaus, lacht Hanne in die verständnislosen Gesichter. Sie besteht darauf, alles bei Bewusstsein zu erleben, lässt sich in den Rücken spießen und auf eine Trage kreuzigen, lässt sich aufschneiden und prägt sich Luis' Schreistimme ein. Einen Blick kriegt sie nicht, weil er schnell wegmuss, so ist das mit Frühchen, sie haben es eilig. Ellie wird somit die Erste sein, die Luis zu Gesicht bekommt, nachdem er seine ersten Prüfungen bestanden hat. Sie hat das Warten zuhause nicht ausgehalten, und während Günther sich umzieht und Hanne zugenäht wird, erklärt sie Luis schon zum schönsten Kind, das sie je gesehen hat. Diesen Vorsprung wird Günther ihr nie verzeihen, der Schwiegerhex.

Die erste Gruselfigur in Hannes Leben war Tanti Ratschratsch, die mit weißem Kittel und Riesenschere jeden Monat Hannes weißen, zu klein gewordenen Riesengips aufsäbelte, um ihr die Beine, kaum dass sie sie ein paar Sekunden zugekniffen hat, gleich wieder aufzuspreizen und ins nächstgrößere Gipsgefängnis zu zwängen. Noch viele Jahre wird Hanne wie bei lebendigem Leibe zerhäckselt schreien, wenn sie nur einen weißen Kittel sieht, gehöre er auch der Apothekerin, der sie den Traubenzucker aus der Hand schlägt.

Aber wie es sich für ein echtes Paradoxon gehört, ist das mit dem Schneiden, einem der vielen Refrains in Hannes Leben, nicht nur das Schlimmste, sondern auch das Tollste. Gefühlte Jahre verbringt Hanne, eingegipst von Fuß bis Bauch, unter Tischen, von Ellie mit Schere und Papier beschenkt, und schnippelt, fetzt und schnitzt. Sie hasst Puppen, außer denen, die sie mit Ellie aus Pappe ausschneidet, mit Gesichtern aus dem Quellekatalog aus Deutschland beklebt und mit Maßkleidern aus Papier ausstattet – damit füllt sie ganze Sommerferien und Schuhkartons. In Fuchsental schnitzt Hanne sich Pfeil und Bogen und Kreuzstichmuster in grüne Weidenzweige, und zum fünfzigsten Geburtstag schenkt sie Mama eine samtrote, steife Schneiderpuppe, die Ellie sich nie leisten konnte und nie benutzen wird. In Hannes Fotokiste, die sepiafarben aus ihrem sonst so bunten Leben heraussticht, lungern ungezählte zerschnittene Bilder, Hochzeitsfotos, in die Conny in seiner roten Wut einen Grenzgraben zwischen die Brautleute geschnitten oder gerissen hat. Auf manchen klebt ein weißbraunes Wiedergutmachungsgleis, andere operativ getrennte Hälften haben nie wieder zusammengefunden.

Und dann ist da noch Hannes allerliebstes Lieblingsbuch der ersten Jahre, der *Schnippelhans*, über einen kleinen ungezogenen Jungen, der ständig Scheren, Taschenmesser und notfalls zumindest schmutzige Fingernägel dabei hat, um alles zu schneiden, schnippeln, schnitzen, schlitzen. Doppelt schneidig reimt er sich durchs Buch, das Hanne schon weit vorm Lesenkönnen auswendig aufsagen kann. So will sie schon weit vorm Formulierenkönnen sein und werden, wie *Ciopârțilă*, wenn nur dieser Gruselgips endlich mal weg ist. Weg ist dann erst mal nur das Buch, weil das zerlesene Fledderding nicht mit reindarf in die Holzkiste, die gen Westen reist. Es bleibt unauffindbar und ein weiteres kleines schwarzes Loch in Hannes Himmel der Erinnerungen.

Fast ein halbes Jahrhundert später steht Hannes Namen auf fast einem halben Dutzend gereimter Bilderbücher, aber so gut wie der *Ciopârțilă* ist keins. Na, wenigstens schnippeln kann Hanne nach Herzenslust wieder, wenn sie mit den Kindern auf ihren Lesungen Collagen zu den Büchern reimbastelt.

Es fällt ihr zu, dass in der Stadt ihrer Geburt seit fast dreißig Jahren ein deutschsprachiges Literaturfestival stattfindet. Wie konnte sie so lange nichts davon erfahren? Vielleicht weil sie seit damals nie wieder hier war, mit den Füßen nicht und nicht mal mit den Ohren. Hanne wird eingeladen, obwohl sie bisher nur Kinderbücher veröffentlicht hat, und ihr wird bang vor dem Vertrauen des Veranstalters, der kennt nämlich kein Wort von dem Romanprojekt, aus dem sie lesen soll, er kennt nicht mal sie und ihren Sohn, der jetzt genauso vierzehn ist wie Hanne an ihrem damals letzten Tag in dieser kleinen grauen Stadt mit harter Stahlhülle und weichem Kern.

Von allen Vortragenden ist Hanne die einzige echte Reschitzarerin, all ihre Müttersmütter wurden hier geboren und haben hier gelebt, nur eine liegt hier begraben, die anderen hat das ewige Karussell nach allen Seiten verschleudert, wie im Leben, so im Tod. Hanne ist heute die Einheimischste und zugleich Fremdeste hier, aus dem ganzen Land und andren Landen strömen schon seit Jahr und Tag die Schreibenden herbei, vereint in der Liebe zum deutschen Zauberwort, aber sie machen Hanne Türen und Arme auf, und sie lässt sich fallen in das warme Nest des Mutterdialekts. Der Veranstalter redet ja wie Oma, sagt Luis wehmütig und legt Mama wissend einen Arm um die Schultern, auf dass keiner ihren Augenschleier sieht.

Alles hört still zu und spricht warme Worte über ihren Text, Hannes Seelenstein zerbröselt erleichtert hinter den Kinderbüchern, die vor ihr auf dem Tisch stehen. Beatrice, eine Schwester im Geiste und Sprachmäandern, die Hanne vom ersten Moment nicht anders kann als zu bewundern, stellt Hanne nicht nur vor, sondern auch Fragen, nach ihrer Inspiration etwa, und Hanne erwähnt zu ihrer eigenen Überraschung den *Schnippelhans*. Beatrice horcht auf und kritzelt etwas auf einen Zettel, dann rauscht der Wortfluss weiter.

Hanne treibt mit Luis tagelang durch die aufgewühlte Erinnerungssee ihrer Kindheit, spürt das Zerren des Spagats wieder, den sie wegen ihrer kaputten Hüften nie machen durfte und doch ihr Leben lang gelebt hat. Auch nach Fuchsental schwemmt es sie, das tut besonders weh, weil ihre Gänsewiese zugepflastert ist mit einer Festivalkneipe und Reichenvillen. Aber der Stall steht noch, versteckt hinter nunmehr zwanzig Meter hohen Tannen, alles andere ist unverändert, selbst das grüne Blechdach und der hölzerne Fensterladen unterm Giebel. Luis kann es nicht fassen, dass Opa Stein für Stein aus dem Fluss hochgekarrt und zu diesen Mauern zusammengemörtelt hat. Sie stapfen in den Wald, holen sich nasse Füße im Polstermoos, einen Tannenzapfen und einen alten Löffel aus den Hinterlassenschaften unzähliger Festivalzelter. Der Tannenzapfen kommt in das Glücksglas, in das Hanne und Luis alles Schöne eines Jahres stopfen. Und Hanne bastelt später einen Anhänger aus dem Löffel und einer kleinen grünen Schwimmbadfliese.

Es braucht drei Taxifahrer, bis sie hinfindet, zum Wassernest aus kleinen grünen Fliesen. Der erste fährt sie zur neu erbauten Schwimmhalle, die älter ist als er, der zweite weiß gar nichts von einem Bad, erst der dritte ist alt genug, biegt auf die Eisenbrücke und bringt Hanne zum Schwimmbad ihrer Kindheit. Es ist ein verlorener Ort, eine Ruine, notdürftig mit einem Bauzaun abgesperrt. Ein zotteliger grauer Hund versucht sie wegzubellen, als sie sich in den Vorraum schiebt, wo früher die Steckdosen für die Föns waren, wenn man denn einen Fön hatte. Jetzt gibt es hier keine Steckdosen mehr, nicht einmal die Wand dazu, dafür wuseln ihr drei, fünf, sieben graue Welpen über den Bodensatz aus Glas- und Mauerbruch entgegen, und Luis wimmert nur, die müssen wir doch retten, die müssen hier raus!

Hanne kraucht aber zunächst die Treppe zum Schwimmbecken hoch, steht an genau der Stelle, an der alles anfing. Mit fünf stand sie das erste Mal hier und wollte rein, rein, rein, das Wasser war magnetisch und das Heilmittel für alles, nicht nur ihre kaputten Hüften. Das Dach und die schmalen Seitenmauern existieren nicht mehr, stattdessen ragen von links und rechts Pappel- und Kastanienkronen herein. Jede Beckenfliese, jeden Startblockgriff erkennen Hannes Fingerkuppen von unzähligen Berührungen, die letzte muss vierzig Jahre her sein. Es wundert sie selbst, dass sie ohne jede Angst auf dem Beckenrand balanciert, zu dessen beiden Seiten breit aufklaffende Risse tief in die Umkleidekatakomben blicken lassen. Hanne schiebt sich mit hängenden Schultern zum Außenbecken in Olympiagröße – hier hat sie ihre größten Siege gefeiert und ihre eine schmachvolle Selber-schuld-Niederlage eingesteckt, hier hat kratziger roter Stoff ihr die Brüste blutig gescheuert. Dann geht sie zurück in die einstige Halle, klettert über die Berge rausgerissener roter Metallsitze der Tribüne. Auf jedem einzelnen davon, garantiert, auf jedem einzelnen hat Ellie einst unzählig oft gesessen und ihre Tochter angefeuert. Ach, das arme Kind, hat eine andere Mutter einmal neben ihr genäselt, sie kann ja nix dafür, dass sie mit kaputten Knochen geboren ist, das kann sie bestimmt nie aufholen. Wart's ab, knirschte Ellie damals nur, und dann startete Hanne auf der äußersten Bahn, der schlechtesten, und gewann trotzdem, und Ellie zischte der blöden Kuh neben sich ins Ohr, ach sie kann doch nix dafür, dass sie besser ist als alle anderen, und jubelte sich die Hände wund und die Kehle heiser.

Am liebsten würde ich einen Sitz mitnehmen, sagt Hanne und malt ein Herz in die dicke Staubschicht der Zerstörung. Dann mach das doch, sagt Luis, der ansonsten selbst dann dagegen ist, wenn sie nur ein Gänseblümchen vom Wegesrand pflücken will, irgendwie kriegen wir den schon in den Koffer. Sie macht es und weint dabei die allerletzten Tränen in das Becken, das schon so viele Tränen von ihr aufgefangen hat. Der rechteckige Rahmen ihrer Kindheit, er schließt einen Kreis.

Immer wieder klopft sich Hanne in den Tagen auf die übervolle Brust, damit sich was zurechtruckeln und setzen und noch mehr reinpassen kann. Am End ist alles gut, viel viel, aber gut, das Sortieren und Zusammenfügen des zerschnitzelten Lebensbildes wird erst später kommen, zuhause, wo auch immer das ist.

Auch für die Welpen schnitzt Hanne einen Weg, den Ellie ihr gewiesen hat. Tierarzt war in der kleinen grauen Stadt keiner aufzutreiben, und Hanne blieb nichts weiter, als die Hunde zu füttern und auf ein zweites Paprikatzwunder zu hoffen. Das Wunder kommt wie beim ersten Mal mit Verspätung, als Hanne längst wieder zuhause ist, in Form einer Nachricht von hiesigen Tierschützerinnen. Sie holen die Welpen aus der Ruine, vermitteln drei, für die anderen vier zahlt Hanne eine Pflegestelle. Zwei sterben trotzdem, die letzten zwei holt sie ein halbes Jahr später nach Deutschland und findet ihnen ein gemeinsames Zuhause. Erst da wird Ellies Stimme in ihrem Brustkorb zufrieden und still.

Zwei Wochen später bricht Luis sich den Arm und muss mehrmals unters Messer. Da ist es wieder, das Schneiden. Der Gips aber ist nur eine Schlinge und keine böse Tanti Ratschratsch in Sicht.

Und dann liegt da auf einmal Post im Kasten. Der *Ciopârțilă* in zweifacher Ausführung fliegt Hanne entgegen, die deutsche Fassung hat schon vor langer Zeit ein Mann zurechtgeschnippelt, der Beatrices Nachnamen trägt, ihr Vater. In Hannes Kopf dreht sich alles vor lauter sich schließenden Kreisen, das glaubt einem doch kein Mensch, denkt sie noch, dann schlagen ihr die Bilder und

Wörter ihrer Kindheit volle Breitseite ins Gesicht. Sie kennt und hört und schmeckt und fühlt jedes Stricheltier, jeden Schmutzklumpen und jedes Scherenwetzen darin. Mama ist da, sie sitzen zusammen auf dem Teppich und Hanne streichelt Ellie auf allen Buchseiten das Gesicht.

Es liegt
Augsburg / Waldkraiburg, Sommer 1982

Wohin du willst, mein Goldkind, da fahr mer hin, Italien, Griechenland, akarwo, hatte Ellie gesagt, als Deutschland und Reisefreiheit noch zwei Wörter aus Traumgold waren und die Vorfreude dem Angstwarten die Schneide stumpfte. Ja, und eine Schreibmaschine und einen Affen kriegst auch. Ja, einen lebendigen.

Jetzt sind sie hier und das Warten geht weiter, aber ohne Angst. In der neuen Schule bekommt Hanne schlecht vergorene und schwer verdauliche Gerüchtegerichte serviert, als Vorspeise das Vorurteil, Rumänen hausten in Erdlöchern, als Hauptgericht die Verwunderung, dass Hanne elektrischen Strom kennt, *Flashdance* aber nicht, und zum Nachtisch den Vorwurf, der deutsche Staat hätte sie mit Zigtausenden von Mark für den Verlust ihrer Villen entschädigt. Keinem scheint aufzufallen, dass das alles so gar nicht zusammenpasst und -schmeckt. Währenddessen wohnen Hanne und ihre Eltern im Aussiedlerheim *Pappelhof*, im größten Raum einer winzigen Dreizimmereinheit mit kleinem Klo, die anderen zwei Zimmer bewohnt eine vierköpfige Familie aus Siebenbürgen, die die kleine Küche zu neunzig Prozent der Zeit mit überdüngten Düften und ihrem scharfen R belegt.

Nach einem Monat dürfen sie in einen anderen Flügel des Aufnahmelagers wechseln. Hier ist zwar das WC ebenso auf dem Korridor wie die Gemeinschaftsduschen, aber sie haben ein Zimmer plus Miniwohnküche für sich allein, und Hanne bekommt ein kleines Bücherregal vom Sperrmüll und einen Kanarienvogel, weil ein Hund natürlich nicht geht, und ein Affe schon gar nicht.

Woher Ellie das Geld für die Schreibmaschine hatte, wer weiß. Jedenfalls steht die eines Mittags, als Hanne mit Bauchschmerzen nach Hause kommt, weil ihr in der Schule wieder zu viel Unverdauliches hingeworfen wurde, aufrecht und glänzend beige neben ihrem Bett und raunt von Wörtern, die sich zu Büchern kurzschließen werden. Hanne denkt an ihre Buchstabenwälder, in deren kühlem Grün sie einst Lesen und Schreiben gelernt hat, streichelt die Tasten, die wie süße Pilze aus dem Waldboden wachsen, und nichts anderes zählt mehr. So lässt es sich auch weitere fünf Monate im Auffanglager aushalten.

Trotzdem nimmt Ellie sofort die erste richtige Wohnung an, die ihr angeboten wird, ein überteuertes Ding im schwindelerregenden sechsten Stock eines Wohnklotzes am Stadtrand, aber inzwischen ist wenigstens die Einbürgerung über die Bühne und Ellie darf endlich Geld verdienen. Die Arbeit im Krankenhaus bringt sie fast um, aber die Urkunde, wo schwarz auf hellgrünem Bundesadler steht, dass sie jetzt Deutsche mit vollem Recht sind, pressen Mutter und Tochter im gleichen Herzklopftakt an die Brust.

Reisen will Hanne trotzdem schon im ersten deutschen Sommer, unbedingt, und sie drängelt so lange, bis Ellie etwas findet, was sie bezahlen kann, ein zweiwöchiges Zeltlager mitten im bayrischen Idyll, samt Freistaatförderung für benachteiligte Kinder. Die Bundeswehr stellt grüne Zelte, grüne Luftmatratzen und Europaletten, als Schlafsack muss es das dünne, grellgeblümte Teil aus Mamamis Westbesuchsbeständen tun. Soll Magda doch nach Italien und Ruth nach Griechenland – Hanne fährt ins Abenteuer des Waldkraiburger Umlandes und ist ganz stolz auf sich, weil sie doch ganz allein ist und keinen kennt. Das wird anders als damals im Trainingslager! Wer hat sich so was Idiotisches ausgedacht? Ein Schwimmerlager ohne Schwimmbad, dafür mit Gebirgsschnee meterhoch und Laufrunden kilometerlang, auf denen Hanne mit ihren Eisklotzfüßen immer die Langsamste war. Der See war zugefroren wie Hannes Heimwehbauch, keinen Bissen hat sie runtergekriegt, und ihre Zimmergenossin Elke war die Eine, mit der keiner gut auskam und die sie Nacht für Nacht schikanierte. Als Mama und Tata das müde Auto einmal den Berg hochpeitschten, um sie zu besuchen, heulte sie unter dem mitleidigen Kopfschütteln des Trainers alle zurückgehaltenen Tränen der letzten Woche in Mamas kratzigen Mantelmagen, von oben tropften die Muttertränen auf ihren Hinterkopf. Nimm mich mit, Mama, nimm mich mit, aber sie durfte nicht, musste die ganzen zwei Wochen aushalten. Die Kekse, die Tata ihr heimlich zugesteckt hatte, krümelte sich die diebische Elke in den grienenden Mund.

Aber diesmal wird alles anders, schließlich ist Hanne drei Jahre und eine Auswanderung älter – wer das gepackt hat, den schreckt kein bayrisches Zeltlager. Schon in der ersten Nacht schrumpft ihr Stolz parallel zur Bundeswehrmatratze, der ist alle Luft ausgegangen und Hanne alle Lust, stumm fluchend friert sie sich dem Morgen entgegen. Die anderen fünfzehn Mädchen sind jede einzeln Bestätigung dafür, warum Hanne mit ihren Geschlechtsgenossinnen noch nie was anfangen konnte, aber im Jungszelt schlafen ist natürlich ausgeschlossen, sagt die kaum fünf Jahre ältere Betreuerin und schüttelt den Kopf, als hätte Hanne vorgeschlagen, am Lagerfeuer Mäuse am Spieß zu grillen. Sie bekommt die einzige Arbeit zugeteilt, die auch zuhause ihren Würgereiz auslöst: dreckige Teller abschaben und mit der Hand abwaschen. Das Bild der Brocken, die im ergrauenden Spülkübelwasser treiben, dreht ihr noch nachts den Magen um.

Im Jungszelt ist einer, den Hanne unglaublich hübsch findet, auch wenn sein Name – Dierk, mit ostwestfälisch plattgewalztem iii – unglaublich hässlich ist, aber in die Schlange der Mädchen, die ihn augenaufschlagend umzüngeln, wird sie sich garantiert nicht einreihen. Eines Abends vergisst sie zu weinen vor lauter Lachen über die Komik der Sprache, auch Amelia hat nämlich ein Auge auf Dierk geworfen, Amelia mit dem Glasauge, das sie heimlich in der Dusche rausnimmt und von einer Hand in die andere kullern lässt, um die anderen damit zu ängstigen oder zu faszinieren, je nach Bedarf. Aber Hanne lacht allein, genau wie sie an den anderen Abenden alleine weint, die Seiten ihres Tagebuchs sind schon ganz wellig davon. An dem Tag, an dem Amelia und die noch schlimmeren Mädchen das Tagebuch heimlich aus Hannes Rucksack fischen und lauthals lesen, haben auch sie endlich was zu lachen und vor allem zu lästern, und von da an ist Hanne endgültig draußen.

Sie ist froh um die Postkarten und Briefmarken, die Mama ihr eingepackt hat, denn zuhause anrufen darf man von hier nur im Notfall, und Heimweh gilt nicht als Not, wie anderweitig Fernweh auch nicht.

Jeden Tag marschieren sie schnitzeljagend oder holzsammelnd stundenlang durch die Landschaft, jeden zweiten Tag auch in die Zivilisation jenseits der Lagerlichtung, und mit Glück entdeckt Hanne einen Briefkasten. Als sie sich einmal gerade wieder zur Truppe zurückschleicht, schmuggelt ein Achtjähriger, der drei Köpfe kleiner ist als sie, seine Hand in ihre und schnieft sein Heimweh nach Mama in ihren T-Shirt-Saum. Hanne würde sich am liebsten auch mit vierzehn noch in den Straßengraben stürzen und *Ich auch* schluchzen, stattdessen drückt sie Zwergis Hand und lügt ihn an: Morgen sieht die Welt schon wieder ganz anders aus.

Am nächsten Morgen lacht der Achtjährige sich vergnügt in den Tag hinein, als hätte ihn kein Schmerz je gestreift, und Hanne blinzelt in den abgeplatzten Spiegel im Duschraum. Es liegt an mir, ich bin nicht normal, ich muss mir mehr Mühe geben. Die Gelegenheit dazu kommt schon in der folgenden Nacht, sie lässt sich mitschleifen, als die Mädchenmeute zum Sturm aufs Jungszelt bläst, was soll daran lustig sein, aber bitte, Gruppendynamik und so, vielleicht reden die anderen dann wenigstens wieder mit ihr. Die Attacke verschwimmt zu einer Wolke aus schlecht gedämpftem Backfischgequietsche und stimmbrüchigem Hintergrundmurmeln, die Hanne später zu gern vergessen würde, aber nicht kann. Bei so viel Geräuschen drin lassen die von draußen nicht lange auf sich warten, das Betreuerzelt ist keine zehn Meter entfernt. Da kommt wer, raunt wer, und dann tauchen die Mädchen unter den nächstgelegenen Schlafsack, Hanne besonders tief, sie kann kaum atmen, während die anderen noch genug Luft zum Kichern haben.

Die Betreuerin poltert herein, angelt alle Mädchen an den herauslugenden Knöcheln und Schöpfen heraus und scheucht sie unter lauten Empörungsvokabeln ins vorgesehene Zelt zurück, nur ihr männlicher Kollege bleibt zum Levitenlesen bei den Jungs. Der, und Hanne. Hanne, die keiner gefunden hat und die nicht freiwillig rausrennen konnte, weil ein querliegendes Bein sie runterdrückte. Dass das Bein zu Dierk gehört, ausgerechnet, wird ihr erst klar, als er der Standpauke irgendwas antwortet, was weniger nach männlichem Rückgrat als nach kleinlautem *Ja, verstanden* klingt. Hannes Mund ist nur eine dünne Schicht Schlafsack von Dierks Halsseite entfernt. Er riecht gut, auch das noch.

Irgendwann hat der Betreuer genug vom Androhen der Konsequenzen und folgt seinem Taschenlampenstrahl in die Dunkelheit hinaus. Hannes Traum, als Mäuschen zu lauschen, was Jungs reden, wenn sie unter sich sind, erfüllt sich nur kurz, denn einer weiß doch, dass sie unter ihnen ist, schlägt das Bein und den Schlafsack zurück. Seine Zähne feixen ihr grellweiß in der Nachtschwärze entgegen, dann darf sie sich unter halblauten Anzüglichkeiten aus dem Zelt schleichen und kann nur hoffen, dass die Dunkelheit ihren rotglühenden Schamkopf und den rasenden Puls überdeckt. Es wird die erste Nacht, in der sie nicht friert.

Am nächsten Tag lässt Dierk mit keiner Silbe und keinem Blick verlauten, dass er in Hanne die unter seinem Bein erkennt, aber die Mädchen, die haben sich sehr wohl zusammengereimt, wer da mitten in der Nacht bei Dierk gelegen hat, im direkten Körperkontakt, der zu endlosen Löcherfragen Anlass gibt. Dass Hanne kaum Antworten bietet, lässt die Geschichte nur noch üppigere Kopfblüten austreiben. Von da an wird Hanne mit einer Mischung aus Neid und Bewunderung angepackt und stellt fest, dass ihr das auch nicht mehr ausmacht als die Verachtung zuvor.

Pünktlich zur Halbzeit ihres Lagerkollers stehen Hannes Eltern plötzlich zwischen den Zelten. Ellie hat zwischen den Zeilen der Es-geht-mir-gut-Postkarten ihres Kindes gelesen und ist gekommen, um es nach Hause zu holen. Hannes Oma sei plötzlich gestorben, erklärt sie den verdutzten Betreuern, die noch nie erlebt haben, dass ein Kind vorzeitig abgeholt wurde. Dabei hat Hanne gar keine Oma, nur eine Mamami, und die ist noch lang nicht in Deutschland, und überhaupt belegt ein untrüglicher Beweis, dass Mamami bei bester Gesundheit ist: Die Art, wie Ellie ihrem Kind die Hand drückt. Seit frühester Kindheit ist das ihr Zeichen dafür, glaub nichts von dem, was du jetzt zu hören kriegst. Hanne rennt ins Mädchenzelt und packt ihre Sachen so schnell wie nie zuvor und später nie wieder, dann hechtet sie ins Auto und hört auf der ganzen Heimfahrt nicht mehr auf zu lachen.

Als sie damals aus dem Schwimmerschneegulag nach Hause kam, warteten vier halbmetrige Gestalten auf sie, Mickey und Minnie, Donald und Daisy, von Tata in tagelanger Mühsal an ihre Zimmerwand gemalt – nur so konnte er sich selbst davon abhalten, den Berg hochzustürmen und sein heimwehiges Kind nach Hause zu holen. Diesmal wartet nur ein einziger Satz auf Hanne, und der flammt in ihrem Kopf genauso glücksrauschend auf wie damals der Anblick der Disneyfiguren: Nächstes Jahr fahren wir nach Italien, alle zusammen.

Als Luis ihr 35 Jahre später eröffnet, er will auf eine Sprachreise nach England, mit dreizehn, ganz allein, erschrickt Hanne zu Tode. Dann fasst sie sich ein Herz und einen Entschluss, rechnet in der Nacht durch, wie sie das Geld für die zwei Wochen aufbringen kann, und sagt ja. Sie weint erst, nachdem Luis mit seinem Union-Jack-Koffer hinterm Gate verschwunden ist, sitzt täglich wie auf rohen Eiern und gepackten Taschen in der Erwartung einer SMS – Ich will nach Hause –, aber Luis' Nachrichten zeugen mit ihrer Einsilbigkeit davon, dass es ihm gut geht. Nur am vorletzten Tag ruft er an und holt mit blumigen Beschreibungen zur entscheidenden Frage aus, darf ich nächstes Jahr wieder hierher?, und Hannes Wehmutterherz platzt schier vor Fernweh und Stolz.

Es rauscht
Reschitza, Herbst 1959

Eigentlich ist Ellie schon zu groß zum Weinen und zum Vergraben in Omamas Kittelschürze, aber sie macht es trotzdem, schmeißt sich aufjaulend wie ein vom Pferdehuf erwischter Hund auf die Knie, schlittert in Omamas Schoß und weicht das nasse Gesicht und den Schmerz im Duft nach Zwiebelschalen ein. Was hast denn, Kind? Edith bückt sich mit knarrenden Knochen zu ihr herunter und zwingt ihr das Kinn nach oben, wie sie es immer gemacht hat, wenn sie der kleinen Ellie einen petroleumgetränkten Fetzen am Stock in den entzündeten Rachen schieben musste, um damit den Eiter und die Bazillen wegzuschaben. So oft musste sie das machen, dass Ellie jetzt gar keine Mandeln mehr hat, aber anders wär's halt nicht gegangen, Medizin gibt's nur für die Reichen. Aber im Grunde weiß sie schon, es ist wege'm Johann, sie kennt doch ihre Kinder, ihre Enkelin sowieso und ihre Tochter noch viel mehr, hat doch beide großgezogen, und trotzdem, schau, wie verschieden sie geworden sind.

Er. Ist. Weg. Drei Silben, zwischen vier Schluchzer gepresst, dann ein Schwall: Mir warn verabredet fürs Mozi, aber er ist nicht kommen, ich wart und wart und dann bin ich zu ihm zhaus, aber da ist nur sei Mutter und die schaukelt wie a Wahnsinnige vor und zruck und singt *Zinzelbam Zinzelbam* und reißt sich die Haar aus, und dass der Johann weg ist, hat's gsagt, und was soll ich jetzt machen? Ellie schnaubt sich zurück in Omamas Schürze, während die leise vor sich hin summt, Zinzelbam, Zinzelbam, wachst in mein Goatn, wenn die Frau Holler kommt, sagst sie soll woatn, wenn sie nit woatn will, sagst i bin gstuam, wenn sie stoak waanen muss, sagst i komm muagn.

Aber er kommt nit muagn, schreit Ellie sich über das sinnlosbleede Lied hinweg wieder hoch, morgen nicht und überhaupt nie mehr, was hab ich nur falsch gmacht? Gar nix, Kind, nix hast falsch gmacht. Edith streicht ihr mit der knotigen Hand übers Haar, und ihre Stimme klingt so, als stiege sie eine dunkle Treppe ins Erdinnere hinab, jedes Wort eine Oktave trauriger als das zuvor. Und er hat auch nix falsch gmacht, er ist nur ... Was isser, was isser denn, freindlich und lustig isser, was denn noch? Ja, Kind, aber er ist auch ... der Johann halt. Ellie kneift die Augen zu Pinzetten, als könnte sie damit die Wahrheit besser greifen. Der Sohn von der Marianne isser halt, fügt Edith hinzu.

Ellie blinzelt sich eine erste Vermutung zurecht, ja, von der Marianne, die der Mutti den Drago weggnommen hat, aber hat die jetzt Schuld, dass er weg ist? Hat sei Mutter Schuld, hat sie'n weggjagt? Edith richtet sich auf und stellt den Milchtopf auf den Sparherd, komm setz di her, Kind, ich erzähl dir was über die Marianne. Die Welt ist nie schwarz-weiß, wennst des haben willst, musst aufm Schachbrett dei Zelt aufschlagen, die Welt ist nie so flach und schwarz-weiß, eher wie a buntes Bild und zehnmal überpinselt, nur weil du die Schichten drunter nicht siehst, heißt das nicht, dass sie nicht da sind. Ellie wischt sich die Nase am Ärmel und pflanzt sich auf den dreibeinigen Holzschamml am Tisch. So viel redet die Omama sonst nur selten am Stück, jedenfalls nicht so ruhig und ohne Fluchen und Schimpfen. Beim Fluchen und Schimpfen muss man die Ohren zumachen und nicken, jetzt beim Reden ist Ohren aufsperren wohl besser. Und dann fächert sich

Mariannes Geschichte vor Ellie auf wie Kaffeesatz, nur dass man hier die Vergangenheit statt der Zukunft rauslesen kann.

Eigentlich sollte es keine Strafmaßnahmen geben, schließlich hatte König Michael 1944 aus freien Stücken den Bruch der Allianz mit den Nazis herbeigeführt und sich mit den Alliierten zusammengetan, was den Krieg angeblich um ein halbes Jahr verkürzte. Eigentlich sollten Briten und Franzosen ihre schützende Hand über Rumänien halten, aber irgendwie waren sie auf einmal weg oder machtlos und nur noch die Russen da, von denen dafür aber so viele, dass sie das ganze Land im Handumdrehen kommunistischrot färbten. Und auf einmal sollten die Deutschen in Rumänien nun doch bestraft werden, nur die Deutschen und die Ungarn, höchstens noch die rumänischen Soldaten, obwohl doch ganz Rumänien mit Hitler paktiert hatte, aber nun, irgendjemand musste halt bestraft werden und die Russen brauchten Arbeitskräfte in ihrer großen Sowjetunion. Eigentlich sollten nur Nazikollaborateure deportiert werden, aber unter den Rumäniendeutschen fanden sich davon nicht genug, also nahmen sie alles, was sie kriegen konnten: Alle Männer zwischen sechzehn und fünfundvierzig, alle Frauen zwischen achtzehn und dreißig, außer Schwangere und Mütter mit Kindern unter einem Jahr.

Die vielen Eigentlich können sie sich eigentlich sonstwohin stecken.

Mariannes einziges Kind Johann ist schon fünf und sowieso kann ihr Mann bei ihm bleiben, weil er arbeitsunfähig ist. Dass sie schwanger war, erfährt Marianne erst, als sie es nicht mehr ist, zum Ende ihrer vierten Woche auf dem Viehwaggon Richtung Ural. In seiner wievielten Woche das Kind war, darüber gibt der Blutsturzbach keine Auskunft, den Marianne mithilfe der mitleidigen Temeswarerin neben ihr und einiger aus dem Unterrock gerissenen Fetzen einzudämmen versucht. Noch zwei weitere Wochen haben diese und ähnliche Körperausscheidungen Zeit, sich im Waggon zwischen den in ihren Lumpen einschrumpfenden Insassen aufzutürmen. Als der Zug endlich anhält und seine Ladung auskippt, der weder Alter noch Geschlecht mehr anzusehen ist, ist es schon Anfang März 1945, und so mancher bleibt gleich neben den Gleisen liegen, im Schnee, der alles sauber macht oder zumindest den Gestank überdeckt.

Marianne wird im Tempo ihres Verfalls erst im Bergbau, dann auf dem Feld und schließlich in einer Fabrik eingesetzt. Manchmal kriegt sie etwas zu essen, einmal sogar die Chance, eine Postkarte an ihre Familie zu schreiben, 25 Wörter nach vorgegebenem Muster dürfen drauf, von denen 23 gelogen sind, nur die Anrede *Meine Lieben* nicht. Schon bald taugt sie kaum noch zur Arbeit, wohl aber immer noch einem Vorarbeiter, der sich ihrer annimmt, im Hinterzimmer der Fabrik immer zum Ende der Abendschicht, und als er mit ihr fertig ist, meldet er sie seinem Oberstleutnant. Dass sie nicht mehr taugt, rettet ihr das Leben. Zurück reist sie kriegskomfortabel, mit einem Lazarettzug, in dem es außer Tag und Nacht schreienden Klaffmäulern auch schmutzige, schmale Pritschen und manchmal heißen Russentee gibt.

Keine vier Monate war Marianne im Ural, aber als sie zuhause ankommt, erkennt ihr Mann sie nicht wieder, nur Johann, ihr kleiner Johann, fliegt ihr entgegen, dass sie in die Knie gehen muss, damit er sie nicht umwirft. Johann kann noch nicht gut rechnen, Mariannes Mann aber schon, und als ihm ein paar Wochen später klar wird, dass ihr Bauch und ihre Milchdutten sich nicht wegen der guten Germknödel wieder wölben, packt er erst Marianne kurz bei den Haaren und dann den einzigen Koffer beim Griff und rauscht fort ohne einen Blick zurück, denn ein Russenbangert wird er bestimmt nicht großziehen.

Das macht Marianne dann allein, ihre Liesel und den Johann großziehen. Manchmal reißt ihr der Bua aus und tut sich mit den haderlumpigen Nachbarsbratzen zusammen, dem Heino und dem Sepp, so kommt's eben, wenn kein Vater da ist, aber dann lässt sich die Marianne eben selber dicke Haut an der Handkante wachsen und haut aufn Tisch und zerrt den Johann wieder in die Spur. Sie hat nichts, aber aus dem Nichts macht sie so viel wie nur geht. Als die Liesel groß genug ist, mit dem Johann allein zu bleiben, geht Marianne fremder Leute Dreck putzen, und Jahr für Jahr achtet sie drauf, ansehnlich zu bleiben für Männer, die Ansehen genießen und sie gern ansehen. Als die gnädige Marita, das Gschpusi vom Gemischtwarenmann, mitsamt ihrer feinen Handschrift auffliegt und ins Zuchthaus wandert, ist ihre Chance gekommen: Sie heuert bei ihm an. Hat sie doch längst gemerkt, wie Drago ihrem drallen Rauschelrock hinterherschaut. Die Kinder machen ihm nichts aus, außerdem ist der Johann inzwischen alt genug, um auf eigenen Füßen zu stehen, und ihrer Liesel wird sie schon beibringen, sich vor Männern zu hüten, und vor Frauen am besten auch. Dragos Frau hat nicht aufgepasst, nicht auf ihre Zahlenbücher und nicht auf ihren Mann, und überhaupt, jetzt ist Marianne endlich mal selber dran, die Zeit ist gekommen, sich zu nehmen, was ihr zusteht.

Die Arme, keucht Ellie, als Omama Mariannes Geschichte mit einem Zuknall der Backofentür beendet. Wer jetzt, die Marianne oder dei Mutti, fragt Edith mit einem mehrschichtigen Lächeln, und als Ellie nur ein schwaches *Alle zwa* rausbringt, fügt sie hinzu: Sikstes, das einzig gute Schwarz-Weiße auf der Welt sind unsere Katzen hinterm Haus, in deinem Kopf hat das nix zu suchen. Ellie nickt und traut sich kaum, es auszusprechen. Und die Mutti ... hat's ihr dann ... zruckgeben, aber es ist nicht die Frage, sondern die Antwort.

Edith saugt die Luft in ihren spitzknochigen Brustkorb. Vier Monat russisches Arbeitslager verändern den Menschen, und zwei Jahr Zuchthaus erst recht, seither ist dei Mutti nimmehr die Alte. Fast narrisch ist sie worn, als ihr zu Ohren kommen ist, dass du mit dem Johann ... Am End heirat' sie den noch und ich teil mir mit der ... der ... a Enkelkind! Lass sie, Marita, hab i gsagt, wer red denn von Heiraten, die Ellie ist doch noch a Kind. A Kind, was ins Unglück rennt! Und dann ist dei Mutti doch irgendwann selber grennt, zur Marianne: Deinen Mann hast nicht halten können, du Curva, deswegen hast mir meinen nehmen müssen? Hättst halt besser aufpasst, schnappt die Gnädige zurück, aber des schmeckt der feinen Dame halt nicht, des kennt sie ja nicht, dass einer sie sitzen lasst statt andersrum. Wieso bist überhaupt schon wieder raus? Hast dich rausgschlafen mitm Oberwärter von der Puschkerei? Da sieht die Marita den Johann über die Türschwelle treten und mit aufgerissenen Glotzerln zwischen seiner Mutter und der seiner Liebsten hin und her wischen, und da tritt sie selber die letzte Hemmschwelle kaputt. Na, Bua, hast sie schon mal gfragt, dei großkukandlige Mutter, warum dei Vater weg ist, damals, oder warum dei klaane Schwester als Einzige in eurer Familie keine schwarzen Haar hat, sondern an blonden Russenschopf? In der Stille, die ihre Worte in die Welt gerissen haben, kann man fast die Splitter hören, die sich Johann in die Finger zieht, als er den Türpfosten umklammert, dann fällt sein Blick zu Boden und steht nicht mehr auf.

Das muss gestern gewesen sein, flüstert Ellie, das Blut rauscht zwischen ihren Ohren, und heut isser fort. Und die Omama nickt. Sei nit bös auf sie, Kind, sie ist dei Mutti, und manchmal haben Kinder ihren Müttern mehr zu verzeihen als andersrum.

Es brennt
Hamburg, Frühjahr 2011

Kümmer dich um deinen Tata, er wird nicht allein zurechtkommen, sagt Ellie, und sie wissen beide, Mutter und Kind, es wird das letzte Gespräch sein. Ein Mal noch blitzen Ellies Augen, die schon seit Wochen gelblich eingesunken sind, weiseweiß auf und stellen auf Hanne scharf. Komm schnell her, sie ist klar, hatte Conny am Telefon gesagt, und Hanne kam und setzte sich auf die Bettkante und heulte vor Glück, als Ellie sie ansah und sie Goldkind nannte statt Mutti. Es braucht mehrere tiefe Atemzüge, um anzusprechen, was totgeschwiegen zu haben man später nicht bereuen will, um Verzeihung zu bitten für alles, was man der Mutter angetan hat, das Verlassen des einzigen Menschen, auf den man sich immer blind verlassen konnte, und überhaupt alle Gemeinheiten, die ein Kind nicht unterlassen kann. Aber nein, mein Liebstes, stößt Ellie entsetzt hervor und ihr Gesicht schmilzt zu weichem Bienenwachs, nichts, nichts hast du verkehrt gemacht, all das hat sein müssen, und es gibt nichts zu verzeihen, kein bessres Kind hätt ich mir wünschen können, ich muss doch dich um Verzeihung bitten. Hanne schleudert kopfschüttelnd die Tränen nach allen Seiten, a Schmarrn, die beste Mutter warst du, immer schon. Denk an die heiße Gans, beharrt Ellie, und Hanne klatscht sich an die Stirn, lieber Himmel, das muss fast vierzig Jahre her sein, das war irgendwo am Meer, in einem Park, diese riesige Gans aus dunkler, glatter Bronze, oder doch Messing. Da soll Hanne sich draufsetzen, das wird ein schönes Foto, aber sie trägt über dem Unterhöschen nur ein kurzes dünnes Sommerkleid mit winzigen Schulterkläppchen, damit möglichst viel Sonne an die Haut kommt. Das ist heiß, schreit sie und springt gleich wieder aus dem Gänsesattel. Komm geh, ruft Mama, so schlimm kann's nicht sein, du bist doch nicht die Erste, die sich da draufsetzt, die Gans ist schon ganz glattgerieben. Und Hanne spreizt die Beine über den Vogel und schlingt ihm die Arme um den blanken Hals. Die Haut an Armen und Beinen zischelt wie Speck in der Pfanne, die Tränen laufen, den Rotz schleckt Hanne hastig ab, dass sie auf dem Foto nicht wie eine Heulboje aussieht, dann bleckt sie die Zähne, zählt bis vier und springt herunter. Ich kann nicht mehr, das brennt! Ja, brennt, *arde*, das war dein allererstes Wort auf Rumänisch, als hätt ich dir nicht genügend deutsche Wörter beigebracht. Die Heizung hattest du angefasst, lacht Ellie, und dein Tata behauptet immer noch, es sei dein einziges Wort mit einem richtigen R gewesen, danach ist es dir immer davongerollt. Sie seufzt. Na, ein Foto wird hoffentlich was geworden sein, jetzt machen wir aber noch eins zusammen. Sie kommt näher und fasst der Gans an die Gurgel. Sofort schnellt die Hand zurück, Jessas Maria und Josef, ist das heiß. Ellie wirbelt zum Kind herum, reißt ihr die Arme hoch und schaut ihr hinten auf die Oberschenkel, hellrot ist die Haut überall, aber nicht verbrannt. Danke, lieber Gott, schreit sie in den wolkenlosen Himmel, bevor sie in die Knie geht und Hanne an sich drückt. Bitte verzeih mir, Goldkind, es tut mir leid.

    Das hab ich doch längst vergessen, lächelt Hanne ihre sterbende Mutter jetzt an, das war nicht so schlimm. Es wird Zeit für andere Unaussprechlichkeiten. Ich will nicht, dass du stirbst, schluchzt sie in Ellies ledrige Handfläche, das geht doch gar nicht. Ein Lächeln wie ein weißer Elfenumhang legt sich auf Ellies Gesicht. Ach

Kind, ich bin doch längst tot, ist ja alles gut. Aus Hannes Kehle schießt ein Geräusch hervor, das sich jeder Beschreibung entzieht. Und wie isses da oben so? Ellie schüttelt mit milder Nachsicht den Kopf. Es gibt kein Oben und kein Unten, ich bin hier bei allen anderen, denen es für immer gut geht, mach dir keine Sorgen, mir tut nichts mehr weh.

Die Minuten schleichen dahin wie Nebel über grauen Acker. Willst du wirklich verbrannt werden?, keucht Hanne irgendwann. Luis sagt, das stimmt nicht. Unser kleiner Luie, schmunzelt Ellie, die zeitweise ihren Blick an der Wand ausgeruht hat. Recht hat er, das mit dem Verbrennen hab ich nur gesagt, damit du weniger Arbeit hast, du wirst ja alles allein stemmen müssen, aber eigentlich will ich doch begraben werden. Ein bisschen Musik und ein Pfarrer wäre nett, aber stell mir bloß keinen obergscheiten katholischen mit langem Gwand und langem Gwäsch hin. Der Sarg ist mir wurscht, aber keine dunklen Blumen drauf, herst mi, sonst steig ich aus der Kiste und hau sie dir um die Ohren wie damals. Jetzt muss Hanne lachen, als sie an den schweineteuren Strauß aus dunkelblauen Rosen denkt, den sie Mama zum Geburtstag mitgebracht hatte. Ja bist denn ganz narrisch!, hat die geschrien, schwarze Todesblumen, weg, weg, ich will was Buntes, a lebendige Farb, wennst mer schon tote Schnittblumen bringst. Wie hat sich Hanne damals geärgert und geschämt, die blauen Rosen in die Mülltonne gestopft und Mama zum nächsten Frühjahr einen Magnolienstock vors Schlafzimmerfenster gepflanzt, nur lang gelebt hat der auch nicht, wegen der Nachbarskinder.

Kümmer dich um deinen Tata, wiederholt Ellie und zeigt mit müder Hand zum Balkon hin, auf den Conny sich mit bebenden Schultern zurückgezogen hat. Er wird's schwer haben, ohne mich zurechtzukommen. Du stirbst mir weg und ich soll mich um deinen Mann kümmern?, stößt Hanne wütend aus. Hör auf, jammert

Ellie und presst sich die knotigen Finger an die Ohren, hör auf, ihn so zu nennen. Weißt nit, wie weh ihm das tut, er ist dein Vater. Tut mir leid, ich hätt dir einen besseren gewünscht, aber er ist es halt, und er hat auch viel Gutes an sich. Meinst den Gürtel an seiner Hosn, mit dem er dich grün und blau geprügelt hat?, keucht Hanne fassungslos. Ist schon wahr, presst Ellie das spitze Kinn aufs Nachthemd herunter, geschlagen und zuschanden gemacht hat er mich oft genug, aber er büßt jetzt, Kind, muss meinen Knochenhaufen waschen und heben, mir stundenlang die Füße massieren und mein Geschrei ertragen und mitansehen, wie ich sterb. Das ist seine Strafe nach fünfzig Jahren, das ist viel für einen Mann, an Jahren und an Strafe. Er ist als Vater nicht perfekt, aber immer noch tausendmal besser als der seine. Man muss auch immer schauen, wo kommt einer her und bis wohin ist er gekommen. Er hat dich immer geliebt und viel für dich getan, nicht nur das mit der Donau, das auch, aber jahrelang hat er dir die Schultasche getragen, damit du nicht so viel Gewicht auf die Hüften kriegst, und auf dem Rücken geschleppt hat er dich, Zeichnen und aus Fuchsentaler Lehm Köpfemodellieren hat er dir beigebracht, und weißt noch, wie er die Leut zusammengepöbelt hat, als du endlich eine Medaille kriegen solltest beim Schwimmen und dann waren die doch wieder aus? Schau mal auf die Rückseite von deiner *diploma*, da steht's drauf, wie's war. Denk an die vielen Geschichten aus seiner Kindheit, die er dir beim Essen erzählt hat, damit du noch einen Bissen nimmst und noch einen, weil du so zweigerldünn warst. Fußball hat er mit dir gespielt und bei seinen Freunden in der Garage mit dir angegeben. Waaas, Vasile, deine Zündkerzen sind kaputt? Na, dann schau mal her, meine Tochter macht dir zackzack neue rein, alle Handgriffe in der richtigen Reihenfolge, hehe, na da schaust, gell? Geschimpft hat er mich ständig, ich werde mein Abitur nie schaffen und irgendwann von einem tollwütigen Hund totgebissen werden wegen meinem Getu mit dem ganzen Viechzeug, heult Hanne, nur du hast immer an mich geglaubt und gesagt, du kannst alles schaffen, was du willst. Ellie streicht ihr seelenglättend über den Handrücken. Er hat's halt nit besser gwusst, aber trotzdem immer nur dein Bestes gwollt, glaub mir. Liebe und Angst, man kann das Eine nicht ohne das Andere haben, aber das halten Männer nur schlecht aus. Sei nimmehr bös auf ihn, das wär für euch beide besser, und ich kann ruhiger gehen.

Du schaffst auch das, du bist stark, Kind, wir Mütter sind so, und du bist noch stärker als ich. Aber ein Mann ist schwach, dem muss man immer viel verzeihen, da ist deiner mit der großen Gosch auch keine Ausnahme. Schwach war er schon immer und schwach wird er wohl immer wieder geworden sein, da kann er dir noch so viel erzählen, oder denkst, ich hätt nit gemerkt, wie eure Ehe wackelt? Hanne hat den Atem schon so lange an dem Nagel an der Wand aufgehangen, dass ihr ganz schwindlig ist.

Das Telefon schrillt beide aus der Wortlosigkeit, Günther ist dran. Willst du nicht langsam mal nach Hause kommen, Luis will nicht ohne dich essen. Aber ich rede doch gerade mit meiner ... Ist schon gut, Goldkind, flüstert Ellie und drückt mit gelben Fingerspitzen Hannes Hand, du hast so viel Zeit hier gesessen, das war so schön, ich dank dir. Hanne schürft sich den inneren Blick an all den schroffen Tagen auf, an denen Mama um ein bisschen Zeit mit ihr gebeten hat, und Hanne hatte sie nicht oder meinte sie nicht zu haben. Das Schuldgefühl brennt ihr die Luftröhre wund, ach Mama, es tut mir so leid. Ellies Augen trüben sich langsam, ist schon gut, ich bin müd und du musst gehen, dein Kind braucht dich, geh jetzt, mei Goldige, geh.

Als sie heimkommt und leise erzählt, blitzt in Günthers Blick etwas Unruhiges auf. Was hat sie noch alles erzählt? Hab ich doch gesagt, nickt Luis zufrieden, als Hanne die Beerdigung erwähnt.

Als es soweit ist, spricht ein Konfessionsloser ein paar schöne Worte, in der Kapelle wird *Let it be* gespielt und *Que será será*, das Lied, das Ellie als Siebzehnjährige fürs Radio gesungen hat, ihre fünf Minuten Ruhm im Leben, nur Doris Day kann das fast genauso gut. Unzählige Male haben Ellie und Hanne vor dem Fernseher zusammen gekuschelt und Doris Day zugeschaut und geweint, jede aus eigenen Gründen. Ellie behält recht, Hanne muss alles allein regeln, Conny kann keine Hilfe sein. Noch Wochen nach der Beerdigung irrt er manchmal stundenlang haltlos durch das ihm fremde Hamburg, wird irgendwann auf einer Parkbank wach und kann sich an nichts erinnern, nur daran, dass er Ellie nachgelaufen ist, die irgendwo vor ihm mit wehendrotem Kleid um eine Ecke gebogen ist, aber als er da ankam, war sie verschwunden. Einmal folgt er Hanne und Luis heimlich, als sie nach der Schule Hand in Hand nach Hause gehen. Hanne trägt Luis' Ranzen, und als sie ihren Vater im Rücken spürt und sich umdreht, bittet er um Verzeihung. Ich werd verrückt in der Wohnung, deine Mama ist überall und nirgends, ich halt das Leben nicht ohne sie aus. Sie gehen nach oben und Hanne kocht Tee, und nachdem Luis den Opa genug aufgemuntert hat, weinen Vater und Tochter zusammen in die noch dampfenden Tassen, ein einziges Mal.

Jedes Jahr schmücken Hanne und Luis den Christbaum, ohne den es kein Weihnachten geben kann, an Omas Geburtstag, am Tag vorm Heiligen Abend. In manchen Jahren treibt der tote Baum plötzlich noch ein, zwei Zentimeter hellgrün aus, das letzte Aufbäumen vor dem endgültigen Aus, genau wie jene letzte Stunde voller Klarheit, die Ellie ihrer Tochter zum Abschied geschenkt hat.

Es weckt
Hamburg, Februar 2005

Der Kater kann reden. Nicht viel, eigentlich nur ein einziges Wort, das dafür aber laut und deutlich. Es ist ein Geheimnis, das er nur Hanne offenbart, die ihn an einem ihrer traurigen Friedhofstage gehört hat, nein, nicht sprechend, aber miauend, tief auf dem Boden eines Schachtes. Sechs Tage hat sie um das unsichtbare Katzenkind gekämpft, hat Futter in die Tiefe abgeseilt, ist in die Katakomben eines alten Firmenkellers abgestiegen, in dem sich jahrzehntealte Einweckgläser stapelten, hat die Feuerwehr zu Hilfe gerufen und sie wieder weggeschickt, als die Hilfe einzig im Überschwemmen des Schachtes bestehen sollte, der schwimmt dann schon hoch. Sie hat ihn dann doch klettern lassen statt schwimmen, an einer Holzleiter mit Leberwurstbelag, ihn dann in einer Papptüte nach Hause getragen, ihm die Zecken und die Bandwürmer und die Angst genommen, ihm eine Gefährtin und einen Namen geschenkt, Robin Hood.

Jahre später kauert sie kopfüber unter dem Waschbecken und schaufelt eins der vielen Katzenklos leer, ist allein zu Haus, und doch steht plötzlich ein Kind hinter ihr und grüßt glockenhell Hallo, dass Hanne sich vor Schreck den Kopf am Porzellan stößt. Sie wirbelt herum, die stinkende Tüte in der Hand, und da sitzt Robin kerzengerade im Flur. Wenn er grinsen könnte, würde er grinsen, kann er aber nicht, dafür aber Hanne in die Augen schauen und Hallo sagen. Kein vernuscheltes, konsonantenverschlucktes Aaaooo, sondern ein eindeutiges Hallo, dem jede Logopädin ein Diplom ausstellen würde.

Wieder Jahre später erzählt Hanne das ihrer großen Liebe Günther, und er nickt langsam und sagt, aber siiicher, der Kater kann reden, und Robin hebt auf dem Kratzbaum den Kopf. Es dauert keine paar Wochen, bis Günther sich entschuldigen muss, er war allein zu Haus und doch stand plötzlich eine Frau hinter ihm im Flur und grüßte glockenhell Hallo, und als er sich umdrehte, saß da, jaja klar – grinsen kann er nicht, aber Günther in die Augen schauen und Hallo sagen –, der Kater.

Ich brauch eine neue Matratze, sagt Hanne, als sie am Nachmittag müde zu Ellies Tür hereinschlurft, um Luis abzuholen. Ja, eure sind schon ziemlich durchgelegen, sagt Ellie und wiegt Luis auf der winzigen Hollywoodschaukel, die sie extra für ihn ins Wohnzimmer gestellt hat, Babyschaukel kann ja jeder. Luis gluckst zufrieden, börkst eine Milchluftblase aus, zeigt auf das gerahmte Bild an der Wand, ein weißes Rechteck mit vier Stelzenbeinen und Schnurrhaarkopf, und sagt: Kschsche. Mutter und Oma klatschen erst in die Hände und sich dann gerührt auf die Brust, sein erstes Wort, Katze, nicht Mama, nicht Papa, Katze.

Soll ich dir neue Matratzen kaufen?, fragt Ellie, als die Rührwelle halbwegs verebbt ist. Nein, ich brauch nur eine, hab die kaputte heute Morgen vom Balkon geschmissen, und Ellie zündet die erste Stufe Verwunderung samt Wiederholzwang. Vom Balkon geschmissen, wieso das denn? Da war ein Tunnel reingebrannt, das hat noch ewig gekokelt, und ich konnte sie doch nicht liegen lassen, das hätte mir alles verstunken. Ein Tunnel reingebrannt. Ellies Augen sind jetzt endgültig geweckt und statt ihrer Neugier die Sorge. Was ist passiert? Sie kennt ihre Tochter, in demselben

Tonfall hat sie als Kind im Urlaub erzählt, sie wäre gerade barfuß auf eine Schlange getreten, so nebenbei, dass Ellie dachte, das kann nicht sein – aber dann hat Conny unterm Zelt gesucht und die Schlange gefunden, ein ungiftiges Ding zwar, aber was hätte alles ... Nein, im Konjunktivland zu leben hat sie sich schon früh verboten. Jetzt red schon, Kind, was ist passiert?

Die Lampe ist mir im Schlaf auf die Matratze gekippt und hat ein Loch reingebrannt, aber alles gut, Robin hat mich gerettet, ich muss nachher unbedingt rohes Fischfilet kaufen, das hat er sich verdient, und Windeln auch ... und, ach ja, die Matratze liegt ja noch unterm Balkon, die muss ich unbedingt wegbringen, bevor die Nachbarn ... Hanne zieht einen Zettel aus der Hosentasche und schaut sich nach einem Bleistift um. Aber du schläfst doch nie mit Lampe an, krächzt Ellie, damit Luis keine Angst kriegt, ansonsten wär die Stimme schon in den dritten Stock geklettert. Stimmt, aber eigentlich hab ich auch nicht geschlafen, sondern gelesen, und ich schlaf eigentlich nicht beim Lesen ein, und eigentlich war die kaputte Klemmlampe auch gut am Nachttisch befestigt, okay, nur mit Tape, aber bisher ist die noch nie umgekippt, und ausgerechnet heute, wo die Nacht so schlimm war und ich Luis deswegen zu dir gebracht hab und mir eine halbe Stunde in Ruhe Lesen gönnen wollte vor der Arbeit ... Ellie ist vor Schreck ganz stumm, außer einem *Kind Gottes!* und einem Blick wie ein Armbrustpfeil kommt nichts mehr aus ihr raus. Jetzt beruhig dich, sagt Hanne, ist ja nix passiert, der Robin hat mir auf der Brust rumgetrampelt und mir ins Gesicht geschrien. Hau ab, du blöder Kater, lass mich schlafen, hab ich gesagt, aber der hört einfach nicht auf und schreit und schreit und irgendwann hab ich mich zur Seite gedreht, um ihn runterzuschmeißen, und da flackert so was Komisches neben meinem Kopf. Diese blöden Fusselhaare, ich muss sie endlich abschneiden lassen, krieg doch eh nie im

Leben lange Haare, ich geb's auf. Ich geb's auf, echot Ellie, lässt die Hände in schierer Verzweiflung hochfliegen und die Lippen beben wie zu einer Aufwärmübung der Stimmbänder vor der Chorprobe. Die Matratze hat neben deinem Kopf gebrannt, keucht sie, Jessas, Maria und Josef. Ach, alles gut, der Robin ... Obbi!, krakeelt Luis mit breitem Grinsen, Kschsche!

Die eine nickt, die andere lässt den Kopf ungläubig von einer zur anderen Seite und zurück drehen, beide lachen, wie alle Mütter lachen, wenn sie dem tückischen Teifi wieder mal ein Schnippchen geschlagen haben und aus der Galgenschlaufe geschlüpft sind. Dieser Kater, sagt Ellie, ein Glück, dass du den hast, der war schon immer was Besonderes, diese kleine dicke Wurst mit Stummelbeinen, nicht mal allein aufs Sofa hochspringen kann er, aber retten und reden. Aber Hallo.

Es fällt
Augsburg, Spätherbst 1989

Die Fernseher waren fast das Erste, was in der neuen Wohnung aufgestellt wurde. Im Wohnzimmer, im Schlafzimmer, in Hannes Zimmer, das eigentlich das Schlafzimmer war, riesengroß und mit eigenem Balkon. Schon bald wird Hanne in der Clique als das Mädchen aus dem Haus der 1000 Fernseher bekannt sein, und auf die Frage, ob sie im Klo jetzt auch einen haben, wird sie nur noch mit einem müden Achselzucken antworten, dabei haben sie nicht mal in der offenen Küche einen Apparat, so wie die in den amerikanischen Serien, *Hart aber herzlich* zum Beispiel, die gucken Hanne und Ellie besonders gern.

So viele Geräte, und doch stehen Hanne, Ellie und Conny heute alle drei gemeinsam vor dem im Wohnzimmer, keinen Meter davon entfernt stehen sie und lehnen sich wie Trauerweiden zum Licht des Bildschirms hin, weil sie es nicht fassen können. Es ist früher Morgen, alle Sender lassen Zusammenfassungen der letzten Nacht in Dauerschleife laufen. Schon knattern die ersten Trabbis über Augsburgs Straßen, durchs runtergekurbelte Fenster fliegen Waaaahnsinnrufe raus und ab und zu Bananen und Zehnmarkscheine rein. Als wären die Ossis fahrende Affennutten, das ist ja grauslig, sagt Ellie und schüttelt sich. Weißt noch, Hanne, unsere ersten Mark, unsere ersten Bananen, aber doch nicht so! Hanne lächelt und nickt, ja, Mama.

Conny stützt sich am Rahmen des Fernsehers ab und starrt hinein wie Alice ins Kaninchenloch, wo zum Kuckuck kommt das Wunderland so plötzlich her? Die Grenze ist auf, einfach so. Wie kann das sein, so friedlich, so ohne Vergießen von Blut und Blei, nicht mal Wasserwerfer gab's. Er schüttelt den Kopf. Was haben die bloß für ein Glück. So ein stammelnder Apparatschik wirft ihnen die freie Ausreise aus Versehen als Betthupferl in den Schoß, und schon strömen sie von Ost nach West, und ich musste Kopf und Kragen riskieren. Mich haben die Serben eingesperrt und sogar noch mal ins Eiswasser der Donau geschmissen, um zu schauen, ob ich's aushalte oder nicht doch ein Spion bin, der ihnen Schwimmermärchen auftischt.

Ellie legt ihm eine Hand auf die Schulter, eine seltene Geste der Nähe. Schon gut, du hast das Richtige gemacht, noch zehn Jahre hätten wir unter Ceaușescu nicht ausgehalten, und so friedlich wär's da eh nicht abgelaufen, wird's auch nie.

Sie wird recht behalten, nur wenige Wochen später werden viele junge Menschen ihren Hunger nach Freiheit mit dem Leben bezahlen, erst in Temeswar, dann in Bukarest. Drei Jahrzehnte später wird Hanne in Bukarest zufällig an der Stelle vorbeikommen, wo damals der erste Student erschossen wurde, und die Freunde, die für ihn beteten, gleich hinterher. Noch immer legen Menschen ab und zu frische Blumen vor die Plakette an der Wand, Narzissen vom alten Mütterchen, das an der Straßenecke Sträußchen verkauft, zehn Lei das Bund gelber Erinnerung ans Rot. Nur einen Katzensprung weiter der Platz, von dem Ceaușescu mit dem Hubschrauber abgehauen ist, bevor er doch zurückmusste und samt seiner Elena, der verhasstesten Frau des Landes, einem Blitztribunal unterzogen wurde, in seinen grauen Mantel zurückgeschrumpft wie eine ins Eck gedrängte Ratte, und nichts verstand. Hanne denkt daran zurück, wie sie mit Ellie den kurzen, abrupt abbrechenden Film gesehen hat, Ceaușescus Erschießung in irgendeinem Hinterhof, zwei Lumpenbündel vor einer Mauer zusammengefallen, das Filmmaterial so gnädig verwaschen, dass nichts Genaues zu erkennen war. In rumänischen Nachrichten brüllen Stimmen ins Mikrofon, er hat gekriegt, was er verdient hat, und Ellie bekreuzigt sich. Nein, nicht mal der hätte so was verdient, aber wer kriegt im Leben schon, was er verdient hat, und im Tod erst recht nicht.

Im Spätherbst 1989 kriegen erst mal die Deutschen, was sie verdient haben, erst fällt die Mauer, die Hemmungen voreinander dann viel später, und in so manchem Kopf die Grenzen vielleicht nie. Es ist, als wäre der Bildschirm magnetisch, so haften Ellies und Connys und Hannes Blicke dran, erst das noch ungewohnte Schrillen der Türklingel löst den Kontakt. Ellie steigt stirnrunzelnd die Treppe hinunter, ob das wohl ein Nachbar ist, gibt's den Brauch hier überhaupt, mit Brot und Salz fürs neue Heim. Es ist aber die Post, ein Telegramm für Sie, ein Telegramm, Jessas, wer schickt heutzutag noch Telegramme, aber Ellie unterschreibt blind und reibt das graubrüchige Papier zwischen den Fingern.

Johann tot +++ Bergunfall in Ö +++ Lebwohl +++ Marianne

Ellie greift nach dem Treppengeländer, dass die Fingerknöchel weiß aufleuchten. Ö? Österreich? Da hat er also all die Jahre gelebt? Und wieso Bergunfall, war er etwa Kletterer oder was, er, der nicht mal eine Pappel hochkam, und überhaupt, wie ... tot? Das passt doch gar nicht zu ihm. Johann tot.

Ellie schleppt sich Stufe um Stufe wieder ins Wohnzimmer hoch. War nur ein Klingelstreich, sagt sie leise und lässt das Telegramm in die Tasche gleiten. Das nimmt dich ja ganz schön mit, sagt Conny mit Blick auf die gestreimten Wangen seiner Frau, die ihre Augen starr in den Fernseher bohrt. Ist doch auch unfassbar, die Mauer ist gefallen, sagt Ellie, die Menschen kommen wieder zusammen. Nur sie ist wie immer allein und wird's bleiben, allein in der Freud und allein im Weh. Sie streicht unbemerkt über das Papier in ihrer Tasche, das nie jemand anderes lesen kann, und wenn sie es nachher kleingezupft ins Toilettenbecken spült, ist es irgendwann vielleicht so, als hätte sie es auch nie gelesen. Vielleicht. Irgendwann.

Es pupst
Hamburg, Herbst 2007

Der Kindergartenplatz ist wie ein Sechser im Lotto, und genauso brennend wird Hanne darum beneidet, als sie erzählt, dass sie ihn für Luis ergattert hat. So schön leise da, eine Wohltat im lauten Hamburger Großstadtleben, das hat Luis gleich gefallen. Was macht es da schon, dass der Platz fast mehr kostet, als Hanne verdient, und die Eltern allwöchentlich die Räume putzen müssen, weil eine Reinigungskraft dem pädagogischen Konzept widerspricht – Hauptsache, Luis fühlt sich da wohl. Außerdem hat man ihr versprochen, dass sie so lange dableiben darf, bis Luis sie nicht mehr braucht, Luis, der schon Panik kriegt, wenn Mama zum Briefkasten oder zum Klo will, bei Ersterem stellt er sich in die offene Tür und lässt sie nicht aus den Augen, bis sie die Treppe wieder hochkommt, bei Letzterem setzt er sich auf den WC-Läufer, bis sie fertig ist, und hilft ihr dann beim Händewaschen, damit sie es auch richtig macht.

Am ersten Kindergartentag trägt Luis stolz seine kleine Tüte, aber weder er noch die andere Neuen werden besonders begrüßt oder eingewiesen, das Konzept sieht vor, dass sie sich alles selbst aneignen, durch Beobachten und Nachmachen. Hanne versteht sehr schnell sehr viel. Dass es zum Beispiel nur deswegen so leise ist, weil die Kinder beim Essen nicht sprechen dürfen, und wenn einer seiner Mama nachweint (einer der Neuen, der es noch nicht begriffen hat, oder Corinne, die es auch nach einem Jahr noch nicht begriffen hat), wird er in den Flur geschickt, um die anderen nicht zu stören. Darf ich in deinen Spielbereich kommen?, hat man zu fragen, wenn man auf jemandes Teppichfliese will, und nachdem Luis Hannes Drängen, geh und spiel doch mit den anderen, unter finsterem Geblicke nachgegeben hat, fängt er sich drei Teppichfliesenklatschen ein und flüchtet dicklippig schmollend wieder auf Mamas Schoß. So geht das nicht, sagt Babette, die Erzieherin, zu Hanne, du behinderst das Kind in seiner freien Entfaltung und die anderen gleich mit, du nimmst hier zu viel ... Präsenzraum ein.

Noch weitere drei Tage bremst Hanne die stummen Kinder durch ihre Anwesenheit aus, dann lässt sie sich widerstrebend heimschicken und versichern, wenn es Luis schlecht geht, rufen sie an. Der Vormittag vergeht ohne Telefonschrillen. Als Hanne zum Abholen schreitet, hofft sie wider allen Mutterinstinkt auf einen fröhlichen Luis, der sich endlich aufs selbstbestimmte Kinderleben eingelassen hat – geliefert wird ihr ein heiser geschrienes, nassgeschwitztes Etwas, wo kämen wir denn hin, wenn wir die Kinder bei jedem Pups und Mucks gleich zu Mama ließen, die müssen doch lernen, dass wir nicht nach ihrer Pfeife tanzen.

Luis pfeift sich erst mal kurzatmig und fiebrig ins Bett und bleibt da eine ganze Woche. Nachts hat er Alpträume, in denen er Babettes Namen schreit. Als Hanne ihn wieder in den Kindergarten bringt, macht sie sich unbeliebt, indem sie Sachen hinterfragt, die ihr zuvor nicht aufgefallen waren, wo sind eigentlich eure Bücher, die Musik, die Spiele? Babettes Blick ist so schwarz, als überlege sie, Hanne wegen Kindesmissbrauchs anzuzeigen. Hier wird weder gelesen noch gesungen noch gespielt, das könnt ihr meinetwegen zuhause machen, hier wird gearbeitet.

Das ist der begehrteste Kindergarten der Stadt, ich weiß gar nicht, was du hast, zischt eine andere Mutter beim Abholen – ihr

Junge steht mit grauem Blick und abgeschliffenen Ecken daneben –, hier üben die eben schon mal ein, in der harten Welt da draußen zu bestehen. Nur Corinne ist zu weich und klammert sich immer noch an Babette fest, sobald ihre Mutter sie abgeliefert hat. Ich bin doch kein Kletterbaum, sagt Babette und pflückt sie von sich ab. Das also wäre Luis' Zukunft in einem Jahr, denkt Hanne, entweder gemeinschaftskompatibel abgerundet oder für alle Zeiten wundgescheuert.

Jeden Morgen schreit Luis *Ich will nicht!*, und in Hanne seufzt der letzte Rest auktorialer Ernährer, aber er braucht doch andere Kinder und Struktur und überhaupt ... und ich, ich brauch wenigstens ein paar Stunden am Tag zum Geldverdienen. Mittags hat Luis immer weniger Hunger. In einem der seltenen Momente, wo er allein in seinem Zimmer spielt, schlüpft er in Babettes Stimme, laut und schneidend zersäbelt er die Luft, dabei hieß es doch, Schreien passe nicht zum pädagogischen Konzept. Babette hat gesagt, ich bin ein asoziales Kind, erzählt Luis am Abend, ist das gut? Du bist perfekt so, wie du bist, sagt Hanne leise und hebt sich das Kopfschütteln für später auf.

Am nächsten Morgen heult Luis wieder, muss ich? Er stutzt, als Hanne blitzentschlossen Nein sagt. Nein, du musst da nicht mehr hin. Nie wieder? Nie wieder. Und dann fliegt er in Mamas Arm drei Jahre kniehoch, und trotzdem bohrt er ihr das Herz in ihres, danke, Mama, danke, und Hanne beißt sich die Wangen innen blutig, weil sie zuerst so blind und blöd war. Babette am Telefon kann es gar nicht fassen, das ist noch nie vorgekommen, dass Eltern diesen kostbaren Platz wegwerfen. Dann wurde es wohl Zeit fürs erste Mal.

Fast sieben Wochen sucht Hanne vergeblich nach einem anderen Kindergarten, zweimal gewinnt man im Lotto halt nicht. Der sympathische kleine um die Ecke hat keinen Platz frei, aber irgendwann sagt Luis, du musst da noch mal anrufen, und Hanne schaut ihn lange an, dann nickt sie, und siehe da, gerade ist ein Platz frei geworden, also ehrlich jetzt. Zum Vorstellen brauchst du das Kind nicht mitbringen, ich will nur die Eltern sehen, die Kinder sind nie das Problem, sagt Katinka, die Erzieherin, und Hanne weiß sofort, sie füllt nie wieder einen Lottoschein aus.

Am ersten Kindergartentag kriegt Luis alles gezeigt, vor allem die vielen Bücher hier, und Katinka nickt ernst, als wäre es das Selbstverständlichste, dass ein Dreijähriger schon lesen kann, nur die Großbuchstaben, die kleinen mag er nicht so, und seine komplette Telefonnummer aufschreibt. Nur für den Fall, dass Katinka doch mal Mama anrufen muss, aber das wird wohl nicht nötig sein, denn Luis hat beschlossen zu bleiben. Katinka braucht ihn zum Knuddeln und macht lustige Witze, außerdem hat sie ihn zum Pupswettbewerb herausgefordert und er hat gewonnen.

Jahre später treffen Hanne und Luis Babette auf der Straße wieder, sie steht mitten in einem der Mutter-Sohn-Lachanfälle plötzlich vor ihnen und hat ein kleines Mädchen an der Hand, das sich stumm an Mamas Bein klammert. Aus dem ist ja doch noch was geworden, sagt Babette mit ehrlichem Erstaunen. Aus dir auch, sagt Hanne freundlich, eine Mutter, wie schön.

Es streicht
Reschitza, Winter 1968 / Hamburg, Frühjahr 2002

Schau zu, dass es ein Junge wird, wenn ich schon Vater werden muss, sagt Conny und schiebt ein Lachen hinterher, aber es klingt wie ein Nagel, der rotrostig in die Fußsohle eindringt und beim Herausziehen rotblutig jede Tetanusspritze verhöhnt. Ellies Oberkörper kippt bei der neuesten Wehe vornüber, als würde sie sich wie ihre halbe Kindheit hindurch über die erklommene Teppichstange hängen, aber sie stemmt die Hände in die Nieren und zwingt ihn wieder hoch. Ja sicher, und wenn's ein Mädchen ist, schieb ich's wieder zurück ins Rohr, oder wie?, keucht sie. Schau lieber zu, dass es hier schön wird. Sie deutet auf die eng beisammengedrängten vier Wände um sich, die einzigen vier, die sie haben, und die sind immer noch dreckfleckig und voller altergrauer Weißelschuppen, weil der Eimer mit der neuen Farbe seit Wochen in der Ecke Staub fängt. Sie haben ein Klappsofa, an dessen Kopfende der Kinderwagen stehen wird, der zugleich Wippe, Bettchen, Stubenwagen und Schaukelpferd ist, dazu eine schmale Anrichte mit Büchern von Ellies Vater Alwin und einer kleinen gipsgrauen Marienstatue von Omama Edith, je zwei Stück Besteck von jeder Sorte und einen Stuhl vor dem winzigen Holztisch, in dessen Platte Ellie ihre spitzen Abendschulellbogen bohrt.

Sie wirbelt auf dem schief abgelatschten Absatz ihrer Halbschuhe herum und eilt zum Nachbarn, bevor die nächste Wehe sie ereilt, der Nachbar ist der Einzige mit Auto und hat versprochen, sie zum Spital zu fahren, wenn es soweit ist. Conny bleibt stehen, starrt sich in die Handflächen und streicht sich dann mit der einen die blonde Elvistolle aus dem Gesicht. Vater, wie das klingt. Aber ein paar Stunden bleiben ihm noch.

Der Nachbar bringt eine hin und zwei zurück. Mit dem kuvertierten Hannebündel auf dem Arm kauert Ellie am nächsten Tag auf dem Rücksitz, schräghüftig und nur ganz vorn auf der Kante, weil sie noch nicht wieder richtig sitzen kann. Schön isses geworden, lächelt sie in ihrem Einraumtraum Conny an, der mit farbversprenkelter, gefurchter Stirn vor der hellblauen Wand steht, an ein paar Stellen glänzt es noch feucht. Aber es ist fertig und die Ränder makellos, freihändig links und tropffrei malert er die, ohne Abkleben und Vlies. Und kein Junge, sagt er leise, aber dann legt er den Pinsel weg und zieht die Stofffalten über Ellies Armbeuge auseinander, bis Hannes Stupsnase und Schmollmund herausleuchten, dass er regelrecht zurückweichen muss. Vater, wie sich das anfühlt. Ganz recht, kein Junge, dafür kann ich nichts, hättst halt zulassen sollen, dass ich eins der letzten sechs behalte, die du mir reingestochert hast, statt mich zu zwingen, den Dokter Mauss zu bestechen, dass er sie mir alle wieder rausstochert, den einen so spät, dass man den Zutzl dran schon ablesen konnte. Das eine Kind, das ich haben darf, ist jetzt ein Mädchen, und perfekt ist sie, sonst nix, verstehst, ob's dir passt oder nicht, sie passt zu uns. Und im *Uns* fehlt hörbar alles Väterige, es meint nur die Mütter, die ganze Dreierachse hoch bis zur Omama.

Das war doch damals was ganz anderes, sagt Günther, als Hanne die Abtreibungen ihrer Mutter ins Feld führt, die ihr zeitlebens die Schultern herabdrückten, auch wenn sie nur die lässlichen und unerlässlichen Vorstufen waren zu ihrem einen, perfekten Kind.

Ich zwing dich doch zu nichts, ich bin für dich da und ich bleib da, egal was kommt. Das mit Günther und ihr ist noch so frisch und unverdorben und zu schön, um wahr zu sein, und trotzdem wahr. So viele Jahre hatte sie den immer gleichen Traum gehabt, von einem Mann ohne Gesicht, der sie von allen Seiten vollkommen machte, heil und ganz, so sollte sich das anfühlen, das Leben, genau so, und seit Günther da ist, ist der Traum überflüssig und weg, so muss sich das Leben anfühlen, genau so. Hanne ist punktgenau gelandet, endlich zuhaus. Noch so vieles ist unfertig, die Scheidung vom Leben davor, die Wohnung mit den nackten Wänden, den unausgepackten Bücherkisten und dem wenigen Besteck im Kasten, zwei Stück von jeder Sorte. Und der Schmerz, Ellie verlassen zu haben, der tiefste Dolchstoß ins Mutterherz, er ist Hanne so unendlich schwergefallen, aber er musste sein, und Günther hat ihre zitternde Hand gehalten und gesagt, du kappst nur die zu kurze Leine, nicht das enge Band. Mama, bist du das, wisperte Hanne, wenn samstagabends dutzendfach das Telefon schrillte, dann aber niemand zu hören war, nur das unterdrückte Röcheln von jemandem, der keine Luft mehr kriegt, und wenn Hanne im Süden anrief, war immer besetzt.

In diesem trocknen Nest hoch droben im Norden, dem noch jede Auskleidung abgeht, war bislang kein Platz für Gedanken an ein Kind, ach, ohnehin waren sie beide als so gut wie unfruchtbar gestempelt worden, verhütet haben sie trotzdem mit dem letzten Rest Vernunft, und doch. Und doch kam da ein Es mit der Wucht eines Wirbelsturms hereingebraust und hat sich eingenistet, und jetzt stehen sie seit Wochen da und wälzen Wörter von einer Bettseite auf die andere, nein, Hanne steht nicht, sie spreizt sich im Spagat zwischen Ja und Nein, halb hofft sie, das Ungeplante würde ihr dabei aus dem Schoß fallen und ihr die Entscheidung ersparen, aber das tut es nicht. Günther will das Kind nicht und polstert sein Nein mit weichen Worten, später, vielleicht. Und Hanne kann es ihm nicht mal übelnehmen, vor allem nicht, als er verspricht, komm, bitte, gib uns zwei Jahre, nur zwei Jahre, dann machen wir ein Kind. In ihrem Inneren schlitzt sich das zweischneidige Schwert unaufhörlich durchs Weiche. Sie ist schon Mitte dreißig und dies vielleicht ihre einzige Chance aufs Muttersein, das sie ihr Leben lang nie infrage gestellt hat. Wer weiß schon, was in zwei Jahren noch geht, und ein Kind aus großer Liebe geboren, gibt's was Schöneres? Andererseits, sie haben wirklich noch nichts voneinander gehabt, gar nichts außer der zweisamen Euphorie eines Endlichbeginns, und die soll schon nach so kurzer Zeit dem Dreieck Platz machen, an dessen Standfestigkeit Günther sowieso zweifelt?

Nichts im Leben ist schwarz-weiß. Nichts ist allzeit richtig oder falsch, höchstens für den Augenblick, da man sich entscheiden muss, weil Nichtentscheiden auch Entscheiden hieße. Am Ende ist es für den Kopf eine Rechenaufgabe, Günthers einhundert Prozent Nein plus ihre fünfzig, was soll dabei anderes rauskommen, Bauch und Herz enthalten sich der Stimme. Bist du sicher, fragt Günther noch mal und streicht ihr liebevoll das Haar aus dem Gesicht. Sind Sie sicher, fragt die Ärztin, bevor sie sich die Gummihandschuhe überstreift und sich auf den Hocker zwischen Hannes Beinen setzt, und Hannes Nein sagt zweimal Ja.

Hinterher ist alles nur noch Abhaken, kurz Ausruhen und dann Weitergehen. Es ist okay, wie es ist, sie werden reisen, so viel nur geht, im Riesenrad des Praters jauchzen und in Ehrfurcht verstummen angesichts des bunten Herbstlaubs von Neuengland, Träume, die endlich in Erfüllung gehen. Daran, dass die Rechnung für diese Entscheidung kommen wird, daran zweifelt Hanne keine Sekunde, aber sie verweigert jeden Gedanken ans Wann und Wiehoch.

Das Versprechen, zwei Jahre zu zweit auszukosten, ohne auf Kind zu plädieren, kann Hanne nicht ganz halten, ein halbes Jahr zu früh bricht sich das Kindweh wieder Bahn, und das wird Günther ihr ein Leben lang übelnehmen. Monatelang walzen Wörter wieder alles andere Leben zur Seite, fließen salzige Tränen ins süßwassrige Schwimmbad, in das sich Hanne allwöchentlich flüchtet. Es wird immer schlimmer, je näher der errechnete Geburtstag des nicht realexistierenden Kindes seiner Einjährung kommt, ein Tag vorm Heiligen Abend, genau wie Ellie, wäre ihre Tochter geboren worden – denn eine Tochter wär's geworden, das spürt Hanne –, aber nicht mal den Schmerz über diese Koinzidenz darf sie mit Mama teilen, denn: Wir dürfen mit niemandem drüber reden, hatte Günther gesagt, mit deiner Mutter schon gar nicht, damit würdest du ihr doch nur unnötig wehtun. Jahre später erfährt sie von seiner Exfrau, die er doch verachtet wie nichts auf der Welt, dass er immer wieder bei ihr war, von der Abtreibung erzählte und von seinen Trennungsgedanken, weil Hanne eine Andere sei, nicht die perfekte Traumfrau, für die er sie gehalten hat. Mit schwarzschweren, endlosen Gesprächen über ein Kind raube sie ihm jetzt den Schlaf und jeden Funken Lebensfreude. Und dann kann er irgendwann nicht mehr, trinkt sich mit ein paar Guinness die Vision von einem unwackelbaren Dreieckstisch schön und gibt nach, um endlich Ruhe zu haben, doch er erntet das genaue Gegenteil.

Als Luis geboren ist, sieht Günther seinem Ebenbild in die Augen. Vater, so ist das also. Es ist ein Blick, den Hanne erst nicht deuten kann, dann kann sie nichts anderes als schiere Liebe drin lesen, nichts anderes ist denkbar. Hanne streicht jeden Zweifel aus ihrem Denken und Luis die zarten Monchhichi-Härchen aus dem Gesicht. Es ist ein Junge, es ist ihr Kind, es ist perfekt.

Es kniet
Hamburg, Juni 2016

Erinnerungen sind wie Taschentücher in der Schachtel, kaum hat man eine am herauslugenden Zipfel gepackt und ans Licht gehoben, zieht sie schon die nächste hinter sich her, und die nächste, die nächste, ad infinitum oder eben bis die Schachtel, die sich Leben nennt, leer ist. Hanne kniet an Mamas fünftem Todestag an deren Grab, in der bestürzenden Erkenntnis, dass nicht alles Erinnern wahr sein kann, das menschliche Gedächtnis keine Videokamera, die alles aufzeichnet, auf dass man es beliebig zurückspulen und abspielen kann. Wie jedes Papiertuch ist auch jede Erinnerung geprägt und eingefärbt, eingehüllt in die Düfte der Zeit, des Raums, der Häufigkeit, mit der etwas als stille oder laute Post von hier nach da und weitergetragen wurde, schon verändert, kaum dass es passiert ist.

Hanne reibt sich über die fröstelnden Oberarme und spürt sofort Mamas Arm um ihre Schultern, Mamas Achsel unter ihrer Schläfe, wenn sie gegen die Kälte eingemummelt im gemeinsamen Bett lagen. Mama erzählte Geschichten, nicht unbedingt Märchen, die mochte Hanne gar nicht besonders, eher Geschichten von echten Menschen und echten Drachen, nicht immer jugendfrei, nicht immer lustig, aber immer besonders, und fast jeden Abend anders, weil Mama sie nirgendwo ablesen konnte als in ihrem Kopf. Und keine Geschichte konnte die letzte sein, denn Hanne krähte jedes

Mal *Noch eine, nur noch eine!*, wenn Ellie *So war das damals, und jetzt gute Nacht!* sagte. Und Mama seufzte und setzte zur nächsten an, und an manchen Abenden war die Geschichtenkette so lang, dass sie erschöpft halbschläfern abrutschte von einer in die andere, und Hanne stupste sie an und sagte, so geht die Geschichte doch gar nicht, und Mama schüttelte den Kopf und versuchte es neu, noch eine und noch eine. Nur selten hatte sie Glück, dass Hanne sich zum Abschluss auf zwölf Strophen eines Liedes einließ und vor ihr einschlief, ohne ihren Noch-eine-nur-noch-eine-Refrain zu singen.

Auch wenn sie weiß, dass Mamas und ihre Glücksuhren meist im selben Takt schlugen, erinnert Hanne auch große Streits, die so groß gar nicht gewesen sein können, sich wohl nur tiefer eingepunzt haben ins Schmerzgedächtnis dessen, was man alles so gern zurücknehmen würde und nicht kann. An den Inhalt der Streits kann sie sich kaum noch entsinnen, wohl aber an die abstrusen Auswirkungen, die alles meist nur noch schlimmer machten, weil auch das zum Großwerden gehört, lernen, wie man's nicht noch schlimmer macht.

Einmal waren Dana und Tibi mit ihren Eltern zu Besuch, da hatte Hanne gerade mit Mama Streit gehabt, war rausgerannt, hatte sich an den blankpolierten linken Pfosten der Teppichstange geklammert und sich geschworen, nicht mehr ins Haus zu gehen, bevor Mama sich nicht entschuldigte. Die aber kam nicht, dafür Dana und Tibi mit der Nachricht, sie sei diejenige, die sich zu entschuldigen habe, und zwar gscheit, dann wär alles wieder gut. Dann rauschten die Geschwister wieder rein, halb erschrocken, halb ehrfürchtig vor Hannes sturer Weigerung, und ließen sie mit der Dämmerung allein, deren Einbruch sie vorher noch gar nicht gespürt hatte. Hanne kroch die Böschung hoch und schielte über die Erdkante zum Wohnzimmer. Mama stand am Fenster und spähte in die Dunkelheit, das warmgelbe Leuchten der Deckenlampe im Rücken, wo die anderen am Tisch saßen und kauten, stemmte die Hände in die Hüften und reckte die zusammengekniffenen Lippen vor wie immer, wenn sie sich Sorgen machte. Geschieht ihr ganz recht, überknurrte Hanne ihren leeren Magen, ich geb jedenfalls nicht klein bei.

Ein paar Dunkelstufen später schlich Hanne um den Block herum, um nicht gesehen zu werden, wie sie angekrochen kam. A Entschuldigung will sie haben, a gscheite, na die soll sie kriegen. Hanne drückte die Haustür auf und stapfte, ohne nach links oder rechts zu sehen, auf Mama zu, die inzwischen wieder am Kopfende saß, schmiss sich daneben auf die Knie und intonierte, Majestät, Eure untertänigste Dienerin bittet um Verzeihung, erweist mir die Güte, mich ... Weiter kam sie nicht, Mama schleuderte die Serviette auf den Tisch, jetzt reicht's aber mit dem Theater, was soll das, kannst dich nicht entschuldigen wie jeder anständige Mensch. Aber um ihre Mundwinkel zuckte es, na jetzt wo'st schon mal da bist, kannst auch glei dableiben. Und ihr hockt euch auch wieder hin, wandte sie sich an die Gäste, die schon beklommen flüchten wollten. Jetzt steh endlich auf und setz dich, sagte Ellie, mit a bissl Glück ist dein Pürree noch warm. Wortlos schob sich Hanne auf den Stuhl hoch, die Schand und die Freud brannten in ihrem Bauch um die Wette.

Wie erst muss Tata sich geschämt haben, denkt Hanne, die Knie voller Graberde, damals, als wir aus Kroatien zurückgekommen sind. Im dritten deutschen Sommer war das, eine Kollegin von Tata hatte ihnen eine günstige Ferienwohnung vermittelt, die Vorfreude darauf schmeckte nach Salz und gelbem Sonnenglück, aber dann wurde Mamas Urlaub in letzter Minute gestrichen, und nach langem Ringen willigte Conny ein, mit Hanne allein nach Kroatien zu fahren, besser so als gar nicht. Zum ersten Mal saß Hanne auf dem Beifahrersitz, die Europakarte mit der schon rot eingezeichneten Route auf dem Schoß. Sie sprühten beide vor britzelnder Abenteuerangst, doch mit jedem Stück Stau und jeder verpassten Abzweigung wurde die Freude schaler, wie eine Flasche Sprudelwasser, die jemand offen stehen gelassen hat.

Als sie an der felsigen Küste ankamen, in dem Dorf mit dem unaussprechlichen Namen, war der Sonnenuntergang schon in Sichtweite und die Farben am Ergrauen, trotzdem verriss das erste Aufblitzen des Meerblaus Conny beinahe das Steuer, und Hanne kurbelte die Scheibe des scheppernden Audi 80 herunter und schrie ihr angestautes Glück über die Klippen ins Meer.

Die Wirtin setzte ihnen an einem Tisch, dessen karierte Plastikdecke von der Hitze klebte, eine Fischplatte vor, die betörend duftete und noch besser schmeckte. Conny süffelte einen Schluck vom hellroten Wein, legte den Kopf in den Nacken und seufzte, ach, wäre deine Mutter doch auch hier, wieso lässt sie mich immer allein gehen, wieso wieso. *Ich* bin doch da, dachte Hanne, und sowieso, nie im Leben kannst du Mama mehr vermissen als ich, aber beides schluckte sie ungesagt hinunter.

Sie bezogen zwei benachbarte Zimmer mit einem winzigen Klo dazwischen. Hanne breitete ihr Nachtzeug auf der schmalen Pritsche aus, stapelte den Rest ihrer Sachen in einem nach Mottenkugeln und Algen müffelnden Schrank und setzte sich mit dem Zettel, der ganz oben in der Tasche gelegen hatte, auf die Bettkante.

Mein Goldkind,

ich wünsch dir zwei herrliche Wochen in Kroatien.
Tut mir leid, dass ich nicht mitkann, ich wär so gern mit dir
zusammen das Krokodil geschwommen, aber ich möchte,

*dass du trotzdem Spaß hast, rosa Muscheln suchst und
schön bronziert wieder heimkommst. Pass auf dich
und deinen Tata auf. Schreib mir eine Postkarte und denk
dran: Was man in der ersten Nacht in einem fremden
Bett träumt, wird wahr, also träum was richtig Gutes,
meine Herzallerliebste.*

Mama

Hanne ließ sich seitlich aufs ungewohnt kratzige Kissen sinken, knüllte den Zettel in der Faust und redete sich ein, es wäre Mamas Daumen. Dann versank sie in einen Erschöpfungsschlaf und träumte etwas, was auf ewig unerinnerbar und damit unerfüllbar blieb, weil es von außen abgeschnitten wurde. Es war noch Dreiviertelnacht und draußen schlängelten sich erst wenige Lichtfäden über den Horizont ins Land, als Tata an Hannes Tür klopfte und dann auch gleich reinstürmte, das Gesicht so schmerzverzerrt, dass sie im Schlafnebel sicher war, er habe sich schwer verletzt. Doch dann warf er sich vor dem Bett auf die Knie und legte die Stirn auf den hölzernen Rahmen, ich kann das nicht, ich kann nicht hierbleiben, bitte. Hanne schüttelte die letzten Traumfasern beiseite. Aber was ist denn los, wir sind doch gerade erst angekommen. Ich kann ohne deine Mutter nicht, verstehst, ohne sie bin ich nichts, ohne sie ist der schönste Urlaub nichts, wir müssen zurück. In Hannes Brust züngelte ein Freudenfunken, sie durfte zu Mama zurück, zu Mama, aber dann dachte sie an das strahlblaue Meer, das sich da unten an den Felsen brach, an die Muscheln, an den Salzgeruch. So oder so, es hatte keinen Sinn, Tata hier halten zu wollen, der war nicht zu halten, in keinem Land und keinem Leben, immer zog es ihn fort, weg oder zurück, manchmal gab es dazwischen auch keinen Unterschied.

Es dauerte keine Viertelstunde, die Sachen wieder in die Tasche zu stopfen, der Hauswirtin eine Nachricht und ein paar D-Mark-Scheine dazulassen, schon saßen sie wieder im Auto. Der Rückspiegel rahmte den letzten blauen Meerblick ein, dann folgte Hannes Finger der roten Spur auf der Karte in die umgekehrte Richtung. Der Rückweg war kürzer.

Conny stürzte mit freudglühendem Gesicht in die Wohnung, Ellie, Ellitschka, wir sind wieder da, ich hab's nicht ausgehalten ohne dich, und Hanne stiefelte langsam hinterher. Wo ist sie denn, rief Tata und hetzte von einem Zimmer ins andere, wo steckt sie nur? Kaum dreht man ihr den Rücken zu, schon treibt sie sich herum, weiß Gott wo, weiß Gott mit wem … Sie wird arbeiten sein, schrie Hanne, die nicht mehr konnte, zwei Tage und eine halbe Nacht hatte sie sich von ihm treiben lassen, hin und her wie ein Hase auf der Flucht. Schau doch, der Rex! Tatsächlich, der Hund war gar nicht an die Tür gekommen, um sie zu begrüßen. Wie jeden Tag stand er aufrecht am Fenster und schaute auf die Straße runter, die Ellie gleich vom Krankenhaus entlangkommen würde, der Hund spürte es immer auf die Minute genau.

Unten stockte Ellies Schritt, als sie das Auto vor dem Haus sah, dann beschleunigte sie und stürmte durch die Tür, was ist passiert? Aber dann sah sie Hanne, die heile war und nur traurig mit den Schultern zuckte, und sie brauchte nur einen Blick auf Connys Miene, um zu begreifen. Na servas, jetzt hast dem Kind die Ferien verdorben, hat's das unbedingt gebraucht, du Bleedian, kriegst du denn gar nix alleinig hin?

Hannes Taschentücher sind aufgebraucht wie die Erinnerungen. Sie sammelt die zerknüllten Tücher im leeren Plastiktopf der nun eingepflanzten Blume, hievt sich hoch und streift sich die Graberde von den Knien. Ach Mama, was gäb ich drum, noch eine

Nacht in deiner Achselhöhle zu liegen, noch eine Geschichte zu hören, noch eine Stunde mit dir zu reden, eine Minute, eine Sekunde, noch eine, nur noch eine.

Es schweigt
Hamburg, Frühsommer 2011

Für jeden Menschen gibt es im Leben den einen Tag, bis zu dem er unsterblich ist, unbesiegbar, unzerstörbar. Manche spüren den Tag, wenn er da ist, umarmen ihn und leben von da an bewusst im Angesicht ihrer jederzeitigen Sterblichkeit. Andere verpassen den Tag schlicht. Und wieder andere weigern sich, ihn anzunehmen, und wehren sich mit der Feigheit der Verzweiflung stets aufs Neue dagegen, als könnten sie trotz ihrer Glatzen, Wampen und morschen Hirne ewig jung und am Leben bleiben.

Für Hanne ist dieser Tag gekommen, als ihr Sohn mit blauem Gesicht und todmattschwarzen Augen in ihren Armen liegt und sie ihn ins Leben zurückhauchen muss. Von hinter den Ohren schiebt sich das Rosa in sein Gesicht zurück und verdrängt das Blau. Ab diesem Tag labelt sie das Leben nie mehr als etwas, worauf sie selbstverständlichen Anspruch hätte. Für den Vater ihres Sohnes ist dies der Tag, an dem er endgültig auf eine neue Spur abbiegt. Die Panik angesichts des schmalen Grates zwischen Leben und Nichtmehr treibt ihn weg, hinein in eine Kunstwelt selbsternannter Allmacht, in eine Welt des *Mir kann keiner was, schon gar nicht vorschreiben, dass ich zu leiden habe*. Auf dem schmalen Grat ist nicht leicht balancieren. Dabei hat Hanne vorher immer gedacht, er hätte den besseren Gleichgewichtssinn. Wie man sich täuschen kann.

Hanne wird nie mit Sicherheit sagen können, wann im Leben ihrer Mutter dieser Tag gekommen ist. Vielleicht an dem Tag, an dem eine Pappel ihr das Kind gerettet hat. Vielleicht aber auch erst heute, an dem Tag, als sie ihren letzten ganzen Satz ausspricht: Ich muss heute sterben, Kind, aber ich will nicht.

Ellie liegt auf der Krankenhauspritsche, die selbst für diesen ledrig eingeschrumpften Greisinnenkörper zu schmal scheint, sie zittert vor Angst, und alle umzingeln sie, Hanne und Günther und Conny und drei Leute in Kitteln. Letztere zuppeln überall an ihr herum, die Lunge wurde schon abgesaugt, damit sie nicht ertrinkt, der Katheter gelegt. Sie krallt nach Hannes Jackenaufschlag und versucht sich daran hochzuziehen, das soll sie nicht, aber sie muss. Ich muss, verstehst, ich muss pischen, aber im Sitzen, zischelt sie Hanne ins Ohr. Ist gut, Mama, der Katheter kommt weg, wir brauchen einen Toilettenstuhl. Hanne schlägt Connys Einwände beiseite. Du hast sie fünfzig Jahre nicht in Ruhe leben lassen, lass sie jetzt wenigstens in Ruhe sterben. Der Oberarzt macht große Augen und Conny einen großen Empörungsmund, aber das ist Hanne so was von wurscht. Eine Schwester zieht den Katheter so heftig, dass mit dem Ruck auch ein Schrei rauskommt, wie Hanne ihn seit Jahrzehnten nicht mehr aus Mamas Mund gehört hat, dann wird endlich der Stuhl geholt und Ellie vorsichtig draufgehoben. Hanne zieht ihr das hochgerutschte Nachthemd über die ausgehöhlten Oberschenkel, soviel zum Thema Würde. Jetzt geht doch endlich alle raus, schreit Hanne, oder dürfen Sterbende keine Privatsphäre haben? Raus! Ich halte sie schon, ich lass sie nicht fallen.

Ellie lehnt den Kopf an Hannes Bauch und lässt laufen, lässt das letzte Wasser ausströmen. Nie wieder wird Hanne ihre Mutter im Arm halten, ihre spitzen Schulterknochen spüren, auf deren einstmaliger Weichrundheit sie so viele Jahre eingeschlafen ist. In kein Polster der Welt kann sich eine Kinderwange so schmiegen wie in Mamas Achselhöhle. Wie soll man das als Kind denn begreifen, auch wenn man längst kein Kind mehr ist? Und da sagt Ellie den Satz mit dem Nichtwollen, als nur Hanne sie hört. Ich muss heute sterben, aber ich will nicht.

Das Krankenhaus ist voll belegt, aus dem Behandlungsraum kann Ellie in kein normales Stationszimmer, sie kriegt bloß eine fensterlose Kammer zugewiesen und eine mit gesenktem Blick wortlos ausgesprochene Entschuldigung dafür. Kaum liegt sie da ein paar Minuten, keucht sie, Licht, Licht, und Luft! Hanne rennt auf den Flur und greift sich die älteste Schwester, die sie finden kann. Meine Mutter verlangt nach Licht und Luft, verstehen Sie, Licht! Die Schwester bleibt mitten im Wirbeln stehen wie eingefroren, dann versteht sie und nickt, ich kümmere mich drum. Wenig später wird Ellie in einen anderen Raum geschoben, auch kein richtiges Krankenzimmer, auch keine Spur von Würde an den kahlen Betonwänden, aber es gibt ein kleines Fenster, das man aufmachen kann. Das Zimmer liegt im Erdgeschoss und lässt ein paar Sonnenstrahlen herein, die sich über die Kante des Stationsklotzes nebenan gebogen haben.

Hanne stellt ihr kleines weißes Porzellanchamäleon auf den Nachttisch, die Schwester bringt noch eine grüne Kerze und ein Glas Wasser mit Strohhalm, von dem Ellies Vogelschnäbelchen noch ein, zweimal nippt, den Rest wird Hanne später mit nach Hause nehmen und den Flieder damit gießen, den Mama so liebte. Der Arzt kommt mit grauem Gesicht und einem Gerät, an dem ein waagrechter Kolben angebracht ist. Er verbindet Ellies Blutbahn mit dem Ding, stellt irgendwas ein. Der Kolben bewegt sich so langsam, dass nur Schneckenaugen ihm folgen können. Niemand muss heutzutage mehr in Schmerzen sterben, und in Angst schon gar nicht, sagt der Arzt, keine Sorge, sie ist schon auf dem Weg, und gleich wird es leichter. Es wird noch ein paar Stunden dauern, aber sie wird nicht leiden, versprochen.

Ellie keucht, jeder Atemzug wehrt sich gegen das Müssen, zehn Jahre lang hat das geklappt, weil sie doch ihre kleine Hanne nicht allein lassen konnte, aber heute fällt die letzte Klappe, sie weiß es. Sie schwenkt den Kopf von links, wo Günther sitzt, nach rechts zu Hanne und zurück. Am Fußende kauert Conny mit wasserbleichem Blick und wimmert. Atme, einfach immer weiteratmen, schnauf!, würde Hanne ihrer Mutter am liebsten entgegenschreien, aber sie weiß, was sie stattdessen sagen muss. Es ist gut, Mama, presst sie hervor. Wenn du gehen musst, dann geh ruhig, ich komm schon zurecht, ich pass auf Luis und mich auf, es ist alles gut. Aber ein Kreuz däumelt sie ihr trotzdem nicht auf die Stirn, auf keinen Fall. Ellie wendet den Kopf noch mal zu Günther. Da ist keine Sprache mehr zum Bitten, nur ein Blick, aber Günther senkt den seinen und schweigt.

Die Stunden gleiten dahin, Hanne könnte nicht sagen, wann Ellie zum letzten Mal die Augen offen hatte, ihr Atem geht ruhig. Das Gerät piept leise dazu, das Ticken der Wanduhr ist so ohrenbetäubend wie das Umblättern der Seiten. Hanne liest Paul Auster, ohne auch nur eine Zeile zu sehen, *Die New-York-Trilogie*. Nie wieder wird sie das Buch in die Hand nehmen können nach diesem Tag, selbst bei Umzügen klemmt sie es beim Rausziehen aus dem Regal nur schraubstockartig zwischen andere Bücher und wirft es in den Karton.

Gegen Mittag geht sie mit Günther in die Cafeteria rüber, auf einen bitteren Kaffee und einen Anruf bei Emilys Eltern, ob sie Luis nach der Schule mitnehmen können, und dann sitzen sie da und schweigen. Warum hast du ihr nicht versprochen, dass du immer bei uns bleiben wirst?, wirft Hanne auf den spitzeckigen Tisch. Du weißt doch, was sie hören wollte, damit sie in Frieden sterben kann. Günther lässt beim Aufstehen die Stuhlbeine über den Boden schrappen, dass alle Köpfe im Raum zu ihm herumwirbeln.

Sie gehen zurück und Günther zischt, ihre Hände, schau dir ihre Hände an, es hat angefangen. Ellies Finger verfärben sich blau, Hanne schiebt ihr Streicheln hoch, zur Schulter, zur Wange. Günther holt tief Luft, dann beugt er sich über Ellie. Es ist alles in Ordnung, ich bleib bei ihnen, ich pass auf sie auf, mach dir keine Sorgen.

Wenn ein Mensch geboren wird, kommen die Wehen in immer kürzeren Abständen, vor seinem Tod dagegen entfernen sich die Atemzüge immer weiter voneinander. Ellies Luftholen ist jetzt angestrengt schroff und zerklüftet, nur Connys Wimmern polstert die Spitzen ab. Ich kann das nicht, ich kann das nicht, weint er, ich muss mal raus. Hanne stellt sich dicht neben Ellies Gesicht, streicht ihr die Haare aus der Stirn, glei, glei is vorbei, flüstert sie.

Und dann is vorbei, der letztmögliche Atemzug getan. Zwei, drei Minuten warten Hanne und Günther schweigend, dann wechseln sie einen Blick, und er geht den Arzt holen. Der tastet und horcht, schaut auf die Uhr und nickt Hanne dann mitfühlend zu, sie hat's geschafft, mein Beileid. Hanne zündet die grüne Kerze an, dann fällt sie in Günthers Arm zusammen, meine Mama ist tot, das geht doch gar nicht. Conny kommt rein und erfasst alles mit einem Blick und einem langgezogenen Wimmerschrei, dann stürzt er zum Fenster, reißt es auf und lässt die Seele fliegen.

Oma hat's geschafft, sagt Hanne zu Luis, als sie ihn von Emily abholen, und den Satz wird er ihr nie verzeihen, weil er eine Sekunde lang dachte, dass Oma wundersam gesund geworden sei. Sie gehen zu dritt indisch essen und Hanne fasst es nicht, wie die Welt da draußen weiterlebt, während Mama tot ist. Sie presst drei

Reiskörner die zugeschnürte Kehle hinunter und lässt das dampfende Essen dann wieder zurückgehen. Für die Treppe in den ersten Stock braucht sie fast eine halbe Stunde, jede Stufe kommt ihr vor wie der Everest, meine Mama ist gestorben, schreit sie unter Tränen in den Treppenschacht hoch, das geht doch nicht. Günther zieht sie in die Wohnung, ihr Kopf kracht auf seine Schulter, danke, dass du bei mir warst, ich liebe dich, schluchzt sie, ohne dich hätte ich das nicht gepackt. Er tätschelt ihren Hinterkopf. Das war ein schwerer Tag, aber wir haben ihn geschafft, und den Rest kriegen wir auch noch hin. Erst sechs Wochen nach der Beerdigung und weit nachdem Günther ihr die Antwort vorweg geliefert hat und ausgezogen ist, stellt Hanne sich die Frage, welchen Rest er damals eigentlich gemeint hat, welchen Rest.

Es weiß
Reschitza, 1981–1982 / Hamburg, 2011

Wir sind rechtzeitig zurück, ich versprech's, sagt Ellie, und vor lauter Eigenknurren hört Hanne den traurigen Unterton nicht. Schon wieder soll sie Mama zu einem beruflichen Termin begleiten, auch noch außerhalb der Stadt, und dann ausgerechnet heute, wo nachher doch die Prämierung in der Schule ist! Nächstes Jahr um die Zeit wollen sie doch längst nicht mehr da sein, da muss Hanne es unbedingt zum letzten Mal auskosten, dass sie Klassenbeste wird, dass sie unter den neidschwarzen Blicken von Stefan, der sie wieder mal nicht einholen konnte, das Diplom für den 1. Platz kriegt, und auf dem Schulhof, wo alle Klassen versammelt sind, in die Mitte gerufen wird, zum Fahnenmast, um die zweite Urkunde in Empfang zu nehmen, für eine der besten Pionierinnen, plus die lobende Erwähnung für ihre herausragenden Leistungen in den Fächerolympiaden, Deutsch und Englisch. Ich bring dich um, wenn ich das verpasse!, schmollt sie Ellies gesenktem Kopf entgegen, aber sie weiß, auf Mamas Versprechungen ist Verlass.

Mamas Kollege nimmt sie mit dem Auto mit, und dann geht Mama mit einem Haufen anderer Leute in einen Saal, zur Fortbildung, und Hanne muss draußen bleiben. Zum Glück ist wenigstens schönes Wetter und sie hat ein Buch dabei, mit dem sie sich auf eine Bank setzen kann. Nach zwei Stunden hat sie die Jause in der Tasche aufgegessen, Ellie kommt hastig auf eine vorgebliche

Pinkelpause zu ihr raus und steckt ihr heimlich eine Mandarine und ein Stück chinesische Schokolade zu, die sie im Saal hat mitgehen lassen. Wann ist das hier endlich zu Ende?, quengelt Hanne. Bald, ganz bald, beschwichtigt Ellie sie über die Schulter und ist schon wieder verschwunden.

Wieder anderthalb Stunden später ist nur Hannes Buch zu Ende und ihre Geduld erst recht, wütend tigert sie auf dem Kiesweg hin und her, zwischen den Bäumen, die bis auf Hüfthöhe geweißelt sind, rennt auf die Toilette, ganz schnell, um ja nicht den Moment zu verpassen, wenn Mama rauskommt, aber als sie wieder aus dem Gebäude stürmt, sieht sie nur Mamas Kollegen, wie er gerade ins Auto steigen will. Bestürzt läuft Hanne ihm nach. Nehmen Sie uns denn nicht wieder mit zurück?, keucht sie ungewollt entrüstet, aber der Mann schüttelt nur den Kopf, ich muss früher los, deine Mutter hat gesagt, ihr kommt schon zurecht. Ob Ellie auch gleich rauskommt, weiß er nicht, und schon ist er weggefahren.

Sie setzt sich wieder auf die Bank und zwingt sich zu den Atemübungen, die sie beim Schwimmen gemacht hat, wenn die Angst vor dem Wettkampf sie zu lähmen drohte, aber das ganze Geschnauf hilft auch nicht. Sie rechnet sich aus, wann sie hier spätestens losmüssten, um noch rechtzeitig zur Schule zu kommen. Mit Umziehen zuhause, ohne Umziehen zuhause, mit dem Landbus, falls hier einer fährt, mit dem Auto, falls sie jemand anders mitnimmt, mit einem besonders langsamen Fahrer, mit einem besonders schnellen Fahrer – eine nach der anderen verrinnen die Uhrzeiten für alle Eventualitäten und schrauben Hannes Verzweiflung eine Sekundenzeigerumdrehung nach der anderen hoch. Irgendwann schleicht Ellie heran, Hanne springt auf, aber Ellie schüttelt nur den Kopf, wir müssen über Mittag hierbleiben, ich kann nicht weg. Aber dann verpasse ich die Prämierung!, schreit Hanne. Ich weiß, es tut mir leid. Hanne tobt, wirbelt wie von

Sinnen über den knirschenden Kies, es ist ihr egal, wer sie dabei beobachtet und sonst was von ihr und ihrer Mutter hält. Sie schlägt Ellies Hand beiseite. Du hast es mir versprochen! Was ist dein Versprechen denn wert? Einen Scheißdreck! Wie kannst du mir so was antun? Du hast recht, ich bin schuld, nickt Ellie mit Tränen in den Augen, bitte verzeih mir. Niemals! Niemals!, wummert es in Hannes Kopf, die Wuttränen ersticken jeden Laut.

Das Mittagessen besteht aus einer wässrigen *ciorbă*, die den Namen nicht verdient hat, und bröckeligem Weißbrot, von dem Hanne kaum einen Krümel herunterbringt. Jeder Blick auf die Uhr ist ein Messerstich. Jetzt kriegt Stefan das Diplom für den 2. Platz, danach käme ich, jetzt werden die besten Pioniere ins Carré gerufen, jetzt werden die besonderen Belobigungen ausgesprochen, alles ohne mich. Hanne sieht genau vor sich, wie Stefan feixt, dass sie ihren Triumph verpasst, und in ihrem Inneren geht etwas kaputt.

Als Ellie schließlich rauskommt, schlurft Hanne wortlos und schlaff wie eine Fetzenpuppe hinter ihr her zum Auto eines anderen Kollegen, und sie würdigt ihre Mutter auch die nächsten Tage keines Blickes. Aber endlos kann man sich ja nun auch nicht anschweigen und böse bleiben, vor allem wenn man den Sommer vor sich hat, die grellweißen drei Monate, und dann noch die Reise ans Meer.

Stefan hingegen muss den ganzen Sommer hindurch triumphiert haben, mit seinem teigigen Griengesicht empfängt er Hanne am ersten Schultag im September, das reicht ihr schon, dabei sagt er nicht mal was. Aber dann nimmt Willi sie beiseite. Mach dir nichts draus, du hast sowieso nichts verpasst. Willi, der auch zu den besten Pionieren gehört und bei der Mathe-Olympiade richtig gut war. Ich bin nicht ins Carré gerufen worden, flüstert er Hanne zu, und das wärst du auch nicht, Vaterlandsverräter mit Ausreiseantrag werden nicht geehrt. Hanne runzelt verständnislos die Stirn, während Willi weitergeht, nimmt die Urkunden in Empfang, die ihr die Klassenlehrerin mit einem mitfühlenden Halblächeln in die Hand drückt, ohne jeden Pomp, und fügt im Kopf ein Bild zusammen.

Du hast das gewusst, gell, legt sie Ellie am Abend die Worte samt der Urkunden auf den Tisch, du hast das gewusst, deswegen hast du das damals so gedreht, dass ich nicht rechtzeitig zur Prämierung gekommen bin, stimmt's? Ellie nickt. Es tut mir so leid, es ist alles ungerecht. Ein Kind kann doch nix dafür, was seine Eltern machen, du hättest die Ehrung verdient und nicht gekriegt, da war's mir lieber, du bist auf mich bös, statt die Schand vor versammelter Schule erleben zu müssen. Ich versprech dir nie wieder was, was ich nicht halten kann, versprochen, sagt Ellie unter Tränen, und dann weinen sie zusammen und feiern mit einer Flasche Mineralwasser, die Ellie damals auf der Fortbildung heimlich hat mitgehen lassen und aufgehoben hat für den heutigen Tag.

So schlecht, wie das Schuljahr begonnen hat, so schlecht geht's auch weiter. Die 9er häufen sich, bis irgendwann klar ist, diesmal wird das nichts mit der Klassenbesten. Sie sieht jetzt schon Stefans triumphroten Hohn, wenn er sich sein Diplom mit der fetten Eins drauf abholt. Jeden Dienstag schleift Ellie ihre müden Beine zum Parteibüro, das nur zwei Stunden die Woche aufhat, harrt dort mindestens drei Stunden aus, weil der Schalter nie aufmacht, wann er aufmachen soll, holt sich dann ihr Ein-Sekunden-Nein ab, für Sie gibt's heute nix, Genossin, und schlurft den langen Rückweg zum Block hoch, wo Hanne wartet und wieder ein Stück schrumpft, wenn Mamas trauriges Kopfschütteln ihr ins Gesicht schlägt.

Irgendwann kann Ellie nicht mehr, sie ist krank und müd, heute geh ich nicht zum Schalter, hat doch eh keinen Sinn. Entrüstet springt Hanne auf, aber sicher gehst du hin!, schreit sie. Heute ist Dienstag, und dienstags gehst du hin, du musst! Bleigrau treffen ihre Worte Ellies Nacken, sie schiebt die schweren Arme in den fadenscheinigen Frühlingsmantel und geht. Als sie wiederkommt, ist ihr Gesicht rot vom Rennen. Ich hab's, ich hab's, keucht sie, nachdem sie die Wohnungstür hinter sich ins Schloss geschmissen hat, und schwenkt ein winziges Stück graugrobes Papier, wie es unscheinbarer nicht sein kann, und das doch die ganze neue Welt umfasst. Wir dürfen!

Knapp einen Monat vor Schuljahresende dürfen sie raus. An ihrem letzten Schultag geht Hanne in ihrer Lieblingshose und ohne Uniform in die Klasse, und als Stefan sie beim Abschied wütend anfunkelt, zischt sie ihm leise zu, du wirst nur Erster, weil ich weggeh und den Weg freimach, denn sie kriegt nicht mal ein Zeugnis, unehrenhaft entlassen nennt man so was beim Militär, aber Hanne kann gar nicht aufhören zu feixen.

Jahrzehnte später dreht sich das Geschichtsrad wieder bis zur gleichen Kerbe. Jede Mutter versucht die Fehler ihrer Mutter zu vermeiden, macht dafür andere, eigene, die sich dann aber oft doch als die alten rausstellen, nicht mal hierin darf man sich originell und einzigartig fühlen. Wir kriegen das wieder hin, wir vertragen uns wieder, versprechen Hanne und Günther ihrem Sohn, wir gehen zur Eheberatung. Das schwöre ich beim Leben meines Kindes, sagt Günther noch, und Luis schläft, in der warmen Kindergewissheit, dass morgen alles wieder gut wird, Mama und Papa haben es ja versprochen. Hanne glaubt so fest daran, wie man nur glauben kann, wenn man einiges nicht weiß, dass Günther schon längst eine Wohnung für sich und eine Neue im Auge hat, zum Beispiel. Monate später wird er ihr ins Gesicht lachen, du solltest wissen, dass mir Versprechen nichts bedeuten, nein, auch nicht solche auf dem Sterbebett deiner Mutter, und pff, beim Leben seines Kindes zu schwören, wie albern ist das denn, hast du das wirklich ernst genommen, du dumme Gans? Ihr habt es mir versprochen, du hast es mir versprochen, tobt Luis und schleudert seine Wuttränen nach allen Seiten, hämmert mit eisigen Fäusten auf Hanne ein, als sie ihm sagen muss, dass Papa weggeht, weil er sich ein anderes Leben eingefangen hat. Ihr habt doch gesagt, es kommt alles wieder in Ordnung, einen Scheiß ist dein Versprechen wert! Hanne kniet mit gesenktem Kopf auf dem fleckigen Teppichboden. Ich weiß, es ist meine Schuld, was kann ein Kind denn dafür, was seine Eltern machen. Es tut mir so leid, mein Spatz. Nie wieder wird sie ihm etwas versprechen, was sie nicht aus eigener, alleiniger Kraft halten kann.

Es ascht
Hamburg, Januar 2012

Sie marschieren immer nur in Ihrer Box herum, sagt Dr. Bläss, Hannes Therapeutin, vor und zurück oder im Quadrat wie ein Gefängnisinsasse beim Hofgang. Jeder Mensch hat seine eigene Box, er müsste nur den Deckel anheben und über den Rand klettern. Aber die meisten Leute wollen nicht raus. Es gibt für fast alles eine Lösung, oft ist sie kinderleicht, aber sie liegt eben außerhalb der Box, und die meisten Leute sind sauer, wenn ich sie ihnen zeige.

Hanne atmet tief durch. Seit Tagen hat sie kaum gegessen, die Leere brennt ihr saure Löcher in die Magenwand. Dann nickt sie. Was ist meine Lösung?, zischt sie echsenleise, sagen Sie's mir, ich werde nicht sauer sein. Sicher? Dr. Bläss lächelt mit gespaltener Zunge, eine Mixtur aus Drohung und Verlocken. Hanne klatscht die nassen Hände auf die Knie. Hören Sie, ich muss aus diesem Loch raus. Mein Kind ist noch klein, ich schulde ihm eine glückliche Mutter, eine glückliche Kindheit. Ich habe über zehn Jahre an diesen Mann verschwendet, ich werde ihm nicht auch noch die nächsten zugestehen, indem ich seinetwegen leide. Sie schaut auf die Uhr, die unaufhaltsam die neunzig Euro runterzählt. Sie hat keine Zeit und kein Geld für tiefpsychologische Bohrungen in die klebrigen Schichten ihrer Vergangenheit, deswegen hat sie sich ja Dr. Bläss ausgesucht, weil sie pragmatisch lösungsorientiert arbeitet.

Die Therapeutin klemmt ihr Kinn auf die Brust. Es gibt Festhalter und Loslasser, sagt sie dumpf, und Sie sind eindeutig Ersteres. Sie schwimmen blind in Ihrer Box umher und heulen ins trübe Wasser, *ich will mein altes Leben zurück*, dabei ist das genauso tot wie Ihre Mutter und kann genausowenig wieder zum Leben erweckt werden, entschuldigen Sie meine Direktheit. Hanne schluckt den Kloß im Hals, pappig wie ein eingetrockneter Reisklumpen hing er ihr seit Tagen quer, aber es gibt Worte wie Rohrreiniger, die spülen auch solche Verkrustungen weg. Dann hieße meine Lösung also Loslassen? Dr. Bläss dreht eine Handfläche nach außen. Vermutlich. Und Sie müssen sich auch erst mal so nehmen, wie Sie sind. Festhalter zu sein ist kein Verbrechen. Loslassen ist möglich, für Sie nur schwerer als für andere.

Ihre ganze Kindheit hindurch hieß die Lösung für Hannes Probleme Mama. Die Verzweiflung hielt sie wach, als sie die Katastrophe auf sich zukommen sah – Karnevalsfest in der Schule, und sie als Einzige ohne Kostüm, alle, auch die Frau Ziemer, würden sie auslachen. Geh schlafen, Kind, sagte Ellie, morgen früh ist alles gut, und sofort fiel alles von Hanne ab, die Angst und die Wachheit. Als Hanne schlief, lief Ellie durch die Dunkelheit noch mal ins Krankenhaus, an dem das Rotkreuzbüro klebte, borgte sich Kittel und Stethoskop aus, und der Heimweg schenkte ihr ein langes Holzbrett und eine Idee. Sie brachte Conny dazu, das Holz zum überdimensionalen Thermometer zu schnitzen, sie malten es an und klebten eine Skala darauf, ein Kunstwerk war das, leider unpraktisch zum ständigen Festhalten, aber absolut einmalig. Das sah auch Hanne am nächsten Morgen so, und dieses Gefühl – Mama hat Wort gehalten, Mama hat das Problem gelöst – würde ihr lebenslang Maßstab dafür sein, was sie ihrem eigenen Kind sein möchte. Den rechten Daumen und noch mehr würde Hanne sich jetzt dafür abhacken, könnte sie das Problem an ihre Mutter übergeben und endlich wieder eine Nacht sorglos schlafen, oder wenigstens einen Rat einholen, aber Mama ist tot. Loslassen ist möglich, stechen Dr. Bläss' Worte durch Hannes überfüllten Kopf. Loslassen. Am frühen Morgen bringt sie Luis zur Schule und fährt dann ohne einen Funken Schlaf, dafür mit einem Brief in der Tasche zum Friedhof. Ein Loslassbrief, den sie an Günther geschrieben hat und den keine lebende Seele lesen wird, nur die Wolken über Ellies Grab werden die Ascheflocken schlucken, in die sich das Papier verwandelt. An Ellies Grablicht zündet sie ihn an, über Ellies Graberde, möge sie ihr leicht sein, so sagen die Rumänen es als letzten Gruß. Hanne sieht dem letzten aufstiebenden Funkennachzügler hinterher und summt ihr *Que será* dazu. Das Gewicht, mit dem Günther sie ein Jahrzehnt beschwert hat, fliegt mit auf, und auf einmal sind sie da, alle drei, die ihr vorausgegangen sind.

Na, bist rausghupft aus deiner Schachtel, fragt Marita schnippisch. Sie lehnt an einer Pappel nur wenige Meter vom Grabstein entfernt, und schmaucht an einem edelbraunen Zigarillo, der in einer goldnen Spitze steckt. Hab doch gesagt, sie schafft das, uns Mütter hält keine Schachtel auf, keine im Kopf und keine in der Erd, lacht Ellie sonnengelb dazu und strubbelt sacht durch den Blumenstrauß, den Hanne in die Grabvase gesteckt hat. Dein Glück, dass du bunte Blumen mitgebracht hast, gluckst sie und stakst mit jungen Fesseln zwischen den winterdörren Rosensträuchern hindurch.

Edith verzieht das Gesicht, das hohlwangig tailliert ist wie eine Sanduhr. Ohne Väter keine Mütter, sagt sie, für den Anfang braucht man sie halt, für den Rest nimmehr. Ellie seufzt. Mir ham alle kein gutes Händchen für Männer ghabt, Kind, lass dir deswegen keine grauen Haar wachsen. Aber was soll ich jetzt machen?, heult Hanne. Mutter, Mann, Vater weg, Freunde hab ich nicht,

Geld nicht ... Du hast dein Kind, geht Marita mit selten ernstem Gesicht dazwischen, mehr Reichtum brauchst nicht. Sie vergisst am Zigarillo zu ziehen, doch statt auf die Erde zu aschen, stiebt die abgestorbene Glut nach oben, dem verbrannten Brief hinterher. Was soll i jetzt machen? In die Händ scheißen und lachen, schiebt Ellie ihrer Tochter das Echo ihrer Kindheit zu. Ja, mit Omamas Zitat haben sie sich über so manch ungewisse oder auch nur langweilige Stunde hinweggelacht.

Du gehst jetzt heim, ziehst dein Kind groß und dir was Anständiges an, statt diesem Kohlensackfetzen da. Marita wedelt mit ihrer Zigarettenspitze goldene Luftschlieren über Hannes alte rußschwarze Jacke. Reckst den Kopf hoch und vergisst nie wieder, dass du eine Dame bist. Kein Mann isses wert, ihm hinterherzuweinen. Jetzt scheiß di aus, dass d' a Foarb kriegst!, streicht Edith die kreidigen Worte ihrer Tochter aus. Du und dein Damengetu immer. A Dirn hätten dich viele eher genannt, drei Ehemänner und zwischendrin einen Haufen Offiziere verschlissen, dabei hättst das gar nit nötig ghabt, nur auf die Schönheit und das Fingergewickel zu setzen, hast doch genug Grips ghabt. Und hinterhergweint hast dem Drago doch auch, dem damischen Teifi. Brauchst ka Dame sein, mei Hannerl, a Frau sein reicht, a Mutter, a Mensch.

Nimm nicht alles so schwer, mei Goldige, lässt Ellie ihre Stimme wie heilenden Honig einfließen. Aus den schlechten Erfahrungen lernt man am meisten, aber nur die guten sollten dein Verhalten bestimmen. Mach dir und unserem Luie das Leben so leicht wie möglich, schwer machen tun's euch andere schon genug. Sie fängt an, durchsichtig zu werden, die Ränder fransen aus wie Spitze, die jahrzehntelang auf einem strohtrockenen Dachboden gefaltet war und bei der ersten Berührung zerbröselt. Nicht weggehen, schreit Hanne und streckt die Hand aus, um festzuhalten, was nicht festzuhalten ist. Wie soll ich das denn alleine schaffen?

Ellie lächelt durchsichtig wie mattes Glas. Du bist nicht allein, wir sind immer bei dir. Wie viel Traurigkeit passt denn noch in einen Menschen, mir sprengt's die Brust, es tut so weh! Es sind nur Phantomschmerzen, erwidert Marita, so wie ich in meinem Bein, das nicht mehr da ist, aber schau her, da isses doch, sogar wieder tanzen kann es. Sie schwebt und dreht sich mit ausgebreiteten Armen, dass die Asche aus ihrer Spitze nach allen Seiten verwirbelt. *Ich tanze mit dir in den Himmel hinein*, singt sie, es war schon immer ihr Lieblingslied. Phantomschmerzen sind wie das Funkeln erloschener Sterne, die Liebe zu jemandem, der nicht mehr da ist und doch immer da sein wird, solange die Erinnerung ihn lebendig erhält. Nenn's nicht Schmerz, nenn's Wehmut, da ist neben dem Weh auch der Mut dabei, den brauchst und den hast du. Sie tanzt sich ohne das leiseste Knirschen über den Kiesweg davon, bis die dünne Rauchfahne mit dem Grau der Steinchen verschmilzt.

Als Hanne sich zum Grab umdreht, sind auch Mama und die Omama verschwunden, nur das helle Lachen ihrer Mutter hallt noch einen Moment im Resonanzraum einer Wolke nach. Hanne knickt vornüber, fängt sich am Grabstein ab, dann saugt sie einen Dudelsack voll Luft in die Lunge, auf dass die den Schmerz an den Brustkorbrand drängt, sammelt das zerknüllte Blumenstraußpapier ein und macht sich auf den Heimweg. Auf der Autoscheibe klebt neben einem abgestorbenen Pappelblatt eine weiße Ascheflocke. Seufzend betätigt Hanne Spritzwasser und Scheibenwischer, senkt den Kopf wie ein Maß nehmender Rammbock und fährt los.

Es schreibt
Reschitza, Februar 1982 / Hamburg, Frühjahr 2020

Bücher sind schon deswegen kostbar, weil sie nicht so leicht zu haben sind. Im kommunistischen Buchhandel kriegt man Kinderbücher und Romane seltener als frischen Hochseefisch und nur mit Beifang – ein *freies* Buch als Sandwichbelag zwischen zwei regimekonformen Bänden, roten Fledderwälzern mit schmutzigweißem, eng bedrucktem Innenleben, Papier, das nicht einmal fürs Plumpsklo in Fuchsental taugt und doch meterweis aufbewahrt werden muss, alternativ käme Kaminanfachen infrage, aber das bringt Ellie nicht übers Herz. Für Bücher brennt man selber, die verbrennt man nicht, egal wie hanebüchen.

Die Bücher, die guten, die es gibt, hat Ellie alle, und Hanne bekommt die ihren, kaum dass Ellie die ersten Buchstabenwälder für sie hat sprießen lassen. Was auch immer sie kosten, wie lang auch immer man anstehen muss, gute Bücher und gutes Essen teilen sich von Anfang an Platz drei auf Ellies Liste dessen, was Mütter ihren Kindern zu geben haben, auf dem Treppchen nur geschlagen von Liebe und Geduld. In welcher Sprache die Bücher singen, flüstern, lachen und schreien, ist zweitrangig – Rumänisch, Deutsch, Englisch, das Kind soll alle haben, die es will.

Als die Kinderbücher alle sind und kein Nachschub mehr fließt, frisst sich Hanne durch Dumas und Hugo und große Bildbände über Schmetterlinge und Muscheln, palastähnliche Höhlen in den Karpaten und seltene Pflanzen des Banater Berglands. Bücher sind Freunde, sind Zuflucht, sind Luft. Bücher sind die einzige Chance auf Wahrheit, die einzige Waffe im Kampf gegen Stoffverfärbungen durch mündliches Erzählen, auch wenn schon das erstmalige Aufschreiben Deutung und Veränderung ist, aber trotzdem sind Bücher Festhaltegriffe und sicherer Boden im trügerischen Treibsand. Je fiktiver ein Buch, desto höher der Wahrheitsgehalt. Kondensiert und verdichtet wie ein Diamant funkelt die Echtheit demjenigen ins Auge, der die Erdschichten darüber wegzuwischen weiß. Bücher sind Heimat und manchmal auch Lebensretter wie die fünf Bände *Cireşarii* an den fünf Tagen, die Hanne mit Mal-wieder-irgendeine-Kinderkrankheit im Bett verbringen muss.

Danach ist nichts mehr, wie es war. Danach ist Hanne eine von ihnen, den Kirschwinklern, die zusammen jedes Abenteuer bestreiten, in Höhlen, in Burgen, in Schneewehen, auf dem Rummel, am Meer und im Herzen. Gäbe es solche Freunde im Leben, müsste man sie nicht herbeilesen, aber wenigstens hat sie sie jetzt zwischen den Buchdeckeln, sie kennt von jedem selbst die kleinste Eigenheit, sie zeichnet sie, sie spricht mit ihnen, sie schweigt mit ihnen, sie bettet sie Jahre später in die Kiste, die gen Westen wandert, und von da an in jedes Bücherregal ihres Lebens.

Vom Lesen zum Schreiben ist der Sprung nur bleistiftminenweit, zwei Schwestern, die zusammengehören wie Einatmen und Ausatmen. Aber wie hinkommen zum Schreiberinsein, diesem Ziel, das Hanne weiter weg erscheint als die Milchstraße und ähnlich nebulös, wie davon leben. Man müsste den Mann fragen, dessen Füller die *Kirschwinkler* geboren hat, aber über den ist kaum mehr bekannt als das Geburtsjahr und der Wohnort, außer Reichweite, Planet Bukarest. Hanne schreibt und schreibt und liest und schreibt und würde doch am liebsten alles Geschriebene schon eine Nacht später wieder wegwerfen. Als Frau Ziemer eins ihrer

Gedichte an die Zeitung schickt, nässen alle Zungenknospen nach noch mehr von diesem betörenden Vorgeschmack. Mama kriegt feuchte Augen, als Hanne in der Schule einen glühenden Aufsatz über ihre Mutter abgibt, nickt aber nur mit einem traurigen Lächeln, als der nächste Aufsatz über die Liebe zum kommunistischen Vaterland noch mehr Ehrung abbekommt.

Zum vierzehnten Geburtstag schenkt Ellie ihrer Tochter einen Weltraumflug. Sie nimmt Hanne mit zur Hauptpost in die Stadt, wo alle Telefonbücher des Landes unter Verschluss hängen, sie steckt der Wachbeamtin dort leise Worte, ein längst ausgefülltes Antragsformular auf erfundenem Grund und ein raschelndes Päckchen zu, und dann dürfen sie ins Verlies. Zehn Minuten, gnädige... Genossin, zehn Minuten, mehr kriegen Sie nicht. Das Telefonbuch von Bukarest ist das einzige in zwei Bänden, Ellie schlägt den ersten bei C auf, na los, sagt sie mit einem breiten Lächeln und schiebt Hanne einen Bleistift und ein Blatt Papier zu, schreib sie alle ab. Das Begreifen dauert nur einen Atemzug. Gleich acht Constantin Chiriţă gibt es in Bukarest, dazu noch sieben Einträge mit nacktem C., und Hannes Hand fliegt über das Papier, das sie dann wie einen Schatz erst an die Brust drückt und schließlich wie eine Waffe hinten in den Hosenbund steckt.

Vom Telefon zuhause kann man nur innerhalb der Stadt sprechen, landesweite Gespräche und solche ins Ausland sind teuer und müssen weit im Voraus bei der Zentrale angemeldet werden, und dann sitzt man Stund um Stund und manchmal bis zum nächsten Morgen da und wartet, dass die Verbindung genehmigt wird, und manchmal hört man in der Leitung noch einen dritten Atem und hat nur wenige Minuten Zeit, Tata nach dem Wichtigsten zu fragen, ob seine Lieblingsfarbe immer noch Grün ist und ob Brief Nummer 157 angekommen ist oder Postkarte 158 schneller war. Von Mamas Rotkreuzbüro aus kann dagegen landesweit telefoniert werden. Mama stellt ihr den schwarzen Bakelitapparat hin, der Zettel mit den Nummern ist schweißnass glattgestrichen und bereit. Vor Aufregung sirren Hannes Adern wie Stromkabel kurz vor Kurzschluss.

Wohnt da der Schriftsteller Constantin Chiriță?, lautet die alles entscheidende Frage nach der Namensnennung. Hanne erntet drei Neins und drei endlose Klingelketten ohne Antwort, dann, bei der siebten Nummer, sagt eine Frauenstimme: Ja, Moment. Und dann ist ein Mann dran, und in Hannes Kopf werden all die vielen Fragen, die sie vorbereitet hat, von einer blauen Ehrfurchtswelle weggespült, alle bis auf eine: Woher kamen Ihre Ideen zu den *Cireșarii*? Die Antwort ist beinahe unerheblich. Aus meiner eigenen Kindheit, aus der meiner Kinder, aus meinem Kopf, von überallher. Was sie sich einprägt für alle Zeit, ist die Unfassbarkeit, dass dieser Mensch, der Vater ihrer Papierfreunde, tatsächlich lebendig ist und eine Stimme hat, die jetzt, in dieser Sekunde, mit Hannes verbunden ist. Sie stammelt ein Dankeschön und verabschiedet sich, und nachdem sie aufgelegt hat, begegnet sie Ellies aufgerissenen Augen, Jessas Maria, ich bin so stolz auf dich, Goldkind.

Es braucht über zwanzig Jahre und viel geknirschtes Jetzt-erst-recht, bis Hannes erstes eigenes Buch erscheint, ein Kinderbuch, das erste von vielen. Es braucht viele Leute, die ihr unverdauliche bleischwere Brocken hinwerfen, das schaffst du eh nie, Schuster bleib bei deinem Leisten, wie kannst du dir einbilden, Autorin sein zu wollen, du Dahergelaufene, wo doch Millionen Hiergeborene das nicht hinkriegen. Und es braucht nur einen einzigen Menschen, der keine Sekunde dran zweifelt, dass ihre kleine Große es allen zeigen wird.

Mama. Die wird höchstens böse, weil sie merkt, dass Hanne es viel leichter schaffen würde ohne diesen Niemand an ihrer Seite, der ihr alle Ichkraft raussaugt. Konzentrier dich mehr auf dich, Kind, sagt sie knirschend, aber dann … Nein, den Fehler ihrer Mutter wird sie nicht wiederholen, sie wird sich nicht einmischen in die Männerwahl ihrer Tochter, außerdem ist da noch Luis, und der braucht einen Vater, aber ein scharfes Hexenaug wird sie auf diesen Günthergeck immer haben, und wehe, der krümmt ihrer Hanne ein Haar. Vielleicht traut der sich deswegen erst abzuhauen, als Ellie tot ist.

Über fünfzig ist Hanne und schon lang nicht mehr blind für Zeichen, als sie in eine Lesung des Verlags gerät, in dem sie ein Vierteljahrhundert zuvor als Studentin einen Sommer lang Büchermachen leben durfte, drucken, binden, korrigieren, umordnen, verpacken, versenden, ein Sommer, ohne den es Hannes Namen auf keinem Buchumschlag gäbe. Die kleine Verlegerstochter von damals ist inzwischen selbst Verlegerin, sie will Hannes Romanidee prüfen, und Hanne schickt mit wummerndem Herzen einen Papierpacken in ihre bayernschwäbische Vergangenheit.

Die Zusage kommt in einer Zeit, in der sonst nur noch Absagen existieren, geplatzte Reisen, geschlossene Türen, Gesichtsmasken und gespaltene Gesellschaften, Angst und Zorn in allen Farben, und Damoklesschwerter, die sich zu stahlstarren Fragezeichen verbogen haben. Hannes Roman, er darf ans Licht, und die Arbeit daran trägt sie durch das Jahr. Wo andere sich zum Schreiben Musik auf die Kopfhörer packen, hat Hanne ihren Lieblingslebenston im Ohr, Ellies glockenrotes Lachen, den Kopf in den Nacken gelegt, na also, sikstes.

Es klirrt
Reschitza, Herbst 1981 / Hamburg, Herbst 2010

Nicht immer biegen sich Lebenslinien, auf dass sich Kreise schließen. Nicht immer fädeln sich Lebensperlen auf, bis eine Schließe sie zu etwas Kostbarem vereint. Nicht immer kommen Dinge, ob gut oder schlecht, im Dreierpack daher. Manchmal sind es Paare, miteinander geborene, miteinander verwobene, miteinander verstorbene Zweiergespanne, Zwillinge, durch die Zeit verworfen, aber doch untrennbar zusammengehörig.

Hanne ist dreizehn, die Mutter nicht da. Hanne hat ihren Schlüssel vergessen, nicht aber, dass Mama eigentlich da sein sollte. Sie ist sonst immer da um diese Zeit, es muss was passiert sein.

Hanne klingelt, klopft, hämmert, rennt in den nassgrünen Garten, stellt sich vor das Fenster im Erdgeschoss, ruft durch die Scheibe, erst leise wegen der Nachbarn, dann laut wegen der Mutter. Liegt da nicht im dunklen Zimmer eine Gestalt am Boden? Schwarzer Schatten, unbewegt. Mama! Mama! Geht's dir gut?

Sie muss da rein. Ein Hammer, nein, ein Schuh, nein, ein Stein. Ein Stein. Als Hanne vor Monaten in der Schule ein Fenster zerbrach, hat Mama nicht über den Bruch geschimpft, nur darüber, dass sie die neue Scheibe selbst besorgen musste und der Glaser so furchtbar schwer aufzutreiben war im mangelwirtschaftigen

Land. Und jetzt? Jetzt ist das egal, entscheidet Hanne, Scheibe und Glaser und Mangelwirtschaft hin oder her, sie muss Mama retten.

Ein Wurf, seitlich, die steinfreie Hand schützend vors Gesicht gehoben. Die Scheibe widersteht. Noch mal, fester.

Das Fenster erbebt und zersplittert, der Himmel regnet Scherben. Hanne wickelt sich den Pullover um die Unterarme, zupft die untersten Glasstalagmiten aus dem Rahmen und klettert in die Wohnung. Mama! Mama!

Sie ist nicht da. Nicht. Da. Hanne sinkt zu Boden, in ihrem Kopf klirrt alles kalt durcheinander, die wirbelnden Gedanken jagen die Zeit unvermessen davon.

Sie hört die Mutter nicht hereinkommen, sie hört nur deren Schrei. Hanne! Hanne! Geht's dir gut? Gestammelte Satzfetzen auf beiden Seiten. Ich dachte, du bist ... Ich war doch nur ... beim Gemüsehändler waren Tomaten reingekommen, da musste ich schnell ... und beim Bäcker ...

Ellie zupft Hanne zwei winzige Splitter aus dem Handballen, fegt die Scherben unter dem Fenster zusammen, sucht seufzend den Zettel mit dem Namen des Glasers heraus, wenigstens kennt sie den schon vom letzten Mal.

Sie atmen das Adrenalin beiseite, sie essen Tomatensalat mit Käse und frischem Brot, Ellie streicht Hanne übers Haar. Aus dem Garten weht warmes Erdenschwarz herein. Hanne schläft ein, wie immer mit Mamas Daumen in der Faust. Ellie tut kein Auge zu, sondern starrt die ganze Nacht auf das Schattentheater hinter der Decke, die sie vors klaffende Glasloch gespannt hat.

Hanne ist zweiundvierzig, die Mutter nicht da. Hanne hat ihren Schlüssel nicht vergessen, aber ihr Handy, und Ellies Schlüssel steckt von innen. Mama kann nicht weg sein, sie schafft es doch mit Mühe höchstens noch ins Bad.

Hanne klingelt, klopft, hämmert, ruft, erst leise wegen der Nachbarn, dann laut wegen Mama. Mama! Geht's dir gut? War da nicht ein Wimmern? Der Schatten einer Stimme? Es ist spät, die Nachbarn haben kleine Kinder, aber es geht nicht anders. Hanne klingelt nebenan, erklärt der schlafzerzausten Nachbarin ihre Sorge. Meine Mutter geht seit Stunden nicht ans Telefon, und da wollte ich ...
Die Nachbarin führt sie auf den herbstdunkel duftenden Balkon, die an den der Mutter grenzt. Sollen wir die Rettung rufen? Nein, nein, das regle ich allein, sagt Hanne. Sie klettert von einem Balkon auf den anderen, plättet sich die Nase am Fenster der Mutter. Die liegt auf dem Bett, bewegt fast unmerklich die Lippen, eine Hand. Hanne hämmert an die Scheibe, die Mutter hievt sich in Zeitlupe auf einen Ellbogen, fällt wieder aufs Kissen zurück.

Hanne kennt keinen Glaser, und wird es nicht zu kalt, wenn die Mutter über Nacht mit kaputtem Küchenfenster ausharren muss? Egal jetzt, sie muss Mama retten. Ein Stein? Nein. Der Nachbar reicht ihr einen Hammer über die Brüstung.

Ein Schlag, seitlich, die freie Hand vors Gesicht gehoben. Hanne ist in der Angst wieder dreizehn. Die Scheibe widersteht. Der zweite Schlag schießt das Echo des zersplitternden Glases durch den Innenhof der Wohnanlage. Gegenüber reißt einer das Fenster auf und den Mund zur Androhung von Polizei. Alles gut, es ist die Tochter, die ihre Mutter retten muss, ruft der Nachbar zurück.

Hanne wickelt sich ihren Pullover um die Unterarme, merkt beim Reinklettern am knöchernen Ächzen, dass sie nicht mehr dreizehn ist, und stürzt ans Bett der Mutter.

Die röchelt: Zucker! Kein Arzt! Vor dem hat sie mehr Angst als vor dem Sterben. Hanne knirscht sich in der Küche über den Scherbenteppichboden zu den Apfelsafttüten hin, sticht einen

Strohhalm hinein. Trink, Mama, trink. Der Nachbar klopft an die Tür, fragt nach, sie war nur unterzuckert, das wird wieder, danke. Hanne! Geht's dir gut? Schau mal im Nachttisch. Hanne findet in der Schublade einen Zettel mit der Nummer des Glasers von damals, zweitausend Kilometer und drei Jahrzehnte entfernt.

Hanne atmet das Adrenalin beiseite, streicht Ellie lächelnd übers Haar. Dann fegt sie die Scherben zusammen, schneidet frisches Brot und Käse und Tomaten auf, bevor sie die Küchentür gegen die Oktoberkälte schließt, doch Ellie will bloß Krümel und Hannes Hand halten, nur ein paar Augenblicke. Hanne würde gern über Nacht bleiben, aber Ellie lässt sie nicht, geh heim, du hast ein Kind zu versorgen, ich komm schon zurecht.

Zu Hause tut Hanne die ganze Nacht kein Auge zu, starrt auf das Schattentheater hinter dem klirrkalten Fenster und streicht Luis, der ihren Daumen mit der Faust umklammert hält, übers Haar.

Manchmal kommen Dinge im Leben wie Zwillinge daher, bei der Geburt getrennt, der eine beschleunigt ins Weltall geschossen und jung zurückgekehrt zu seinem viel schneller gealterten Zwilling. Stumm stehen sie einander gegenüber, was gäbe es schon zu sagen. Oder wie ein Kind, das in den Spiegel schaut und sich erschrickt vor dem faltigen Ahn, der ihm daraus entgegenblickt.

Jahre später, Ellie ist lange tot, schaut Hanne in den Spiegel und sieht ihre Mutter, erschrickt zuerst, geht dann näher, dreht sich hin und her, um in sich selbst möglichst viel von Ellie zu finden. Sie streicht ihr langsam übers kalte Glasgesicht, wein nicht, Mama, ich komm schon zurecht.

2. Auflage · Mai 2022
© 2020 by Yvonne Hergane und MaroVerlag, Augsburg

ISBN 978-3-87512-493-4

Umschlag, Schmutztitel und Stammbaumillustration:
Eva Wünsch, eva-wuensch.com
Cover-Collage unter Verwendung von zwei Fotografien
aus dem Privatbesitz der Autorin

Lektorat: Robindro von Gierke, Sarah Käsmayr
Gesetzt aus der Franz Sans und der Dolly

Druck: Memminger MedienCentrum
Bindung: Thomas Buchbinderei, Augsburg

Gedruckt auf säurefreiem, alterungsbeständigem
Werkdruckpapier

Bibliographische Information der Deutschen Nationalbibliothek:
Die Deutsche Nationalbibliothek verzeichnet diese Publikation
in der Deutschen Nationalbibliographie;
detaillierte bibliographische Daten sind im Internet über
http://dnb.d-nb.de abrufbar.